马达罗看中国

[意] 阿德里亚诺·马达罗 著
陆辛 译

目录

第一部分
伟大的冒险

发现新世界......3

我的中国兄弟......10

丝绸之路的神话......14

马可·波罗,一个幸运的"偶然事件"......21

马可·波罗,不是掠夺者时代的哥伦布......28

关闭的帝国......35

神秘的丝绸王国......38

交替的文明......42

你好,西方世界!......45

不同民族的形象......47

文字,千年瑰宝......51

"远朋挚友"......54

登陆"另一颗行星"——中国......60

我的"维吉尔"——陆辛,和北京......78

第二部分

1979 这一年

北 京
毛泽东，周恩来，"北京地下城"......92
烤鸭的传奇......94

天 津
三色旗飘扬的时代......100

南 京
向孙中山致敬......105
骄傲之桥......106

上 海
"上海快车"上的奇遇......111
曾经金钱至上的地方......114

西 安
"巨变"前夜......117

昆 明
盛装的欢迎舞蹈......122

广 州
茉莉花盛开的地方......125
"广阔的地域"......127
行程的最后一日......129

旅行日志：日记摘抄
草原上的孤独......131
西藏拉萨——与天相接的地方......136
新疆——遥远的边疆......141

与三位特殊人物的会面
毛泽东的孙子......148
与末代皇帝的遗孀一起过春节......149
"老北京"民俗画家——王大观......152

第三部分

新的时代，巨变的中国

西方吹来的摇滚之风......157

邓小平与改革开放......162

改革开放初期......164

杭州，我们去看"映日荷花别样红"......167

绍兴，我回家了......171

扬州，威尼斯人的足迹......174

沈阳，破旧立新......178

哈尔滨，"惊喜"的晚餐......181

长春，改革的荣耀......183

珲春，经济发展的未来......186

海南，自由港的"天堂"......187

西安，在祖先的王国里......189

地下的宝藏和秘密......192

改革大势......196

第四部分

伟大复兴

中国梦......203
上海的飞速发展......205
向深圳学习......208
四十年的成功......210
中国特色社会主义......217
"新丝绸之路"......223
一个新时代的承诺......227
第三个千年的中国人......230
蓝天和神秘病毒......234
家门口的挑衅......242
互联网的"奇迹"......245
高科技"中国制造"......247

译后记......250

第一部分

伟大的冒险

发现新世界

很多朋友问我，中国是一个怎样的国家，我想用一句中国的俗语来回答这个问题，这也是多年来我常挂在嘴边的——"百闻不如一见"。尽管在过去的45年里我已经去过中国216次，可我还是想告诉大家："关于中国，不是要不要去的问题，而是，还要再去几次。"

所以，每当结束中国之旅回到家时，我都会顾不上拂去鞋面残留的北京的尘埃，就一头扎进工作室里，把自己埋在半生收藏的书堆中。翻阅着珍贵的中国杂志——《中国建设》[1]，我试图从它的字里行间，找出此次旅行中所产生的一些困惑的答案。这些杂志从20世纪60年代起就陪伴着我，那时我还年轻，正在寻找一条去往"天朝"的道路，而这些杂志，就是在通往那个遥远而陌生的国度之路上向我开启的第一扇窗户。

我的中国朋友们，还有我在意大利及世界其他各国的朋友们，他们对我如此沉浸于研究中国，特别是对中国的深刻了解感到惊讶，他们好奇并想知道，这种特殊的兴趣来自何处。随着时间的流逝，我也在寻找答案，最终我确定了两个源头。

---

[1] 中国外文局出版的外文杂志，现更名为《今日中国》。

一个源头是，小时候的我是个好奇心很强的孩子，喜欢看书。在我5岁时，父母送给我一本小人书，书中讲述了一个小男孩在幻想着如何穿越俄罗斯草原和阿拉伯沙漠的故事，他在丛林中遇到了一位来自龙的王国并长着一对杏仁眼的小女孩。这两个孩子的对话，深深地印在我的脑海中。

"美丽的小女孩儿，我问你：这是哪个国家？"

"你已经来到了中国，如果你喜欢，可以留下来。"

"谢谢你，中国小姑娘，我很乐意留下来！"

书中这个浪漫而神秘的故事，就像一颗种子，种下了我对于中国的最早想象。

另一个源头是那本众所周知的《马可·波罗游记》。在我读过那本小人书的几年后，我的母亲——一名小学教师，她送给我一本小册子，这本小册子是介绍马可·波罗这位传奇人物的通俗读物。我的家在威尼斯附近的一个古镇上，我和马可·波罗算是老乡。我逐渐迷上了对丝绸之路的探索，乐此不疲。不过，那时的中国对我来说，还是一个遥不可及的地方。但我的条件还是要比马可·波罗的时代优越些，我有一辆属于自己的自行车，从贴在学校墙上的世界地图上看，我发现去中国不需要横渡海洋，从家里出发，直接在陆地上骑自行车就可以过去。

那是一个多么天真的童年的梦啊！没有哪本书，能描绘出像我那位老乡那样的冒险故事，能对我的童年产生如此之深的影响。

我非常好奇地想知道，7个世纪前，马可·波罗曾到访的那个"美妙国度"后来发生了怎样的变化。几年后，已经上小学五年级的我还是不能理解，为什么我们会把中国看作是"地球之外的一颗行星"。

我开始搜寻有关中国的资讯，我能找到的，大多数都与政治有关，几乎所有的报道都对中国抱有敌意，充满了在美国政治驱动下对这个陌生国度的猛烈批评和敌对情绪。当时，意大利还没有同中国建立外交关系，关于中国的资料少得可怜，就好像世界上没有这个国家一样。我只好自己动手，四处收集、整理、编辑这些信息。我先研究中国的地理，将主要城市和江河湖海的中外文名称仔细核对，然后标在我的地图上。有一位好心的报商的儿子常常把没有售出的报纸送给我，我就把所有关于远东地区报道的文章剪下来，分门别类地粘贴成册。慢慢地，我建立了一个我自己的"中国档案库"，一直保存至今。

15岁那年的一天，我在一个流动书摊上，淘到了一本影响了我整个青年时代的书籍：意大利文版的《鲁迅小说集》。首先是封面的设计打动了我：一个人力车夫，用一只手揪着自己的辫子向后张望。书名也充满神秘感：《阿Q正传》。这本书的售价是600里拉，比我一周的零花钱还多，可我还是毫不犹豫地买下了它。

应该说，正是通过读鲁迅的作品，我与这个国家的灵魂才有了第一次真正意义上的接触。虽然已经过去了几十年，奇怪的是，直到今天，在我的国家里，我居然仍未找到一个听说过20世纪著名中国作家鲁迅的人，更不用说他的作品了。

那是一个属于肯尼迪的时代，欧洲年轻人的目光都齐刷刷地投向了美国，被它的魅力所折服。我也感受到了这种新的政治局面，但与那些大批涌入美国的同伴们不同，我反而在想方设法去北京。这是因为除了我已经熟悉的中国作家鲁迅外，我还有幸通过书信结识了一位中国的青年诗人。他懂得多国语言，意大利语尤为娴熟，可以直接用我的母语来写诗。他是天津人，姓苏，英文名叫Armand，所以我称呼他"苏阿芒"。在后续的章节里，我还会详细讲到我俩之间的故事。

我们在近 10 年里一直保持书信往来，每个月都从意大利和中国互寄信件。虽然当时两国并未建交，但我们都坚信，我俩之间的友谊一定能促使两个国家建立友好关系。幸运的是，我们当时的"乌托邦"梦想在 20 年后终于成了现实。虽然相距遥远，但通过和苏阿芒的交流，我更加了解中国，不知不觉地走进了他们的日常生活之中。我也更坚定了我少年时期的想法：中国是存在于这个世界之中的，如果出于什么原因被孤立，或者中国自己关闭国门，那么这个世界一定不那么好。

鲁迅独特风格的小说和青年诗人苏阿芒每月的来信，在当时没有受到任何审查，这也激起了我要去深入探索一些问题的强烈意愿。为什么东西方之间会出现如此严重的裂痕？我开始查阅历史文献。我得到了中国驻瑞士大使馆的帮助，虽然他们提供的资料多与中国政治紧密相关，但对我来说，任何资讯都是重要的。

我把在图书馆里寻觅到的资料与我手中已有的资料做了比较，发现他们对同一事件的描述大相径庭。出现差异也在情理之中：在西方，历史是按照殖民主义逻辑去描述的。

我在大学读书时，巴黎的学生们发起了"红色浪潮"运动，同时也影响了我们。我热爱中国，我试着用各种方式对中国的历史事件发表评论，阐述中国革命的历程，我深知创造一个新世界的艰辛。我希望通过学习研究来找到答案，我撰写了一篇题为《国家需要革命》的论文，以帝王时代的农民起义为出发点，重点研究从第一次鸦片战争至 1949 年中华人民共和国诞生这一时期的中国近代史。

我想，在那个火热和充满矛盾的年代，我是为数不多的几个热爱中国革命的西方学生之一，其他人的热爱是出于对中国这个国家的深厚感情，而我除了这些，更关心在一个特定的政治阶段出现的新思想——这个政治阶段与以前人民战争的传统精神有所不同——毛泽东思想萌芽和发展起来。

因此，尽管我的许多前亲美派大学同学后来变成亲毛派，再后来又变成了亲以色列派，但我仍然是中国的一个铁杆朋友。那是一段艰难的岁月，后来中国开展了"乒乓外交"。我非常佩服毛泽东独特的外交策略：在邀请美国总统尼克松访问北京的同时，也让他看到在机场挂满反对美帝国主义的横幅标语。当时正处于越南战争时期，毛泽东摆出了未来阵营的布局，他的勇气，至今仍令人难以置信。

直到此时，我的中国之行仍然是一个不可能实现的梦想。尽管在尼克松与周恩来签署了《中美上海联合公报》之后，意大利终于承认了中国的地位。

过了不久，中国在罗马设立了驻意大利大使馆，我受邀参加了开馆典礼。就是在那次的典礼上，我认识了中国大使馆的第一任参赞，多年后的今天，我们仍然是很好的朋友，他从米兰总领事的职务卸任后就退休了，目前生活在北京。

他就是陈宝顺，是他签发了我的第一张中国签证：那是1976年4月。到了1979年初，我终于再次收到了苏阿芒的来信。我立即申请前往中国去探望他，我们终于见面了！那是一次催人泪下的会面，《光明日报》用了整版的篇幅描述了我们相见的情景。他告诉我，他已经结了婚，有了一个女儿，我非常喜爱这个女孩儿，我曾想过在合适的时机认她做我的养女，而苏阿芒因长期的疾病而渐渐瘫痪，最终在1990年离世。

我对他抱有深深的愧疚感，为了让他不被遗忘，我所做的一切还远远不够。但是中国人民没有忘记他，他的诗《我爱你，中华》被编写成歌曲，而我们之间的友谊故事，则出现在了孩子们的漫画里。

终于，在1976年，我第一次来到了北京，我确信，那一天已经成了我生命中一个重要的里程碑。从那以后，中国成了我的第二故乡。可以说，我是一个难得的见证人，我见证了半个世纪以来在中国所发生的重大变迁。我看到和经历了这40多年里中国发生的一切，毫无疑问，中国的这些巨变，同样也影响和改变了世界。

我个人对中国的看法一直是以我的"中国精神"为指导的，这种精神来源于我独特的经历：去遥远地区经历不可思议的旅行，在东方朋友家中受到热情的款待，参与中国人的日常生活……我在中国累计逗留的2500多天里，深深感受到这个国家和人民给予我的友谊、热情和尊重。

我有幸通过日常生活中的交流，认识了许多好朋友，他们有的已经不在人世，我十分怀念他们。我经常回忆起他们的音容笑貌、他们的热情好客、他们的善良包容，这种独特的感觉，都是我在世界上其他地方感受不到的。

1991年，正值马可·波罗离开中国返回威尼斯700周年，在著名的意大利文学研究者吕同六先生的倡议下，我被中国国际文化书院理事会聘请为唯一的非中国籍理事，至今我仍对能够加入这个享有声望的文化组织感到十分荣幸。

在过去的20年中，我在中国的行程十分紧凑，从北端的东北各省到南部的海南岛，我走遍了中国各地，甚至还到过西藏3次。几乎所有的旅行都有陆辛的陪伴，陆辛是我的中国朋友，他在上海出生，一直生活在北京，是他把我"带进"了中国，让我更加深入了解和熟悉这个神秘的国家。我之所以说这些，不是泛泛的客套之辞，而是出于对事实的客观尊重，后面我会专门谈到他。

在216次旅行中，我用学到的简单的中国话，走遍中国，却从来没有遇到任何麻烦，只有一件小事，让我差点翻车。在一个很有名气的古玩市场，我很快就被"Jiade（假的）"这个"神奇"的词所挫败，原来，"Jiade（假的）"这个词的意思，在这里不是"玉"（意大利语giada是"玉"的意思），而是"造假"，一切都以善意的哄笑和卖家赞赏我的中文水平而结束。

这些年来，我收集了一批老照片，可以借此研究老北京的旧貌，看着这些资料，其中的一些古城墙、许多纪念性的城楼，甚至一些庙宇，都已不复存在，我与中国文化界的朋友都深感遗憾。我正在写一部关于北京皇家建筑的书，至少从中可以找到北京城旧貌的记忆。如今，中国的首都是一座充满现代气息的城市，其雄伟的市政工程和城市景观令人瞩目。随着经济的快速发展，老百姓的生活水平也得到极大的提高和改善。

记得20世纪90年代末，在即将返回意大利前的一个夜晚，我在前门大街上散步。突然，我惊喜地发现一座牌楼已修建完毕，几乎完好无损地耸立在原地。这座牌楼在20世纪50年代被拆除了，我以前只在老照片里看到过。

那天晚上，收拾行装之后，我便开始翻看英文版的《中国日报》，一篇非同寻常的报道让我倍感欣慰：为了执行城墙修复计划，收集南城墙的旧砖，包括五六十年代拆下的部分，用来重砌东便门至崇文门这段老北京城东南角的城墙，并修建一个明代城墙的遗址公园。文章还提到，为了回收足够的材料用于城墙的重建，凡是用旧城砖建造的房屋都将被拆除。虽然重建的只是北京城墙很小的一部分，但也能够寻回北京丢失的一段历史。在此之后的几年里，每每有历史建筑被修复，我都感到欣喜。

我常对自己说：这就是中国。有时她会给你带来困惑，但她更会给你带来欢乐。

我的中国兄弟

我试图寻找一些外部原因,来解释我对中国热情的真正源头。也许是读了几本书,书中有一些关于旅行的内容,其中一本是关于马可·波罗的。我一直以来有这样的体会:中国对我来说,潜藏着一种深深的召唤。

我对表意文字很着迷,天性中带有很强的好奇心。中国传统建筑中富有特色的斗拱屋顶和宏伟壮丽的宝塔,常常令我陶醉。

对中国的向往,哪怕是在曾经信息闭塞的年代里,在几十年间也从未有片刻的中断。那时的中国,其实早已进入了我的生活。

我身边的人经常妖魔化中国,对一个尚没有判断力的孩童来说,这种宣传可能有一定的说服力。在他们眼里,中国被描绘成一个"吃人"的国度,经常发生可怕的事情,几乎是"世界末日"。所以,我们要做好自卫的准备。很多我们这一代人,直到今天,仍然带着偏见看中国。偏见是无知的结果。

把地球简单地分成善与恶是不可接受的。中国,这个伟大的国家,曾被国际社会(当然是亲美的)所封锁,甚至被联合国取消了席位。

而对我来说,整个世界上唯一美丽、充满异国情调、甚至充满诗意的地方,就是中国。我设法穿过"迷雾",去判断世界的是非,敲门并推开门走进去。

但我所生活的世界给我的信息、是非善恶的分辨,并不比"末日世界"要好到哪里去。我非常有兴趣去了解所有被禁止的东西，因为我发现，"我所在的世界"的信息是片面的，或许是不真实的。这让我得出了一个结论：我必须坚持思维的自由，为自己找到真相。

那时，读懂中国的"必要性"一直在我脑海中，这也逼着我想出一个主意：设法在中国找到朋友，大家互相交流，交换信件，交流我们彼此的生活，了解我们彼此的国家。

这几乎是一个十四五岁的孩子无法实现的梦想。比起今天流行的通信工具脸书或是电子邮件，我当时所处的那个时代，想给世界另外一个角落的朋友写信，纯粹是天方夜谭。

我找到一本波兰杂志《雷达》，杂志上有一个公共交友平台，刊登了许多青年人的通讯地址以及能使用哪种语言交流。我写给华沙的信很快就收到了回复，说明我的信件没有被封锁。我要求杂志社刊登我的信息和地址，希望和世界的同龄人保持通信，当然，我最希望的是能在中国寻找到一位朋友。很凑巧，在《雷达》杂志的大数据中，还真有一位来自天津的年轻中国诗人，巧的是，他也正在寻找一位意大利的朋友。

我们立即互通书信，开始了我们持续8年的书信联系。这位中国朋友叫苏阿芒，这就是我们的故事。

幸运的是，我和苏阿芒的通信往来在那个时候没有受到扣押和审查，我们可以轻松自由地交流。不过让我惊奇的是，这位中国朋友苏阿芒从未离开过自己的国家，却能熟练地用意大利语写作，他居然懂得21种语言。不仅如此，他还是一位很有才华的诗人，而他最喜欢的美丽诗句，都是直接用意大利语写成的。

在那些年里，西方对中国知之甚少。当时整个西方充满了对中国的敌意宣传，如果不是我和苏阿芒的友谊及时拯救了我，也许我也会成为这个宣传"绞肉机"的"受害者"。是苏阿芒引导着我，用爱去注视他的国度。

我立刻意识到了这一点。毫无疑问，正是因为这位诗人朋友生活在一种绝对自由的社会环境中，不断地试图与世界接触，不断地通过文字走出中国，甚至到达最遥远的、几乎人迹罕至的地区。我才能从这种渴望中汲取灵感，挖掘中国几千年文化的根源，领会到这个国家的社会和政治现实的平衡，最重要的是找到中国与西方接触的切入点。对我来说，苏阿芒是一个前所未有的先驱者，我在青年时期，从他开始进行"探索中国之旅"，立刻被他及中国迷住了。

我开始收藏他的信件，包括他写在轻薄宣纸上的诗词，他在旅途中拍摄的偏远地区的照片。我们在通信中，逐字逐句地互相讲述着各自的生活、习俗和思想，各自的欢乐与悲伤，甚至还会聊起对爱情的看法，我们还交换家人的照片。后来我们开始以兄弟相称，这是一种自发的感情，仿佛我们原本就是亲人，有着天然的血缘关系，生活在同一个屋檐下，在一起度过了漫长的青春时期，有着兄弟般的感情。

在我们友谊的最初几年里，苏阿芒已经有了坚实的西方文化尤其是欧洲文化基础。他曾阅读和研究过世界上多种语言的古典文学，他可以用一种令人惊讶的关联法研究这些著作，巧妙地利用特殊的符号增加对任何词汇的记忆。他沉浸在一项振奋人心且大胆的实验中——把中国和西方两种独立发展的文化交融在一起，克服缺乏沟通的障碍，建立彼此相融的桥梁。

对我来说，和苏阿芒书信往来的那些年月，正是我探索中国收获最多的几年。我完成了关于中国革命的大学毕业论文，深入研究了中国的历史和文明，这个过程让我深刻地意识到这将是我余生真正要深入研究的领域。

为了更多地了解中国，我以合同工和见习船员的身份，登上了一艘驶往亚洲的货轮，开始长达几个月的海上之旅，货轮把我带到了西亚国家的一些港口，最后到达印度，很遗憾，没有继续向中国驶去。但这是一次非同寻常的经历，让我最终走上了新闻记者的职业之路，这也是我心驰神往的事业。我的命运和性格决定了我的选择，一切并非偶然，丰富和积累知识贯穿着我的一生，我无法停下探索的脚步。

随着时间的飞逝，我的剪报越积越厚。在20世纪60年代，有关中国的新闻报道总是起伏跌宕，我已经习惯了不去过度相信和依赖几乎完全来自美国宣传机构的报道，因为他们对中国怀有强烈的怨恨，更确切地说，是仇恨。

在那些被黑暗新闻笼罩的年月里，与苏阿芒的通信往来点亮了我的人生。面对新闻界不断炒作的世界末日来临的报道，我也看到一些中国的宣传读物。我从中国驻瑞士大使馆收到的杂志多是宣传品，但也有一些具有启发性的故事，给我带来一些欢乐。这些杂志表达了一种强烈的愿望，即宣传中国社会的进步。

如此直白的宣传，需要读者的包容和理解，需要读者能够理解新中国是在何种复杂的历史境遇中走过来的。而我，却对这些历史段落兴致盎然。这些杂志是一扇不同寻常的窗户，一扇如此真实的窗户，让我能看到那个正在转型的巨大国家。在杂志中，人们呈现出他们的本来面目，纯朴的面容，农村和工厂的日常生活，以及城市的建设。

我们来自世界的另一个地方，我们对中国一无所知。唯一的消息源是一些最近从中国回来的传教士，他们回到自己的家乡，和家人们滔滔不绝地聊起中国，但他们的故事多是对新的共产主义政权的敌视。在他们当中，没有任何人告诉我中国真正发生的一切：新民主主义的革命、日本的侵略、一个饱受苦难的国家……

丝绸之路的神话

从我的家到北京,乘坐飞机需要飞行约8000公里,走陆路则超过15000公里。儿时的我认为这是不能跨越的距离,但想要克服这段距离的意志,却是如此坚定。

1976年春天,我首次登上了飞往中国的飞机,基本上沿着丝绸之路飞行。那时从巴黎到北京的航线是这样的:首先穿越阿尔卑斯山脉,再往南飞过亚得里亚海,之后便开始沿着古丝路继续前行,横穿阿尔巴尼亚、亚美尼亚、伊朗,在巴基斯坦的卡拉奇市稍作停留之后,紧接着飞越印度河流域,翻越喜马拉雅山脉,沿着喀什通往乌鲁木齐的古老商队路线,经新疆、甘肃、宁夏和山西到达北京。

我从空中俯瞰黄河,她好似向我敞开了宽广的怀抱,看到蜿蜒曲折、连绵不绝的长城时,我的内心猛然一颤,意识到多年来我期盼去中国的梦想成真了!再过几个小时,我就可以抵达被我视为"应许之地"的地方,在此之前,很少有外国人能踏足那里。

我的万千思绪,悬在这片即将被夜幕笼罩的天空中,很快,我也会像7个世纪前的马可·波罗一样,踏上这片广阔的土地了。

丝绸之路的神话深深地吸引了我,它成了我不惜一切代价想要实现的目标。这是一个跨越时空的神话。与7个世纪以前的商队徒步旅行的速度相比,我以飞机的速度飞越了时空。从古罗马帝国到中国的秦始皇，再到汉唐时期，丝绸之路一直是一个伟大的愿景，这个愿景就是与那些未知而遥远的世界沟通。

根据地球的版图，随着历史和地域的变迁，人类被划分为两个不同世界的群体：生活在东方或西方。人类的想象力和行动力，让传说中的道路成为现实，这是最迷人的冒险神话之一。一种思想早在构筑丝绸之路时，就已经穿越了欧亚大陆，这是一条因渴望交流而驱动的文明之路。

不仅有陆上丝绸之路，还有海上丝绸之路，它们有共同的出发地和到达地，但它们的路线却纵横交错，距离有短有长，有些可能还相距甚远。更令人着迷的是，陆上丝绸之路会穿越地球上令人毛骨悚然的沙漠之一——塔克拉玛干沙漠——一个被认为是"有去无回"的地方。陆上丝绸之路，就是穿过这个辽阔无垠的"致命"沙漠，绵延而去。沙漠为丝路传奇增添了一抹神秘的色彩，让神话变得愈加生动。

因此，丝绸之路本身就是一个理念，它承载着人们去探索、交流的意愿，主要是由冒险的欲望所驱动。而冒险的欲望总是伴随着另一个更大的欲望，那就是金钱和商业的贪婪。毋庸置疑，这些都是人类本性中所固有的特点。

丝绸之路，连接了一个在地理上来说就有联系的地区：欧亚大陆。我们可以相信，它在世界诞生之初就已经存在了，这是一种自然的方式，这是一条人类 DNA 中与生俱来就认知的自然道路：看着太阳的升起，自然地思考朝着那个方向移动。它与创世之路没有什么不同，是好奇心驱使的一种简单的冲动。

太阳从东方升起，阳光是人类的头等需要，崇拜太阳，是人类一种本能的体现。崇拜而寻其根源，因此，思想与行动就完美地融合在一起了。我们有理由相信，丝绸之路是一条自然形成的"向阳之路"，是人类的生命之源，也是人类很久以前的自然智力运动。

塔克拉玛干沙漠奇迹般地将长眠于此的探险者们的尸体完好地保存了下来，他们早在几个世纪之前就踏上了冒险之旅，只是如今再次回到了我们的视线中。令人感到惊奇的是，他们来自不同的国家，其中还包括欧洲。他们的面庞、头发甚至金色的胡须都被保留了下来，见证了古老的丝绸之路，早在10个世纪之前就已经将东方与西方紧密地联系在了一起。

踏着祖先的足迹，古人们攀越了像天山这样人迹罕至的山脉，穿越了像塔克拉玛干这样荒凉的沙漠，奔向了遥远的目的地。"丝绸之路"，这是德国探险家费迪南·冯·李希霍芬在19世纪末给出的定义。就是这条道路，连接着世界上各个端点，形成商路网，走在这条路上的都是无名的勇士。

几个世纪以来，在旧世界的巨大空间中，文明、文化和宗教的探索，推动着这条道路缓缓发展。它沐浴在不同的阳光下，受到不同思想、不同民族意识的启发而逐渐成熟。没有刻意的安排，商人们各自找寻，最终在各条小路上相遇。丝绸之路帮助人们从地球上的一点延伸到另一个空间。文明、文化和宗教在这里磨合，寻找对彼此的认同。

如果用一个现代的词来形容它，那就是听起来再熟悉不过的——"全球化"。早在古代，丝绸之路就已经为它开启了绿色通道，一路无阻。这源自于人类挑战孤独、打破束缚、超越自我的态度，就是这样义无反顾。

在公元前7至8世纪，印欧游牧民族斯基泰人就已开辟了商路，他们从中亚的西北部移居到里海，将丝绸带到了西方。在罗马帝国建立之前，丝绸已经备受希腊人的青睐。

当时，里海被看作是已知世界的边缘。里海的东边则是一个太阳升起的未知世界。后来，当丝绸之路上的贸易被波斯商人垄断，罗马人尝试着开辟自己的路。他们与帕提亚人的血腥战争，无非是想打开通往东方的道路，但结果是徒劳的。

同样，早在公元前1世纪，中国的汉朝也曾尝试到达罗马帝国，但也没有成功。中间的帕提亚人出于嫉妒，行使了自己的控制权，总是设法隔断东西方的接触。但是，那条神秘的道路一直持续数百年，始终保持着从黄河流域到地中海这两个世界的联系。

如果不是丝绸，罗马人可能不会一直那么关注和想控制那条商路。为了采购香料，特别是胡椒，他们已经成功地开辟了与印度的海上航线。毕竟，罗马人是通过帕提亚人知道丝绸的，经过他们认真的测算，到达中国最短的途径是陆路。

中国古代的历史学家们给我们留下了详尽的文献资料，通过阅读他们的历史记载，我们了解到，罗马当时遇到的问题是如何直接购买到生丝，以织造他们自己的服装。当时，帕提亚人并不会把丝线卖给罗马人，他们销售给罗马人的，是他们自己加工后的织物成品。通过这样的贸易方式，他们可以从中获得更多的产品附加值。也正因如此，他们坚决阻止罗马帝国与原材料生产国中国建立直接的联系。所以，罗马人还不知道丝绸是如何制造的，他们猜测也许是用某种树叶上的绒毛制成的植物丝线，根本不知道那其实是蚕吐出来的丝。

通过中国历史学家的记载，我们了解到了帕提亚人嫉妒罗马人的原因：他们的纺织技术远不如罗马人，如果罗马人能够直接从源头中国购买到生丝，那么他们就会永远失去这些"客户"。

归根结底，罗马帝国与帕提亚王国长达几个世纪的血腥战争，主要源于帕提亚王国对丝绸和丝绸之路的垄断，以及罗马帝国与中国直接建立贸易往来的需求。公元前53年，战争以罗马帝国在卡莱战役中的惨败而告终，罗马军团的指挥官克拉苏本人，也在这场战争中丧命。

丝绸之路的神话，流传在2000多年来的编年史中，这段遥远的旅途与人类和自然所面临的困难交织在一起。在这条道路上，文明继续前进，从来没有任何军事力量能够阻止它的进程。事实上，在很长一段时间内，所有跨越欧亚大陆的地区，都会对发展这条路线感兴趣，并且给予极大的关注。这种情况竟然持续了近15个世纪，一直到海上丝绸之路的开通。双边贸易由此变得更加有利可图、更加安全，一直到中国的明朝再次关闭了国门，重新修筑起了长城。

罗马人与帕提亚人之间的战争终有一日偃旗息鼓。与丝绸之路的伟大思想相比，古波斯人对贸易的垄断早已显得陈腐不堪。此时，罗马帝国准备开辟一条更加靠北的新商路来克服障碍。罗马人从达西亚（也就是现在的罗马尼亚）出发，穿过现在的俄罗斯和哈萨克斯坦，从高原牧场进入中国。

这是一个很好的设想，但随后来势汹汹的蛮人入侵打乱了罗马人的计划，他们决定将所有的力量集结起来，保卫岌岌可危的帝国。也许罗马人设想的新商路会更加成功，因其肯定会缩短路途中的时间，避免穿越无尽山脉、茫茫沙漠时会遇到的危险。这条新"罗马尼亚丝路"将是一条衔接北部商路节点的"捷径"，途经库车、吐鲁番以及敦煌，穿过甘肃和黄河流域，最后到达长安。

长安！一个神奇的字眼，照亮了风尘仆仆的商队，这个神奇故事中的富饶长安城，是一座建有方型城墙的大都市、世界的中心，融合了不同的民族，交织着万种的冒险和各种的荣华富贵。这里也是到遥远地中海的伟大旅程的起点。来往的商队集中在西大门内的广场上，疯狂喧闹的商人和冒险家们在成群的骆驼中漫步。

他们即将面对的是一片望不到边的荒芜之地，在那片"西方大地"上，居住着十分奸诈的人，他们不受法律的约束，沿途还会遇到诸多无法预知的障碍，只有无所畏惧的人才会坚持数月乃至数年，向着日落的方向勇往直前。

商队离开了，依靠天意，或者更简单地说依靠星星。那些从中国的中心向西走的人，面对太阳落山处的未知之地，也未免惆怅。唐代诗人王维曾有诗云：

"劝君更尽一杯酒，西出阳关无故人。"

长安——汉朝至唐朝的都城，很快就成为了当时世界上最大、最国际化的城市。作为丝绸之路的终点站，长安是近千年来最受商人青睐的目的地，是品尝美食、尽享欢乐的地方，是对勇士们的奖励，他们穿越了沙漠、翻越了山岭、穿过了草原、走过了广袤的土地以及无尽的荒漠，完成了1万公里的冒险之旅，而走完全部的行程，至少需要3年的时间。

在"中国中心论"的背景下，有着"龙之国"美誉的中国将罗马帝国想象成了"西方的大中国"，称它为"大秦"。大秦，位于无尽的沙漠和无法逾越的西部山脉的另一边，是一个与"天朝"相同的大国。

在世界的另一端，罗马帝国对古时的中国却有着更准确且客观的认识，罗马人知道那里是出产丝绸的地方。在罗马，丝绸是以黄金的价格出售的，这给罗马人带来了巨大的商业利润。

尽管几百年来他们一直在找寻彼此，但地球两端的"两位巨人"，却没有正式地会面。罗马人受到丝绸的召唤，决心一路向东直至终点，但他们始终未能跨越美索不达米亚。而另一方面，古时的中国从未派遣人员前往地中海神秘的海岸，虽然它对罗马出产的玻璃颇感兴趣，但这或许不能成为向西方派人进行考察的理由。

波斯商队穿越荒漠一路来到长安，时不时地带来大秦的一些"新奇"的东西，这使得长安城周边的地方无法避免地受到了西方"奢靡"之风的影响。尽管如此，中华帝国没有受到其他帝国魅力的任何诱惑，因为它们被认为太遥远，不值得冒险去进入一个未知的世界。

古代中国对外界一向没有什么好奇心，西方的国家一向被认为是野蛮和危险的，统称蛮族。中国地大物博，无需什么外援，本身就自足了。中国修建万里长城就证明了这一点，证明了将帝国封闭在一种永久的、排他的自我之中的必要性，这与其他文明的征服精神极为不同。

丝绸之路，对于那时的中国可以说是过于大胆的冒险。如果这条路是由中国人决定的，而不是出于波斯人、阿拉伯人、欧洲人对贸易的贪婪，这条路就会停在她的西部边境，比如玉门关脚下，或许再远一点，在那些用沙漠和山脉筑起天然屏障的、荒凉的西部地区。

马可·波罗，一个幸运的"偶然事件"

当我还是一个8岁的意大利小学生时，经常听大人们说，我们的国家是一个集聚了圣人、艺术家、航海家和英雄的国家。在这幅得意的"国家肖像"中，我觉得还要加上诗人和旅行家，至少最后这一项是必要的。马可·波罗，就是我们国家一位伟大的旅行家。尽管在那段遥远的历史里，他不是唯一一位去到亚洲、去过中国的人。

我是很崇拜波罗先生的，但我必须承认他的传奇确实是个"偶然"，他的成功在于他有着惊人的记忆力。而在他之后两个世纪，又诞生了另外一位伟大的意大利人，写下了一篇永垂不朽的历史篇章，他就是克里斯托弗·哥伦布。我们自幼就听说他们二位都是我们国家的荣耀，但是没有人去谈论这两位民族英雄的人生观和世界观。我认为，威尼斯人波罗先生是道德世界观的继承者，但热那亚人哥伦布却是掠夺性的，是殖民主义和帝国主义世界观的承载者。幸运的是，哥伦布偶然发现的是美洲大陆，而他原来的航行目标是掠取中国的瑰宝和所谓的日本黄金屋顶。

在欧洲中世纪昏暗朦胧的暮色中，《马可·波罗游记》像是一个延迟的引爆器，在沉睡了两个世纪之后，终于"爆炸"，引发了世界的关注。

历史是由一系列奇妙的"偶然"事件组合的，这些"偶然"

事件各自独立，又相互关联，相互依存。马可·波罗就是其中的一个偶然事件。他在热那亚被监禁是一个偶然事件，在监狱里遇到了来自比萨的鲁斯蒂谦也是偶然事件。这些偶然的发生，又促成了《马可·波罗游记》事件的偶然，这些"偶然"，构成了后续一系列历史事件发生的前提。

人们要想象14世纪初的欧洲，才能理解《马可·波罗游记》的真正含义。来自北欧的野蛮人的破坏已经持续了将近1000年。以意大利为中心的凯撒帝国遭受严重的创伤甚至彻底的毁灭，希腊—拉丁文明几乎被反对传统的暴怒所摧毁，在漫长的野蛮黑夜中，欧洲文明倒退了。之前，希腊人对知识的渴求，以及后来罗马人对知识的渴求，都被一种无知的僵化所取代。地理，是第一个为此付出代价的知识领域。

迷信、由教会的世俗权力所引发的恐惧、对衰落民族的幼稚的仇外心理、知识和技术的贫乏，导致了所谓的文明世界出现了可怕的倒退。然而，对于希腊人和罗马人来说，地理学是一门基础科学，它的战略性停滞与中世纪"文化脑残"成正比，加剧了中世纪文明的倒退。

正如我所提到的，地理学的倒退，主要的责任在于天主教会的介入，天主教会相信可以用《圣经》及其训诂取代地理学。除了蒙昧主义之外，教会的等级制度也加强了他们的影响力，从而巩固了他们的权力。马可·波罗就是在这种文化背景下诞生的。

公元7世纪到13世纪，地图更多地被当作宇宙图和精神方面的指南，人们在地图上只能看到耶路撒冷、罗马等主要城市在哪个方位。博物馆和图书馆里没有一张地图或地形图能提供乌拉尔河和恒河以外的那片土地的信息。没有人敢越过那条要承担精神痛苦的"界限"：那里被描绘成一片未知世界，与地狱相连，充满可怕的恶魔和野兽。

然而，今天我们从中国西汉的历史记载中了解到，大约有数百名罗马军团的士兵在卡莱战役中被帕提亚人俘获，在战争结束时被卖给匈奴做奴隶，在后来的匈奴和中国汉朝交战中，这些奴隶被汉朝士兵捕获，并被安置在了今天的甘肃骊靬，在那里建立了一个罗马部落。还有，在日本的江户，也就是今天的东京，考古人员挖掘出了一辆埃及战车，这证明了至少在马可·波罗时代之前3000年，古埃及人的探险活动已经到达了亚洲的最东边，然后，他们一路向东穿越太平洋到达南美洲，影响了该地区在哥伦布抵达前的文明。这些都在考古学上得到了一定程度的证实。

中世纪的欧洲，放弃了地理作为科学进步的途径，倒退回远古时期。与之形成鲜明对比的是阿拉伯人，在同一个时代，阿拉伯人将地理与天文学并举，作为核心科学进行探索研究。

这是一个巨大的历史鸿沟，它延缓了欧洲文明的进程。这种落后的思维及心态，在《马可·波罗游记》问世之后仍然残存了许久。实际上，14世纪和15世纪的地理学家从未重视过这部游记，他们认为该书的内容并不可靠，甚至他们根本没有读过这部著作。到了1375年，西班牙人绘制《加泰罗尼亚地图集》时，才将马可·波罗的游记作为参考，试图填补上个世纪制图师在乌拉尔河和恒河之外留下的空白。这也绝非偶然，因为西班牙是当时欧洲的新兴大国。

中世纪西方人的盲目教条主义，不仅没有珍惜马可·波罗在游记中所提到的宝贵信息，而且也没有阅读比这个威尼斯人还早的先驱者的东方游记。先驱者中包括两名传教士：若望·柏郎嘉宾，奉教宗英诺森四世的委派，于1245年离开里昂，给蒙古大汗贵由带去一封写在羊皮纸上的《致鞑靼的首领及其人民》的信函；佛兰德人鲁布鲁克，受法国国王路易九世的派遣，于1253年离开法国，出使蒙古。同样被忽视的，还有阿拉伯人苏莱曼，他在公元851年写下《苏莱曼东游记》，记载了他在东方的见闻。而后的公元916年，一个名叫哈桑的阿拉伯人听说了这本游记，根据自己的记忆进行了补充，构成了完整的《苏莱曼东游记》。

如果说阿拉伯人的作品被认为是内容荒诞而时间遥远的，那两位传教士的游记就不同了，这是最接近游记体纪实风格的两部作品。就时间来看，这两位传教士的作品均为上呈教会的报告，由旅行者亲笔书写，这样看来，会比游记更可靠。若望·柏郎嘉宾和鲁布鲁克的两次东方之旅，证明了罗马教会试图与蒙古大汗建立某种利益关系，寻找对基督教世界的一种保护措施。当时的罗马教会，在客观上正在受到蒙古军事扩张主义的威胁。

来自意大利传教士的报告是严格保密的，不能透露任何科学的地理信息。实际上，这也是一项"政治"任务，主要目的是让蒙古人的统治者理智起来，希望其与基督教教皇签署和平协议，避免蒙古人在欧洲继续大行杀戮。所以，这份给教会的严谨报告，是不会提及或研究那片未知世界的。

因此接下来，马可·波罗的游记成为了"幸运儿"，从他所处的时代里脱颖而出。就像他所在的城市威尼斯一样，此时的水城威尼斯与当时欧洲的其他地方相比，早已成为"独特"的繁荣之地。那么请问，在那个时代，在其他的城市，甚至在意大利以外的国家，是否有可能出现第二个"马可·波罗"？

似乎很难给出答案，又或许根本就没有答案。但可以肯定的是，13世纪威尼斯人的特性已被历史所公认。当时欧洲普遍的政治狂妄，明显地制约了文化的发展，甚至使其倒退，但这其中威尼斯是一个例外——它已经走在了世界的前列。威尼斯的优势在于海上贸易、航海旅行及探险。马可·波罗和威尼斯，是两个完美结合的"偶然"元素,而他们的精神来自伟大的拉丁文明,在蛮族摧毁古老文明的灰烬中,坚强地幸存下来。

威尼斯的确是一个很独特的沿海城市,它没有土地,因而没有以土地为基础的封建制度,它敢于打宗教的擦边球,又远离宗主国拜占庭,因此,积极地开展了多种多样的对外贸易。在追求自由和开放的精神鼓舞下,威尼斯向着现代性城市发展。在13世纪,威尼斯的这种地位无疑是独一无二的。在国家政治体制上,威尼斯与意大利其他沿海城市一样,也是共和国。实际上,威尼斯共和国的政府是结合了君主专制、寡头专制和民主政治的混合政体,其政治制度的复杂性恐怕为人类史上罕见。

马可·波罗只是不由自主地履行了他的历史责任,记录了他的所见、所闻、所做。对他来说,那些被别人称为未知之地的奇观仅仅是简单的事实:那里是他旅行过的土地,是他因好奇而驻足的地域,是与之交往的善良民族的家乡。他与忽必烈大汗关系密切,他对所见的一切充满好奇,最重要的是,他对生活了17年的友好国度充满了崇敬之心,这一切都使他成为了中西方关系最可信的见证者。

《马可·波罗游记》的写作目的,或许只是为了消磨在狱中单调乏味的日子,或者是通过向热那亚人讲述新奇的故事,来引起他们的猎奇心,争取提前出狱。鲁斯蒂谦在比萨人战败的梅洛里亚海战中被俘,在狱中度过了14年,他是比萨在梅洛里亚失利后为数不多的幸存者之一。他从马可·波罗的讲述中,看到了期盼已久的自由的希望。

出于这样或那样的原因,可以肯定的是,波罗先生的奇观之书,充满了丰富的想象力,而鲁斯蒂谦熟练的文笔,为这次真实历险增添了生动的描述,尽管有些人对马可·波罗以及这部作品存在着质疑和反对。

有一个英国学派否认马可·波罗到过元朝都城，认为他从未在中华帝国北部和南部两个辽阔地区有过旅行经历。按照这一学派的说法，马可·波罗最远只到达了波斯，他书中的内容都是从波斯旅行者那里道听途说来的，或是从两本早在9世纪就已出版的阿拉伯书籍里抄袭来的。

但我们可以看到很多史料文献能够揭示事情的真相，事实与那些英国历史学者的观点恰恰相反。我无须为马可·波罗以及他的游记进行辩护，他完全可以自证清白，如果需要的话，随时都可以在世界各地找到站在他这一边、为他进行辩护的"律师"。或许研究马可·波罗的知名英国学者们想要掩盖其对于历史的不同态度：英国以其征战精神而闻名，是帝国主义和殖民主义的先驱者，不幸地产生了与马可·波罗截然不同的形象——征服者、殖民商人、掠夺者以及海盗，而不是致力于恢复知识和文明的共和国的自由旅行者。

如果我们回看那个时代以及在那之前和之后几个世纪的欧洲就会发现，马可·波罗如果不是意大利人，他就不会是我们今天熟知的马可·波罗。在文艺复兴的繁盛时期，英国、西班牙、法国和葡萄牙人四处掠夺，而威尼斯则向世界各国派出了大使，佛罗伦萨向艺术家们敞开大门，他们在那里济济一堂，此外，佛罗伦萨的美第奇家族还在欧洲各地建立了银行。

但任何事物都有两面性，这也是我的文章的核心思想所在。在意大利之外，马可·波罗的游记被贪婪的征服者当成了侵略的武器。两个世纪以来，它一直沉睡在少数当权者的图书馆里，但从15世纪中叶开始，它激发了一些欧洲国家统治者的欲望。

《马可·波罗游记》对卡泰和曼吉（马可·波罗在书中对中

国北方地区和南方地区的意大利语称呼）巨大财富的详细描述，特别是西潘古（马可·波罗在书中对日本的意大利语称呼）的宫殿上的黄金屋顶，激起了西班牙及葡萄牙国王的极大贪婪，也激起了英国和法国国王的强大欲望。中世纪晚期，殖民主义的邪火在欧洲被点燃，军事占领之风迅速传播开来，贪婪地占有他人财富的行为，写入了政府的法律，成为帝国的新准则。

人类终于发现地球不再是平的，而是圆形的，所以你要有冒险家的胆量。马可·波罗的故事所引起的轰动为探索未知的国家打开了新的视野。书中揭示了无尽财富的存在，人们对大汗帝国拥有的所有东西都垂涎三尺。他们把此书称为"奇观之书"，视为一本绝妙的攻略手册，认为它为勇敢的寻宝者提供了神话般的梦境。

一种新的艺术随之诞生，这就是地形图的绘制。世界地图的出现，提高了人们对了解遥远边界外未知土地的兴趣。此前，人们对海洋的认识很贫乏，只知道鲁莽地出海航行，并为此付出了代价，因此，欧洲许多国家停止了行动。此时的欧洲人和15世纪前的罗马人没什么不同，只知道环绕着自己土地的大海是地中海，不相信有大西洋和印度洋，认为太平洋也不可能存在。北欧海盗维京人在边境的骚扰消息尚未传到当时昏昏欲睡的朝廷。这个世界仍然还是僵化在古人所知道的世界里，还是那份不变的地图，也没有超越传说中古人设有海格力士神柱的直布罗陀海峡。

很少有人认为人类历史正处于一个划时代的转折点。他们觉得没有什么可以发现，没有什么可以知道，没有什么可以探索。但他们错了，在三艘帆船的踪迹后面，一个旧时代正在悄然消失，面对着未知的海洋母亲，一个大航海的新时代正在到来。从中世纪黑暗到文艺复兴光明的悲伤过渡，对迎来新世界的无辜人民来说，这是多么痛苦啊！

马可·波罗，不是掠夺者时代的哥伦布

当意大利人开始通过文艺复兴运动，反对中世纪的黑暗与愚昧，将民族的精神、艺术的活力重新带上历史舞台时，欧洲的其他国家则沉浸在征服世界的幻想中。他们开始建立舰队，组织征服者大军，囤积火药，重新策划海上野蛮行为，试图掠夺马可·波罗所说的那些未知的土地。《马可·波罗游记》中所描绘的信息，则被用来当成他们掠夺的依据。

另一位意大利人克里斯托弗·哥伦布，被《马可·波罗游记》中描述的情节深深地吸引，他深信"地圆说"理论，所以他抱定了这个信念：穿越大西洋一直向西航行，准能到达印度和中国。他认为，既然地球是圆的，那么从西方出发就可以到达东方。

哥伦布试图开辟一条新的快捷的航海路线，于是出现了一些愿意资助他的团体，当然，他也就成为这些唯利是图的人的"雇佣军"。为了达成他的目标，他使用了获胜的唯一法宝：贪婪。他承诺，如果他能顺利抵达东方，他愿意与为他提供舰队的君主分享掠夺的全部黄金和财宝。

因此，就发生了后面众所周知的故事，克里斯托弗·哥伦布意外地发现了美洲大陆，而不是称为"西潘古"的日本。马可·波罗并没有去过那里，只是把日本说得很神奇，遍地是黄金，房顶都是用金子盖的。

《马可·波罗游记》在15世纪广为人知，几乎所有王公贵族都在自家藏有此书，当然也是哥伦布最喜欢的书籍。他随身带有一本，空白处还会写下批注。这位好学的航海家，运用所学的拉丁语，读了大量古希腊著作和中世纪学者的相关著作。

哥伦布从书中受益最大的就是冒险精神，他身体里也流淌着那个时代欧洲对外扩张的血液。受到马可·波罗的启发，哥伦布在西班牙王室中嗅到了殖民主义的巨大机遇。15世纪最激动人心的，便是东方世界的财富。阿拉伯航海家把丝绸、瓷器、玉器从中国带到了地中海地区。蒙古统治者北退至长城之外，中国最辉煌的朝代之一——明朝取代了元朝。如此看来，马可·波罗是对的：未知之地的另一边有一个富饶的帝国，而在帝国的另一边还有一个满是黄金屋顶的地方——日本。

地理变得至高无上，科学不仅为知识服务，也为征服服务。欧洲的地图绘制者争相填补乌拉尔山脉及恒河之外的"空白"，马可·波罗的书给出了精确的位置和信息。若望·柏郎嘉宾及鲁布鲁克的报告对欧洲新殖民主义的伟大事业也很有帮助。美洲大陆的发现，也使西方对中国的侵略推迟了几百年，这也是一个"偶然"事件。

至少在3个世纪里，欧洲大国为了争夺新世界的财富不断发动战争，将这片位于大西洋西岸的土地肢解拆分。从此开始了无尽的掠夺与杀戮：西班牙、英国和法国最先出兵，紧接着是荷兰和葡萄牙，纷纷开始征服世界。此时的历史，不再是一个"偶然"事件，而是触发了人性黑暗一面的残酷现实。

奴隶制的锁链又被重新戴上。手无寸铁的美洲土著民备感无助，就这样被压制、剥削甚至是被屠杀。同时，教会助纣为虐，使得暴行更加肆无忌惮，他们担心无法"转化"所谓的"异教徒"，不愿放弃这侵占而来的饕餮盛宴，但也有一些正直的传教士没有同流合污，而是试图弥补过错。相比之下，中世纪是一个充满田园诗意的文明时代。

马可·波罗是一位充满好奇心的旅行家，他和蔼可亲，就像方济各会的英雄们一样伟大。他喜欢用迷人的语言讲述他所看到的真实故事，即使令人觉得不可思议，他希望以此留住那段在亚洲天空下的难忘生活经历，保留这不可复制的记忆。即使在对这个他再也无法踏足的遥远国度的不舍中，隐藏着贪婪的伏笔，那也只有那些贪婪的人才会读出它的存在。

在《马可·波罗游记》之前，没有任何一本书激起了人们如此强烈的欲望，乃至在欧洲引发了前所未有的殖民主义的大流行。1492年发现美洲大陆之后，疯狂的征服和掠夺拉开帷幕。新大陆被残暴的烈火燃烧殆尽，伴随着前所未有的残暴屠杀和大规模的种族灭绝。时间是征服者的筹码：最先到达的人才可以占领土地、奴役当地人并掠夺其财宝。暴力侵占后，殖民主义就会变成帝国主义，其核心是统治世界、掠夺财富、掌控人们的思想，这就是殖民主义畸形变态的逻辑。

"近代"，代表了一个新时代的开端，但对美洲文明来说却是灾难的开始。黄金国——马可·波罗描述中神话般的黄金帝国，是掠夺者梦寐以求的财富之地。西班牙人认为它位于南美洲的某个偏远地区，于是为了找到这个黄金国，西班牙统治者派出了一批批的军队前往森林深处以及安第斯山脉。几十年后，玛雅人和阿兹特克人的富饶国度被来自欧洲的新野蛮人——文明程度"最高"、最虔诚的基督教信徒西班牙人给洗劫一空。黄金成为军队横渡大西洋的唯一目的，这些军队服从的唯一命令就是掠夺。

《马可·波罗游记》在诞生后的两个世纪里，已经成为许多前所未有暴行的导火索。同一个欧洲，在 13 世纪末把知识以及和平的使者送到了东方，却在 16 世纪初把抢劫和战争的征服者送到了西方。悲剧是如此的惨痛，在不到半个世纪的时间里，整个美洲大陆沦为了殖民地，当时的剥削掠夺是如此之彻底，以至于 5 个世纪后的今天，我们仍然能感受到它所带来的影响。

也许历史学家们低估了《马可·波罗游记》对人们思想上的影响。当然，我们不能将其归咎于马可·波罗，更不能追究其责任，但不可否认的是，《马可·波罗游记》推动了欧洲新殖民主义及帝国主义的兴起。然而有人认为，正是在中世纪蒙昧主义盛行以及美洲大陆新发现后出现的野蛮殖民时期，马可·波罗才再次回到了人们的视线中。毫无疑问，马可·波罗拥有杰出的智慧，是和平的使者、信息的传播者以及思想超前的记录者，是陌生的地方和民族之间的沟通者。他所做的不算是英雄壮举，而是一个商人的冒险。他听从命运安排，适应无论友好还是敌对的环境，在对知识的渴望中，将自己的所见所闻统统装进记忆中，没有任何偏见或轻视。

无论被当作一本奇闻逸事的游记书，还是作为刺激贪婪野心的工具书，《马可·波罗游记》在历史的长河中仍然被完好地保留了下来。这本书为人们了解像中国这样一个世界重要的国家，以及受中华文明影响的其他周边国家做出了不可替代的贡献。后来出现在 18 世纪，特别是 19 世纪和 20 世纪的旅行家们，他们在《马可·波罗游记》提供的信息的基础上，不断更新了我们对中国的认识。在过去的 12 个世纪里，对于其他国家来说，中国具有重要的战略意义，在世界历史中占据着至关重要的地位，而《马可·波罗游记》则一直是西方了解中国的重要信息来源。即使在今天，这本书仍然会引起我们的好奇心，向我们展现那里的奇特场景，将我们的目光吸引到这个还很陌生、被误解甚至是从未了解过的国度。

如果说《马可·波罗游记》无意中释放了欧洲人的征服精神，另一方面，它也拉近了两个遥远国度的距离。我们从中得到的教训是，无知助长猜疑和种族主义狂热，而知识促进对话、建立友谊。《马可·波罗游记》的主要价值在于，元朝中国第一次被描述为一个人民思想解放，文化高度发展的伟大的文明帝国；中国人被描述为一个伟大而勤劳的民族；元大都被描述为一个非常美丽的城市，此外还有扬州、苏州、杭州以及南京，等等。

通过《马可·波罗游记》，中国终于呈现出了一个大国的面貌，那里居住着勤劳的人民，他们十分遵守统治者制定的法律。得益于马可·波罗的记述，那个曾经的"未知世界"不再陌生，成为了众所周知的文明之地，有着成熟的市场体系。在这之后的18世纪，伏尔泰在《风俗论》中更详细地描绘了中国的形象，他称中国是一个拥有良好的社会及政治组织的典范，其官员选拔制度最大程度地保证了文化及法制的民主。

再来谈谈意大利。7个世纪以来，意大利人认为中国是一个令人钦佩和尊敬的国家，这并非仅有《马可·波罗游记》的影响。除了一些不知名的传教士之外，我们不能忘记利玛窦和郎世宁。我们之所以可以友好相处，是因为我们意大利人完全理解了中华文明，而且伟大的中华文明吸引着我们。

当然，与其他民族相比，我们是"近水楼台先得月"，《马可·波罗游记》把文化和人性相结合，这是典型的意大利特征：开放、尊重和包容。在欧洲历史上，最开明的商人是意大利商人，他们很欣赏中国儒家重商主义的传统。

古代的中国与意大利的相似之处没有到此为止。如果秦始皇修建长城是为了保护自己的疆土不受北方草原游牧民族的侵略，那么哈德良大帝在不列颠建长城，就是在罗马帝国边陲的著名山谷遏制威胁。

这是历史的巧合，还是伟大的文明在对待未开化文明时产生的共同意识和行为？不管怎样，这其中蕴藏着两种文明之间千丝万缕的联系，促使其形成同一种思维方式，用今天一个时髦词句来形容：这是一种共情。

马可·波罗继承了这种古老的共情。他有幸在这个热情好客的国度里长期居住，并熟悉了他们的语言、服装、思想等方面的传统，这种共情得以进一步加强。与其他旅行家相比，他的特殊之处在于，他与大汗忽必烈成为了朋友，获得了大汗的信赖，他也十分爱戴大汗，并以奉献精神为大汗服务。因此，马可·波罗不仅仅是一位旅行家和商人，他更是西方的勇士，挣脱了那个时代所固有的偏见与束缚，向冒险敞开了大门。他用专注和好奇的目光观察和欣赏这个全新的世界，品味着这个古老中国的悠久文明，把那里作为他的第二故乡，但他从未忘记过遥远的故乡威尼斯。他的内心经常在斗争：留下还是返回家乡，因为对于他来说，元大都和威尼斯，这是他个人宇宙的两端，十分难割舍。

《马可·波罗游记》的新奇之处在于，人类在探索新事物、新地区、新民族的广阔天地时，发现那些生活在远方的人并非坏人，相反比我们还要善良，他们能教给我们无数我们不知道的东西，能启发我们对科学的新思考，最终引发我们对自我存在的反思。

一方面，《马可·波罗游记》点燃了殖民主义和帝国主义的欲望。另一方面，《马可·波罗游记》也是国际主义的推动力，而国际主义终于在20世纪末爆发。马可·波罗的书是带有预言性的、是超前的，在他的书中，可以找到很多现代商人以及21世纪旅行家的形象。

因此，马可·波罗的卓越就摆在世人面前：他是知识和技术的征服者，而不是帝国和财富的征服者。他毫发无损的亚洲之行是一段神奇的历史：他在威尼斯出生，他的父亲与叔叔也是旅行家，他们从大汗国回来后，又带上小波罗再次登上旅途，克服了千难万险，到达了大汗的宫廷，并与忽必烈建立了友谊，获得大汗的信任得以长期留住；返回威尼斯的途中危机四伏，在威尼斯对抗热那亚的战争中被征募入伍，之后被俘并被关入监狱，与鲁斯蒂谦关在同一间牢房，萌生了创作游记的想法，唤起了热那亚人的好奇心，之后被释放；最终回到威尼斯，在怀念与回忆中安享晚年。

马可·波罗离开威尼斯20多年后，终于回到了故乡，此时的他，已经变成了一个极不合群的人。那个"奇妙"的东方世界仍使他沉迷，让他留恋。他每天漫步在圣马可广场附近的码头边，在期待着一个不太可能出现的"机遇"：或许能搭载某条船穿越大海，到达阿卡港或者特拉布松港（这两个港口都是陆上丝绸之路的西段起点，许多西方探险家都是在这里登陆后继续向东旅行的）。他的晚年生活是在忧郁中度过的，他总是讲着同样的冒险故事，总是重复他记忆中的那些东方见闻。

关闭的帝国

拿破仑，可能是第一个意识到未来真正的强国将是中国的人。他曾说过一句忠告：中国是一头沉睡的雄狮，一旦醒来将会震惊世界。但事实上，英国人、葡萄牙人和荷兰人早在一个半世纪前就已经开始试图渗透天朝帝国，唯一目的就是掠取它的宝藏。20多个世纪以来，这个伟大的"神秘帝国"一直享有"世界上最富有的国家"之美誉。

如果你不了解过去的中国，那么你就无法理解今天的中国。今天的中国战略与20个世纪以前大汉帝国的梦想有异曲同工之妙，当时的汉朝皇帝就渴望与凯撒大帝建立一条贯穿地中海到日本海的政治、经济和文化的通道。后来成吉思汗和他的继任者们继续让陆上国际贸易干线——丝绸之路畅通无阻，从西欧到东亚的海上贸易也空前蓬勃，更加促进了丝绸之路沿线的长期繁荣和富有成果的交流。

今天，习近平主席提出的"一带一路"倡议，与建立一个和平繁荣的欧亚超级大陆的伟大构想联系在一起。2000多年来，这个超级大陆一直吸引着欧洲和亚洲各国人民，还辐射到了非洲，从长远来看，还会影响到美洲和大洋洲。如今，这个看似乌托邦的梦想就要变成现实。

世界似乎分成了两半：一个西方世界，一个东方世界。两个世界之间的分歧是长期存在的。历史上充斥着痛苦和志忘，偏见和掠夺，屈辱和苦难。但是中国，则将遭受的所有不公正待遇转变为力量，转变为成为世界强国的动力。历史总有自己的逻辑，它需要一个客观的解释。为了读懂今天强大的中国，有必要去了解它过去的一些历史坐标，特别是历史上它与世界其他国家的关系。

耶稣会传教士是当时中国最具权威性的见证人，继13世纪和14世纪出现的旅行家之后，15世纪中叶到整个16世纪，耶稣会传教士，是唯一在禁闭的帝国里拥有一定行动自由的人。

14世纪中叶以后，随着明朝的建立，汉人对中国的统治恢复，天朝帝国得到了加强，并且大规模扩建了长城，逐渐走向闭关锁国的道路。正是由于耶稣会士的坚持，西方才得以与中国保持联系。这还要感谢传教士在17世纪绘制的地理地图，使得欧洲在18世纪开始重新关注中国，并寻找有利可图的贸易路线。

即使是在18世纪末，西方国家对中国地理的了解还是比较粗略的，这个庞大帝国的地图只能反映出基本的情况，边界也很模糊。除了北京，耶稣会士们对其他一些城市也绘制了看似可信的地形图，不过这些城市的大致轮廓都是正方形，附近除河流或山脉外，没有其他迹象。

这些地形图，大多是根据故事或个别旅行者的记忆绘制的，它们在地图上重现了一座座城市，但这些城市几乎布局一样，只不过分为两种：一种是平原上的城市，另一种是海港或河港城市。荷兰东印度公司的约翰·纽霍夫，在1655年作为访华使臣游历了大半个中国，并在访华报告里绘制了很多插图，这是最早发表的中国"城市肖像画"。

因此，尽管西方人从远古时代就知道了天朝帝国的存在，但一直到18世纪，他们仍然认为那里是一个神话般的传说。从《马可·波罗游记》问世之后到 19 世纪，又出版了不少关于中国的读物，但是西方人仍然对中国保持沉默，这就更加增添了它的神秘色彩。

　　非常令人不解的是，马可·波罗的东方之行让西方重新认识了在亚洲沙漠之外确实有一个几乎无边际的帝国，一个灿烂文明的存在。可是已经过去了两个多世纪，一切仍然那么的寂静，没有发生任何重大交流事件。在经历了短短不到 1 个世纪的和平繁荣之后，明朝再次关上了中国的大门，一个宏大的仙境再次消失在稀薄的空气中。从马可·波罗到克里斯托弗·哥伦布，他们相隔了两个世纪，在此期间，什么也没有发生。这是历史的倒退，还是时代的健忘？正常来说，人类应该是喜欢走出自己的疆界，去探索未知世界的。也许，文艺复兴之前的欧洲也一样，即使没有入睡，也整天昏昏沉沉。

神秘的丝绸王国

丝绸的贸易交往早在远古时代就已经开始，从此，亚洲在西方人眼里有了一个"丝绸王国"的美誉。罗马人把产丝之国称为"塞雷斯"，意为"丝绸之国"。罗马著名史学家奥拉齐奥曾在他的著作中写道：公元前1世纪，塞雷斯人曾派遣使者造访过古罗马的奥古斯都宫廷。公元2世纪，希腊历史学家阿利安在他的著作中提到过，布哈拉已经开始从塞雷斯运来生丝，在当地加工成丝织品再卖给罗马人。此外，印度人、波斯人和阿拉伯人也开始通过海上运输与中国南方地区进行丝绸贸易。中国东汉汉和帝刘肇，还曾派遣使臣前往阿拉伯地区，为与西方建立友好关系。

有传说称，耶稣十二门徒之一多马曾在中国传播过基督教，但这一说法缺乏文献支持。事实上，我认为最早进入中国的不是基督教本教，而是基督教的聂斯托利派，中国人称其为"景教"。明末在西安附近出土了著名的"景教碑"，据碑文记载，贞观年间，基督教从波斯传入长安，思想开放的唐太宗李世民对各种宗教的传播有着浓厚的兴趣。

可以确定的是，在2世纪中叶以后，为了获得更好的丝绸，罗马皇帝马可·奥勒留曾派遣使臣试图前往塞雷斯。但目前还不清楚，使臣们是否到达了中国，还是只到达了波斯，从那里获得了精美的丝织品。那时候，波斯人在罗马帝国和中华帝国之间扮演着"海关官员"的角色。7世纪初期，拜占廷帝国的历史学家塞奥非拉克特·西蒙卡塔在其代表作《历史》中提到了这样一个国家："这是一个遥远的王国，王位继承是世袭的，法律是公正的，居民是和平的，皮肤是光亮的，他们致力于种植丝绸，从中获利匪浅。那个王国被两条大河横穿，首都是库姆丹[1]。"

这个被如此赞扬的帝国，就是唐朝时期的中国。

在公元8世纪至9世纪，穆罕默德的教义从非洲传到印度，而后瑞典穆斯林的旗帜也开始在中国边境飘扬，上帝的信仰渗透到西部地区，然后再传播到内地。从公元9世纪50年代开始的几十年里，阿拉伯商人苏莱曼率领阿拉伯商队进行了一次中国之旅，这份游记的原件现在保存在巴黎国家图书馆，后来根据报告内容又出版了《苏莱曼东游记》一书，书中首次提到了茶叶："皇帝本人的主要收入是全国的盐税和泡开水喝的一种干草叶税，在各个城市里，这种干草叶售价都很高，中国人称这种草叶叫'茶'。"

在马可·波罗和鄂多立克[2]之前，曾有许多来自西方的旅行者踏上了通往神话般的元大都的道路。阿拉伯人伊本·白图泰给我们留下了一本有趣的游记《伊本·白图泰游记》，他在游记中特别提到了中国纸币的新颖性，以及可以到达印度加尔各答港的中国帆船的安全性。

在13世纪上半叶，教皇英诺森四世是第一个派遣传教士前往中国的教皇。他在里昂会议上宣布，将派出一些多明各会的神父和方济各会的修道士前往亚洲。13世纪中叶，来自意大利翁布里亚地区的方济各会传教士若望·柏郎嘉宾，受命带使团前往亚洲，他对佛教和基督教仪式之间的相似之处，感到非常惊讶。

---

[1] 拜占庭和阿拉伯文献上对长安城的称呼。（译者注）
[2] 罗马天主教方济各会修士，中世纪著名的旅行家，曾到过中国。（译者注）

同时代，法国国王路易九世派鲁布鲁克前往元大都，鲁布鲁克在元大都受到了隆重的接待。就这样，对中国的兴趣在13世纪欧洲的基督教圈子里开始流行开来。接着，教皇尼古拉四世派遣约翰·孟高维诺去中国传教。当时元朝较为开明的宗教政策，使得这位天主教皇派来的使者得以在中国顺利传教。

在那些年里，传教士的精神是如此的狂热，而意大利商人的务实精神，也让他们认识到与中亚和中国开启贸易的重要性。在14世纪和15世纪出版的许多关于东方的书籍里，有一本叫《通商指南》的书，曾被认为是一部当时欧亚大陆国际贸易的完整指南，其作者是意大利商人裴哥罗梯。

明朝时的中国迅速关闭了大门。丝绸之路封锁和南方港口关闭后，欧洲很快就忘记了这个国度。直到发现美洲大陆后，海洋探险活动成为一种时尚。大航海时代开启，野心家们疯狂地寻找快速安全的航线，以到达那个未知世界。

因此，在发现好望角的若干年后，葡萄牙人乘坐一艘装备精良的舰船到达了广东附近的中国海岸，由此打开了战争与贸易之门。

然而，当他们的船队到达广州时，中国当局却不让他们靠岸，最后只允许在码头交换货物后立即离开。不过这次失败并没有使葡萄牙屈服，后来双方还发生了激战。由此，中华帝国开启了戒备模式。

1573年，葡萄牙人"租居"了澳门岛，从此开始了长达400多年的殖民统治。直到1999年12月20日，澳门才回到中国的怀抱。

随后，17世纪，荷兰、丹麦、瑞典、西班牙等国都在为去中国进行贸易和征服，而作了各种努力和尝试。

另一方面，由于西伯利亚领土的连续性，俄国人与中华帝国有着古老的关系，他们也尝试与中国进行交往，但都没有成果。

最后，就像我们所看到的那样，真正危险的是英国人，他们对中华帝国抱有特别的兴趣，总是怀着征服的野心，试图以征服印度的方式对付中华帝国。

交替的文明

局势越来越紧张，中国人无意妥协，天朝帝国开始更加严格地禁止所有外国人进入，连大使也不受欢迎。另一方面，欧洲人的挑衅持续不断，在整个18世纪，形成一股强大的势力，而冲在最前面的，就是英国。

英国统治着五大洲的海洋，又占领了澳大利亚，但与之相比，它与中国的贸易却少得可怜。而葡萄牙在殖民地的经济增长飞速，商业几乎被它所垄断，英国决不能允许这种特权。

在19世纪到来时，英国妄想侵占中国的野心逐渐暴露出来，它计划在几十年内对中国发动两次毁灭性战争。英国人的企图也引发了其他国家的侵略欲望，先是法国和日本，其次是俄国和德国。但是，最终下手的还是英国人，他们疯狂地掠夺中国的财富，导致清朝最终崩溃，他们用在印度殖民地生产的鸦片去毒害中国人民。这不仅是英国的耻辱篇章，而且对于整个西方而言，他们带有所谓白人的优越感，是残酷的殖民主义和种族主义的继承者。

历史有其自己的逻辑，它在武力的驱使下快速前进，而在文化的永恒力量下缓慢地沉淀下来。其实在贸易和征服之外，欧洲也对这个神圣帝国表达了罕见的理解、尊重和友谊，如马可·波罗、利玛窦和郎世宁，这三位不同时代的意大利人，都对中国有着共同的特殊感情。那些真正体验过中华文明魅力的人，还是会以钦佩和尊重的态度，探索与讲述这个国度的故事。

无疑，17世纪是一个特殊的历史时期，欧洲从最初对基本知识的需求开始，将中国重新置于其利益的中心。在今天，翻阅那个时期西方国家关于中国的文献，多是来自驻华使馆的报告，几乎都是无知造成的西方偏见。我们可以肯定的是，中国皇帝从来都不是偶像崇拜者，因为他们认为自己是天命的化身。然而，在17世纪和18世纪欧洲关于中国历史的图书中，有一些版画描绘了中国皇帝对西方神的崇拜。某些故事的离经叛道，再加上某些绝妙的形象，促成了欧洲的蒙昧主义。而中华帝国恰恰相反，它比当时的欧洲文明得多。例如，关于宗教，它采取的是自由主义，正如利玛窦本人在谈到儒家思想和中国的各种民间哲学时所观察到的那样。与饱受宗教蒙昧主义困扰的欧洲不同，那时的中国就已经在实际上享有一种以卓越的现代性和正义为基础的光明文化。

事实上，对于18世纪的法国，它应与中国竞争的并不是财富，而应该是被认为是明智甚至是富有现代性的中国法律。启蒙运动的泰斗伏尔泰，也对中国的历史与文明赞美有加。但欧洲并没有注意到中国的这种真正优势，对他们来说，征服其财富的需要更为迫切。事实上，15世纪、16世纪甚至17世纪的欧洲，想把中华帝国的每一件产品占为己有，但这能为他们提供什么呢？

实际上，欧洲人向皇帝献上的任何贡品都没有得到赏识，他们还尝试带来了一些更有趣的东西，比如座钟、手表、汽车、航海罗盘等，换句话说，那些几乎就像是玩意儿。作为礼物，令皇帝高兴的是它们带来的新奇感，而不是它们的用处。对于中国来说，与欧洲没有什么可交易的，只有欧洲商人有需求来中国购买。

不料，他们已经准备好了一个进攻计划，想要在不付出任何代价的情况下得到他们想要的一切：他们开始与中国的腐败官员合谋出售毒品，并从中获利。随之，臭名昭著的鸦片入侵时代到来。

你好，西方世界！

早在 18 世纪末，英国就已经开始通过与广州的中国商人合谋，将鸦片走私到中国。英国外交官约翰·弗朗西斯·戴维斯在他的书中提道，中国从英国进口的鸦片远远大于出口的茶叶，英国卖给中国人的毒品已经超过了从中国买来的茶叶的价值，形成与白银匹敌的贸易差额。

一些地方官员对此问题已有察觉，并上书朝廷，指出鸦片"削弱中原""毒害中华"，必须严禁。1839 年，林则徐虎门销烟，目的是给英国人一个教训，唤醒国民。1840 年 6 月，英国政府以此为借口，发动了第一次鸦片战争。

1842 年 8 月，英国侵略者强迫清政府签订了《南京条约》，这是在大炮威胁下真正的海盗勒索。除高额赔款外，香港岛被割让给英国。

1856 年到 1860 年，英法联军发动了第二次鸦片战争。这也是一场以中国战败告终的战争，使中国再次面临毁灭性的妥协以及更沉重的赔款。

就这样，19 世纪成为了中国的致命世纪，是一个耻辱和痛苦的世纪。领土的支离，财政的崩溃，最终，王朝垮塌。中国和英国之间的军事差距是不成比例的，对于英国来说，这似乎是一场对毫无防备的士兵的狩猎战。

两个世界之间的冲突是可怕的,中国人不得不屈服于侵略者的暴行。但是,除了暴力和蔑视之外,外国人也向中国引入了新文明的种子,即科学技术的种子。

不同民族的形象

19世纪到20世纪初,西方人撰写了几份比较有水平的在中国旅行的报道,对西方人了解中国人的传统习俗,起到了决定性的作用。通过这些文章,西方人在他们的脑海里渐渐地树立起了中国人的"形象",然后这些"形象"融合一系列思考,随着时间的推移,西方人的脑海中形成了对中国人的"某种观念"。

世界上没有其他国家像中国人那样被观察、评论、研究、描述、解释,甚至被嘲笑、诋毁。他们的多样性、他们的习惯、他们的礼仪、他们的道德准则,有些方面与我们西方人非常不同,很让人费解。

到过中国的旅行家在他们的报告中,对这些差异进行了详细叙述,现在我来综合一下在那个时期,他们眼中中国人的"形象"。这些旅行家包括英国的约翰·汤姆森、德国的恩斯特·冯·黑森·瓦特格、意大利的路易吉·巴齐尼、法国的皮埃尔·洛蒂和美国的伊莉莎·莫尔,等等。

中国人的辫子在18世纪时没有引起欧洲人的注意,因为那时的欧洲人也有戴假发和留小辫的时尚,但到了19世纪,中国人的长辫子成为这个帝国的独特元素,以至于被认为是怪异的。

这种剃发梳辫形式是满族征服者在17世纪中叶强加给其他民族的,一直延续到20世纪初。从皇帝到最底层的搬运工,所有的男人都要剃头,而后脑勺留着一条长长的辫子。佛教的和尚服从教规需要剃光头，但无需梳辫；道士们可以不剃发，他们将头发盘在头顶，梳成一个小圆面包状——这是道家多年的传统发型。

很快，整个帝国的臣民都统一了发式，剃了头梳起了长辫子。随着时间的推移，男人们也就习惯了，脑后辫子的梳理方式成为男人的优雅标志。比如，为了使它更长一些，有人增加了一小段马尾辫，上面缠着红丝带，末端用个大蝴蝶结收尾。

撇开辫子不谈，19世纪的中国女性也引起了欧洲旅行者的兴趣，这也是他们记录中最受关注的话题之一。如果首次去拜访一个中国人的家庭，主人不会向来客介绍他的妻子或女儿，因为她们不和生人见面。在外面的酒楼宴会上，主人家里的女人也不得出席。在剧院里，女士们有特别的观看区域，男人们禁止进入。女人要和男人选在不同的时间外出，她们很少和自己的男人一起外出，只能看着男人们乘坐马车或轿子出门。因此，在马车或轿子座椅上坐着的，多数是男人。

如果农民的妻子到大户人家做佣人，不允许常打听她的消息，不允许去探望，更不用说给她送东西。在社交场合，唯一允许说话的女人是家里的母亲。如果和朋友谈论到他的妻子时，会说："贵夫人可好？"而谈论到自己的妻子时会说"贱内"，意思是"家里面那个小女人"。

在世界上，没有哪个国家比中国更尊礼制重习俗，只不过他们的有些传统习俗与我们截然相反。他们没有见面施脱帽礼的习惯，没有见面握手、拥抱和贴面等肢体接触的习惯，他们在朋友间见面时作揖行礼。餐桌上不铺台布，即使铺了，也不能铺白色的，因为白色是不吉利的颜色。年轻人喜欢别人称赞他看上去比实际年龄大，这样显得成熟稳重。他们用折扇当小棍捏在手里。他们不喜欢遛狗，而是喜欢拎着鸟笼遛鸟，或者用绳子一头捆在鹰的爪子上，一头捆在自己的手臂上。

许多传统都要立法。朝廷设有礼部，其职责是编纂庆典、军令、政令、出生、结婚、丧葬、祭祖、荣誉、制服、服装等国家的所有典章制度，具体到换衣服的日子、迎接的方式、走路的方式等方方面面的内容。用一句话来说，就是礼仪礼节贯穿人的一生，从出生直到生命的结束。

孔子曾说，非礼勿视，非礼勿听，非礼勿言，非礼勿动。中国人建造房屋，必须遵守很讲究的法则，即"风水"。如果邻居的级别比自己高，他就不能把房子建得比邻居高。房门和窗户上挂镜子，用来阻止妖魔进入，称为"照妖镜"。

只有特殊阶层才能穿丝绸，官员们和他们的妻子按照各自的阶层穿衣服，每一等级都是根据颜色、纽扣的数量、帽子顶部授权的宝石类型来区分。

在称呼人时，很少叫名字。如果是一个姓张的家庭，那长子就被称为"大张"，第二个出生的是"老二"，第三个出生的叫"老三"，等等。

许多其他的"怪事"，也仍然被我们喜欢冒险的环球旅行者所津津乐道。例如，中国人用午餐时先吃甜点，最后喝汤；他们吃饭时不说话，只在最后说话；他们不使用我们的餐具，只使用筷子，桌上有刀将是对他们的严重侮辱，因为刀子就像武器；他们用毛笔而不是钢笔写字，从左到右垂直地描摹表意文字，从最后一页开始读一本书；写年月日，先写年，然后写月，最后写日；夏天，即使在炎热的天气里，他们也喝热水；冬天，他们会穿更多的衣服，几层套在一起，重点保护双腿。

……

我打算继续阅读这些游记，因为这些过去的旅行者提供了很多有趣的细节。今天，对于这些旅行报道中提到的让人费解的中国老习俗，我会做出一个善意的微笑，因为对于像我这种对中国文化有深层了解并具有敏感度的人来说，这些"奇怪"的习俗是可以理解的。

文字，千年瑰宝

一天，在从帕多瓦出发的火车上，我和诗人安德里亚·赞佐托先生聊起了中国传统文化。他是我的老朋友，喜欢让我给他讲一些关于中国的事情，尤其对语言特别感兴趣。难以探究的表意文字世界，具有非常独特的魅力。除此之外，他还非常想了解中国汉字简化的过程。

赞佐托是一位研究语言"结构"的爱好者，也是一位将声音转换为单词的发明人。他认为，为了消除文盲所推行的汉字简化方案，不得不让其失去了一些传统文字的魅力。简化的表意文字，虽然易于理解和书写，但与传统文字之间逐渐产生了"割裂"，随着时间的流逝，中国人将无法阅读传统经典文字，与古代丰富的书面文化隔绝。

事实上，写作不仅对中国文化有着特殊的重要性，还是全世界热心研究的课题。表意文字是中华文明的基础，最早使用可以追溯到公元前 13 世纪的商朝。

表意文字最早是在动物的骨头、海龟的龟甲和瓦罐上发现的，上面有描绘大自然的象形文字。后来，随着文字的演变，考古学家又发现了竹片上的文字记载。汉字可以追溯到 3000 多年前，在转化为不同形式的同时，仍保持着它的表现基础，从人体的运动中，从各种各样的情感中，从动物中，从植物中，从地球及其各种元素中，从天空中，从太阳、月亮、星星中获得灵感，所有这些都被转化为文字符号。

汉语书面语由表意文字及逻辑集合词和语音复合词构成。据说，至少需要认识300个常用汉字才可以达到最低的理解水平，而阅读一份报纸至少需要认识2000个汉字，这还只是最基本的要求。

康熙年间编纂出版的一部著名的《康熙字典》，据说由近5万个汉字组成，而今天最新的字典版本又增加了不少汉字。除了增加了一些与化学元素有关的新的字词以外，对于其他新词，更多的是通过赋予已有的语法以新的意义，或创造新的复音词。

汉字的每个字符不是对应1个单词，而是对应1个音节。我们的一个由几个字母依次排列的单词可以用汉字的1个音节翻译，或者更经常地用2个或3个音节组合翻译。每一个字都代表1个概念，1个或多个表意字符加在一起，就可以表达不同的意思。

另一方面，对于口语来说，区分4个音调发音非常重要。错误的音调意味着说的是另一件事而不被理解。这种"错误"很容易造成误会，这是由于汉语口语的某种模糊性造成的，而其书面语却可以定义为严谨的文字，具有一定的规则。

举一个例子，音节ma的4个音调，可以用4个不同的汉字书写，根据它们的音调，显然有不同的含义：妈（mā）、麻（má）、马（mǎ）、骂（mà）。而且如果在同一个汉字上再添加不同的单字，也会创建不同的双音词：马蜂（mǎfēng）、马路（mǎlù）。如果没有字母顺序，那该如何在词汇表中搜索汉字？我们可以根据汉字的笔画和汉字的偏旁来寻找。有些汉字非常复杂，甚至有30多个笔画。

1956年，为了扫除文盲现象，中国开始改造繁体字，推行简化字。上一次的文字改革，可能还是 2000 年前由秦始皇实施的。

书法是个人风格的一种呈现，是一种特殊的艺术表现形式，是文字的图形展现，很受中国人的喜爱。中国人还喜欢对过去名家进行模仿，从中领会他们的独创性。书法艺术也受到皇家的重视，从唐朝开始，历代皇帝在书法、绘画和诗歌领域，都创造了各自独特的风格。

今天，书法这项中国人最具特色的传统艺术之一，仍保留着它的仪式感。蘸着在砚台这种特殊石头上磨出的浓黑墨汁，对照字帖进行临摹，用娴熟的技巧舞动毛笔，这本身就是一种美丽的艺术。

一幅美丽的书法，总是伴随着作者的印章，再把它装裱起来，骄傲地挂在墙上，置于房间明显的位置。还有的书法，写在垂直张贴的纸条上，成对地挂在门的两边，称为"对联"。人们相信，观赏书法对全家都有益处，也可以向来访的客人和朋友展示主人的风雅。

"远朋挚友"

单从中意两国之间的地理距离上看，用"友好近邻"来形容两国之间的关系不是很恰当。如果要我来形容我们两国悠久的历史交往，那就用"远朋挚友"一词比较恰当。这是历史所记录下来的最美好的、时间最久的一段交往。

早在公元前3世纪，罗马人便开始开辟丝绸之路。他们并非被侵略的贪婪所驱使，而是被那神秘的丝绸所吸引，因为只有"丝绸之国"才能出产这种面料。丝绸在当时非常珍贵，仅有古罗马元老院的议员，才有权享用丝制托加袍。

中国的秦始皇下令修筑了闻名世界的长城和兵马俑。他对西方世界同样充满了好奇心，满怀对那个太阳落下的地方——叫做"大秦"的西方国度（即罗马帝国）的好奇。在其文明的吸引下，秦始皇曾派使臣前往罗马，据记载，他们没能真正抵达。尽管如此，东西方两大世界之间这种自发的感情，仍然在共同的兴趣和对彼此的尊重中进一步加深。之后的几个世纪，罗马与古时中国一直保持着文化交流。在西安博物馆里，人们可以欣赏到汉代的雕像，这些雕像刻画着古罗马人健壮的身材、黑色的卷发，穿着当时典型的服饰。

古丝绸之路是一条连接中国腹地与罗马帝国中心的道路，是罗马运送玻璃、马赛克制品、皮革，以及中国运送丝绸、瓷器、纸张的必经之路。

即使到了中世纪,意大利和中国之间的交流往来也未曾中断。在那之后,传教士们重新踏上了丝绸之路,尝试抄近道穿过西伯利亚地区直至中国。这其中就包括了马可·波罗的两位杰出前辈:若望·柏郎嘉宾及约翰·孟德高维诺,在他们之后,还有鄂多立克写下了著名的旅行日记——《鄂多立克东游记》。

贸易、信仰、文化、政治,是两种不同文明之间重要的友谊桥梁,这两种文明总是相互寻求、彼此尊重。如果说马可·波罗是中国与世界友谊的象征,那么他首先是意大利走近中国的象征。在中国的大地上,哪怕是最偏远的乡镇,没有人不知道他的名字。同样,如果一个中国人知道一个外国城市的名字,那一定是罗马。即使他不知道这座城市在哪里,但他知道这是古老和伟大的象征。

翻阅历史书,我们会发现,历史上还有其他和马可·波罗同样出色的意大利人。比如,天主教耶稣会传教士利玛窦,历尽辛苦终于来到了皇都北京。

400多年后的2001年农历新年,一股神秘的力量将我带到了同一个地方——北京。那天滴水成冰,不停地吹着来自蒙古高原凛冽的寒风。

我所住的酒店,也是多年来我在北京的"家"——矗立在朝阳门内大街尽头的华侨大厦,从那里的房间窗户可以看到紫禁城金色的屋顶。利玛窦神父当年则住在距我不到两公里的城墙边,那时也有一层薄薄的雪,可以将墙壁常年投射下来的阴影覆盖上吗?前一天晚上,雪纷纷地下,好似为北京灰色的房子上镀了一层珐琅,空气中弥漫着煤炭的味道,是否如当年一样?

1582年,不满30岁的利玛窦来到了澳门,并在葡萄牙人的租住区开始学习汉语,后来他成为第一位能阅读汉语、研究中国典籍的西方学者。他开始接触一个完全不同的民族和文明，开启了一个外国人从未完成、或许在将来也不容易完成的非凡冒险旅程。

抵达澳门仅仅两年后，为了"入乡随俗"，利玛窦开始蓄胡须和留长发，身着丝质长袍，但遵循的仍是基督教的信条，因为传播基督教才是他的使命。他被中国教徒称作"西泰"，意为"西方的老师"，因为他在地理、天文及时钟机械原理方面有着丰富的科学知识，也因此名声远扬。

但是，我打算回溯的并不是他的传奇事迹，而是他对中国的一些思考，尤其是在他生命的最后10年，他获准居住在北京，由此能够从国家的中心来观察并了解其管理及运作模式。在这之前的几个世纪里，明朝几乎不为外国人所知晓。

在澳门的多年学习经历以及随后在南京的游历，利玛窦以他的非凡智慧深刻了解和研究了中国的多样性。中国文化深深地融入到了他的血液中，当时南京的一位官员曾说：让我们难以想象的是，一个在中国生活了20年的"外国人"，说着我们的语言，遵守着我们的风俗习惯及法律，他是一个公正而圣洁的人。这短短几句话展现了这位伟大的耶稣会传教士的美德，他在中国人心中留下了如此深刻而持久的印记。

1601年，利玛窦终于来到了北京，实现了他多年的梦想，他意识到了这一切都是天意的安排，相较激动与兴奋，他更多感受到的是内心的满足与幸福。为了实现这个愿望，他奋斗了20年，一心想到达中国的首都，并能够与宫廷的官员，甚至直接与神话般的天子沟通和交流。利玛窦的愿望有特别的现实意义，因为在中国"天国"思想的建构中，"上天的主管权"被赋予了地球上的一个人，称为"天子"，他的使命是更好地造福于人类，尽可能使他们幸福和快乐。

令人惊讶的是，像中国这样深厚的文明，并没有出现宗教信仰，而是听从"天父"的命令及安排。利玛窦很清楚，对待这个问题需要高度的谨慎，但如果秉持尊重、理解、文化、宽宏和智慧来交流，肯定会很容易在顽固的传统中打开一扇窗，将基督教主流科学思想引入进来。

利玛窦的"策略"是将自己尽可能地"中国化"，经过20年的熏陶，这完全是自发灵感的结果，而不是死板地进行课题研究。

利玛窦深知两种不同文化、不同文明之间会产生冲突。但他还是试图打动万历皇帝的心，因为他更坚信万历皇帝是一位开明的君主。但当时北京朝廷严格的礼仪制度，禁止外国人与天子直接接触，尽管万历皇帝对这位远道而来的科学圣人，也有着极大的敬意和兴趣。

万历皇帝特意派了一位宫廷画师为利玛窦画像，下令在皇城内为利玛窦修建一座教堂和一处住所。在利玛窦去世后，皇帝特准在其京都下葬，朝廷的文武百官都参加了葬礼，非常庄严隆重。万历皇帝还为他立了一块大理石的墓碑。

我们不要忘记另外一位伟大的耶稣会传教士，他是一位"中国通"，一位优秀的传教士和文化人，以至于被同时代的人称为"西来孔子"。我们可以称他为利玛窦的第一继承人：艾儒略，布雷西亚人，他在利玛窦去世那年即1610年到达澳门，当时才28岁，在中国传教近40年，并于1649年在中国去世。

艾儒略以其渊博的文化知识在整个中国广为人知。他还穿着中国读书人的衣服，精通汉语，了解数学、地理和天文学，以利玛窦神父在南京时创作的作品为灵感，绘制了世界地图。在中国传教期间，他还出版了多部著作，涉及天文历法、地理、数学、神学、哲学、医学等诸多方面，是极为重要的历史人物。

几十年后，另一位意大利伟大的汉学家，用拉丁文撰写了《中国新图志》等多部介绍中国历史、地理和文化的著作，享誉中国乃至全球。他也是一位耶稣会传教士，他就是来自特伦托的卫匡国。

《中国新图志》于 1655 年在阿姆斯特丹出版，是一部完整的中国地理著述，包括 17 张内容详尽的手绘地图。17 世纪初，利玛窦也曾绘制过一幅相当大的地理地图，而《中国新图志》的特点之一，就是史料的丰富性和多样性，他将自己在旅行中的所见所闻，与他当时在西方文献中读到的有关中国的内容融合在一起。这本书成为当时欧洲了解中国地理的必读之书，引起了欧洲地理学界的重视。

天主教耶稣会的另一位主要人物还有 18 世纪来华的米兰人、耶稣会传教士、画家郎世宁，这是一位由教皇派往北京朝廷的画家，因为康熙皇帝曾向居住在北京的传教士表示，希望意大利能够派遣画家来中国介绍西方的绘画艺术，比如明暗透视。

郎世宁在中国度过了整整 51 年，于 1766 年在这里辞世。他一生侍奉了三朝皇帝——康熙、雍正和乾隆。他在 18 世纪创作了许多备受人们喜爱的作品，这些画将西方和中国的特色结合在了一起，形成了十分独特且原创的风格。

一种新的风格就此诞生：在欧洲的明暗透视法中加入中国传统的鲜艳颜色，同时还加入了书法元素。在中国，书法也是一门精致的艺术。郎世宁渐渐发现了备受中国皇帝喜爱的折中画法，当他在丝绸上作画时，脑海中会同时浮现出两种不同的传统文化元素：意大利文艺复兴和貌似一成不变的中国风貌。

回顾一下这段历史，从 16 世纪末到 18 世纪中叶的 100 多年里，一共有 4 位著名意大利耶稣会传教士来到中国传教，他们不仅传播了基督教，还传播了西方的近代科学知识、文明和文化艺术，他们生活在中国人民之中，熟悉中国语言和文化，最后都葬在了中国，为了他们的追求付出了毕生的心血。受他们的影响，后来还有许多意大利传教士陆续来到中国，进行传教和传播西方文化。

登陆"另一颗行星"——中国

长途跋涉

1976年4月5日,那是一个晴朗的早晨,春日的阳光照耀在白杨树嫩绿的新叶上。我沉浸在自己的思绪里,在新的一天开始的时候,我通常会想些什么?其实这些想法大抵相同,就像条迷失方向的小船,徘徊在一模一样的群岛之间,希望找到通往大海的那条路。我只想快点逃离这些群岛的围困,去冒险,哪怕被淹死。

这时电话响起,打断了我的思绪。没想到在这样的时刻,会有人邀请我去中国。当我还是一个小男孩时,就一直梦想着去中国,现在这个梦想突然变成了现实,这让我的灵魂深处掀起了巨大波澜。我惶惶不安地度过了那天。我似乎感觉到一阵强风将我推出死寂的山谷,让我看到了波澜壮阔的大海,那里激荡着惊喜和感动。

我在地图上看着我和中国之间的距离,就这样一遍遍地看着地图,在脑海里重走马可·波罗走过的路。这趟旅程给人遥不可及的感觉,堪比从地球到月球的距离,甚至更远。中国会是什么样子?我对中国还不如对月球有了解,毕竟月球是如此之平凡。

在罗马,我见到了陈宝顺先生——时任中国驻意大利使馆的二等秘书,他在大使馆的红色会客厅高兴地接见了我。陈先生曾通过西伯利亚大铁路来到意大利留学,并在佩鲁贾学习意大利语,如今意大利语已经讲得十分流利。他的家乡在上海，妻子沈女士也在大使馆工作，两个儿子与他的父母一起生活。

过一会儿，苏先生进来了，他是签证官。他看了看我的护照，然后轻轻地走了出去。不久他回来了，对我说："给您护照，一切就绪，现在您可以去中国了，祝您旅行愉快。"他们送我到门口，我们互相欠身道别。陈先生紧握我的手说："祝您一路顺利，除了北京，您还将去我从未去过的城市。"

我喜欢旅行，即使不能亲自前往，我也会看着地图或者凭空想象去旅行的样子。我已经去过这大千世界中的好几个国家：一些欧洲的国家，还有埃及、印度、巴基斯坦等。这么看来，之前的每一次旅行都像是演练和蓄势，为的是克服艰难困苦，最终抵达中国。那些天，我和朋友们谈论起即将开始的中国行，他们惊讶地看着我，眼里充满敬佩，仿佛我要去月球旅行一样。在那之后，或阳光普照，或春雨绵绵，日子就这样慵懒地过去，仿佛无穷无尽，我迫不及待。

雨后太阳又出来了，四月的太阳明亮耀眼，力透云雾，到处都是生机勃勃的绿色。出发前的几天，我几乎废寝忘食，焦虑地想着千万不要忘带什么东西：写字用的纸、钢笔、照相机、胶卷和其他一切必需品，还提醒自己不要再重复每次必犯的错误——在行李箱里放一些穿不到的衣服。

我意识到，此时的我还是比较理性的，我的行动与我曾经想象过的前往中国前要做的事完全不同。我试图快速忘掉记忆深处的刻板印象，以免陷入僵化的思维，免得看到什么都会对自己说：这里应该有这些，那里应该有那些，好像都在印证我曾经读到的文字和看到的图片。我去中国不是为了旅游，也不是为了证实长城是否和书上说的一样，不是为了证实我面向北方是否就可以远远地看到蒙古的辽阔草原。我不愿意带着"中国距离我们很遥远"的执念出发,因为反过来看,难道不是我们的世界距离中国很远吗?

我带着要了解中国的愿望去这个国家,希望能给我之前的疑惑找到解答。同时,我又受限于自己的西方思想,总勾勒出一个我自己想要的中国的样子。在这样的期待里,我感到迷失,好像理智和情感不停地在斗争,它们都想赢得胜利,占据我的灵魂。

漫长的旅行从威尼斯的马可·波罗机场开始。对于到中国的旅行来说,没有比从名为"马可·波罗"的机场出发更为合适的了,因为700年前,马可·波罗完成了从威尼斯到中国的旅程,而且几乎全靠步行。明天的这个时间我就要降落在北京,这让我感觉非常没有现实感,也让我怀疑这样做是不是对的。

我的很多幻想消失在云间,我们瞬间飞过阿尔卑斯山,把一切情感和思绪都抛于脑后,威尼斯和巴黎之间也不过只是天上走几步的距离而已。

在中转机场的停留也令人着迷。我观察着在戴高乐机场下机的欧洲人,他们并不怎么好看。我开始明白为什么中国人因为我们长着高鼻梁和圆眼睛而觉得不同,我们像伐木工人或水手一样走路,在地上跺着脚,仿佛在说:这里要听从我们的指挥。

这个机场的设计非常合理,但初来乍到的我还是迷失了方向。我是小地方的人,喜欢简单且平常的事物,不太相信复杂的技术。正因如此,我一直坚信在未来,我们将会遭遇致命的技术倒退。然而,像飞机这样的精密机器倒是让我着迷,它们简直不可思议。我并不想知道飞机的构造是怎样的,对此我毫无兴趣。我喜欢的是发挥想象,将飞机视为一种生物,带着发动机飞上天空,并期望着与其他人相遇。

飞机跃入黑暗的天空，仿佛被焦虑所笼罩。但马上我又高兴起来了，因为梳着两个辫子的中国空姐来给我倒茶了。

我倚着舷窗，在漫天的星光中睡去，那是一个群星璀璨的夜晚。当我醒来时，手表显示是意大利时间凌晨两点，但在我们正在飞越的伊朗，当地时间已经是 5 点钟了，黎明已经到来。往下看，地面是棕色的，布满褶皱，荒无人烟。

当太阳从地平线升起，将黑夜推向机翼后方时，早餐来了：一个松软的甜面包、四块炸鸡、两勺米饭和一袋泡菜。之后，我们又飞过积雪覆盖的山脉、荒芜的沙漠，飞过这些经历了史前大灾难的地表。

飞机在卡拉奇停留，那里酷暑难忍。1 小时后我们再次起飞，继续沿着航线从旁遮普省向东北方向前进。然后突然间，我们就来到了白雪皑皑、云雾缭绕的山峰之上。飞机越飞越高，发动机带着它攀升在无边无际的云海，直到喜马拉雅山的上空。飞机像一只孤独的飞鸟，迷失在世界的尽头。

整整两个小时，我们都飞行在暴风雪肆虐的雪山上方，山峰看起来像尖利的牙齿，在无人居住的灰色山谷上投下恐怖的阴影。世界在这里展示着它的风骨，这里是世界屋脊。

飞机喘息着，发动机好似心脏一般脆弱地跳动，像一个疲惫不堪的人在雪中孤独地行走，下面是仿佛无尽的山谷和山脉构成的完美景色。我抬眼望去，上面是一片水墨般的紫色天空。

当喜马拉雅山渐渐淡出我们的视线时，我们进入了新疆。云层变成白色的卷积云，下面的大地像被撒满了巧克力屑一般呈现深褐色。从这里可以清晰地看到人类的伟大工程：无尽的铁路、公路、运河将荒凉的土壤切割成精确的几何形状。

飞机飞越乌鲁木齐，这片土地是丘陵地带，白得像盐田。我们一直沿着戈壁沙漠的方向朝东走，大地再次变换了颜色，呈现出土黄色，那是大风卷着黄沙铺向整个天际线造成的。

我试着分辨下面的村庄，它们被围在方形土墙内，靠近河流，有着和黄土一样的颜色。村庄聚集，看起来像是地面上的小斑纹，也像是人类在这个巨大地球躯体上刻画的纹身。从一万多米的高处看地面，好似从月球俯瞰地球的感觉。

越向东方行进，就越能感受到人的存在。人类在沙漠中开垦土地，灰白色的地面上呈现出巨大的深色几何形状，渐渐地越来越多，大地犹如涂上了"胭脂水粉"，人类为无尽的黄沙填上了一抹粉色。

"胭脂水粉"覆盖了所有重要的地带，它们沿着山脉铺散开来，山脉上一片片紫色，是被远古洪水冲刷留下的痕迹。到了下午，地表变成了灰紫色，山丘看起来像一团团紫藤，嵌在白色的薄云中。这次飞行让我兴奋不已，再有3个小时，我就要抵达北京了。

我接着向下看，在一片云层后面，戈壁沙漠向我们敞开了怀抱，我看到了天山的高峰，然后是黄土高原上的黄土，河流的犁沟也越来越多，看起来像一条条石化的蟠龙。地表好似巨人的躯体，是有生命的机体，可以感知血脉搏动。平原上散布着小山，从空中俯瞰就像是海面上不时浮现的鳄鱼背。而这"大海"一会儿是粉红色，一会儿是橄榄色，一会儿是灰色，一会儿又是淡紫色。

当长城的某一段犹如一条灰色巨龙出现在绿色的山峰上时，已经是日落时分。它从平原出发，顽强地爬上山峦，绵延不绝。我在哪里读到过，听说这是从月球上唯一肉眼可见的人类工程。我不知道这是否是真的，但它肯定是一个不容忽视的烙印。我们看不到城市，却可以很清楚地看到长城，好似触手可及。

伟大的中国就在我的眼前，我的心中充满了期待，充满了热情。

飞行高度仍然很高，亚洲的白天已经结束，太阳在我们后方慢慢远去，而在我欧洲的家里，现在才是早上的 11 点，太阳正从这边落下，转个弯又在那里的天空升起。

不一会儿，飞机向右转开始下降。在跨越了半个世界的天空之后，它像一只疲惫的风筝一样轻轻地下降，温柔而缓慢。

脚下就是北京了。当这只越过了山脉、海洋、沙漠、河流和陆地的巨大银色风筝最终落地时，天已经黑了，发动机在跑道上发出最后的轰鸣。中国人为那些带他们回家并且安全飞行了 1.2 万千米的机组人员鼓掌致意。

当我走下舷梯步行穿过停机坪时，闻到的是机场散发的航空煤油味，然而让我印象最深的是候机楼里悬挂的一幅映照在昏暗灯光下的巨幅毛泽东画像。一片黑暗中，头顶上的星星显得格外明亮，如此美丽的星空，后来我再来北京也是不多见的。

海关办理手续非常迅速，只是我感觉自己正被一千双细长的眼睛盯着，仿佛我是一个从其他世界来的"火星人"。

梳着辫子穿着绿色棉布衣服的女孩们，都满心好奇地观察着我，候机室里两个坐在沙发上等待登机的士兵，也用同样好奇的眼神看着我，几个头戴解放帽身着蓝色布衣的人，互相使着眼色。还有一个穿着橙色丝绸套装的胖乎乎的小宝宝，小心翼翼地走到我面前惊讶地望着我，然后向着叫他的老妇人跑去，这位老妇人正在角落里小口嘬着喝杯子里滚烫的开水。人们在一个带水槽的水龙头前排队，在杯子里接满热水。这时候喇叭里传出一个高亢的女声，通知去西安和重庆的航班即将起飞，从沈阳来的航班即将降落。

见证北京

没法进北京城了，已经是晚上8点，太晚了，飞机几乎晚点了1个小时。

在北京上空飞行和降落的过程中，窗外看不到任何灯光，我感觉自己来到了地球上一个很遥远的角落。我乘坐的飞机是一家中国航空公司的波音707型客机，飞行了近20个小时，只在卡拉奇短暂地停留。机舱里乘客秩序井然，他们个子都比较矮，身着蓝色或黑色制服，头戴同样颜色的帽子，女士们也穿着同样颜色的衣服，让我很难区分乘客的性别。

在机场的通道口，有两位年轻的机场服务人员招呼我到休息室休息，她们都身穿淡蓝色套装，脚上是黑色搭扣白塑料底的布鞋。休息室里散发着浓郁的茉莉花香水味，摆着几张考究的皮质大沙发，虽略显陈旧，但每个沙发背上都铺着白色棉钩织品，更显示出它的尊贵。这是间贵宾室，墙上挂着两幅巨大的装裱精致的中国书法作品。低矮的茶几上整齐地码放着一排带盖的茶杯，茶杯的中间有一只红色烤漆大暖水瓶和一只插着紫玫瑰的玻璃花瓶。

这些细微的温馨之处，不仅使人感觉不到革命年代的火药味，反而形象地预示我的此行会有好运气。休息了一会儿，那两位服务人员带着焦虑的神情回来，用蹩脚的英语向我解释说，因为时间太晚，今晚我不能进城了，没有出租车了，也找不到其他任何可以送我进城的汽车。现在她们唯一可以做的，就是安排我到餐厅用晚餐。我下飞机后没有经过行李厅，直接到了贵宾室，所以我不知道我的行李放在哪里了。不过，此时我更关心的问题，是我今晚要在哪儿过夜。

这就是1976年4月29日的夜晚，经过多年的等待和漫长的飞行之后，我终于到达了这个既神秘又"封闭"、充满"革命热情"的中国。激动和喜悦之情溢于言表，让我顺其自然地接受了这几个小时在我身边发生的一切。

机场餐厅里有几张大圆桌，靠墙站着一排十来名女服务员。她们身穿白色工作服，看见我进来，赶忙招呼我在一张大桌子旁坐下，桌上摆放着两套餐具。

我好奇地环顾四周，没有见到别的客人，只有我一人。我确实感到意外，这可是在革命年代里，却能有这么多的年轻姑娘为一个人服务，真不可想象，也许因为我是远道而来的客人？

我不懂她们的语言，那两位年轻小姐也没有帮我翻译。接着她们从厨房为我端来一盘盘份量多得吓人的菜肴。我猜想她们以为会有10人用餐。这么丰盛的晚宴，我一个人怎能吃下？10个煎蛋，3盘肉菜，3盘海鲜，还有3盘蔬菜，另加一盆米饭和堆得像小山似的馒头，还有10瓶啤酒。守候在我周围的10位天使般的服务员，看到我有限的胃口有些失望，她们只好把几乎原封不动的饭菜端回厨房。我情不自禁地笑了。

吃完晚饭，两位年轻服务人员回来带我去休息，我说天色还早，可否参观一下机场。她们对我的这个要求感到不解，在她们看来9点已经很晚了，坚持让我跟着她们回去休息。走过机场大厅时，我见到一群看上去像十几岁的年轻夜班工人们正在开会。大家盘腿坐在地上，手持著名的小红书，在激烈地讨论着什么。一座巨大的毛主席塑像在注视着整个大厅，塑像周围摆满了盆栽鲜花。我走过去问他们在讨论什么。其中一位懂英语的小伙子告诉我，他们在安排明天的工作。我本来可以问一下我的行李在哪里，可转念一想：在中国首都机场，在他们召开无产阶级革命会议的时候，我提出个人问题，是否会让他们觉得这是资产阶级的利己主义思想而感到不舒服？

穿过候机楼前的广场时，我看到了一条通往市中心的林荫大道，两旁种满了杨树。她们送我到马路右边的一个兵营，一名站岗的士兵在照看我的行李。看来这里就是我今晚的住处了。在营房的门口，两位服务人员向我鞠躬告辞，在东方国家，鞠躬是一种礼节，不是卑屈。她们还说明天早上7点钟会有人叫早，并且陪我到刚才吃晚饭的地方用早餐。我问什么时候可以进北京，他们说，早饭之后会有人来带我进城。我提着行李刚走进一间不大的房间，身后房门立即被反锁上。房间里的两张铁床让我想起了老式医院的病房，铁床上分别铺着粉色和蓝色的绣花被，在一张小木桌子上，摆着几只带盖的茶杯和一个装满开水的暖瓶。有两把扶手椅，椅背上也铺着白色棉编织品，还有一个3条腿的木制挂衣架，这些就是这间房所有的家具。一扇小铁门的后面是间不大的卫生间，马桶上挂满黄色水渍。窗户装着铁条，挂了一对绣着牡丹花的浅色窗帘。我马上意识到，明晨5点阳光就会照到窗帘上，耀眼的阳光会穿过几乎透明的窗帘刺醒我。现在是晚上10点，夜深人静，我得赶紧上床入睡。很快，我便进入了梦乡。

这是我在中国度过的第一个晚上，睡得踏实，好多年我都没有睡过这么好的觉了。如果不是第二天早上被窗外的广播喇叭播放的音乐吵醒，我还不知要睡到几点。我从床上爬起来，拉开洒满阳光的窗帘，看到了窗外穿着短裤和背心的士兵们在整齐地出操，他们在领队的口令下，有节奏地高喊"一二一、一二一"，还不时地高呼"毛主席万岁"，这是一句当时在中国最流行的口号。

这时，一个小个子男人出现了，他穿着蓝色的中山装，扣子一直扣到脖子下面，上衣的口袋里插着一只钢笔，轻声地对我说："先生，您好！"他微笑着，露出一口不整齐的牙齿。他的头发精心修饰过，一双惺忪的睡眼有些浮肿，这就是国际旅行社委派给我的翻译。

他开门见山地自我介绍，他姓范，让我直接称呼他"范"就行了，他的任务是让我在北京度过愉快时光。接着他又以严肃而和蔼的口吻告诉我，根据中华人民共和国法律，我在中国哪些事可以做，哪些事不可以做。

我知道这是他的工作，不过我很喜欢他流露出的那种无奈的表情。我要如何让他和我一起，协助我深入地去探索这个国家呢？范接着告诉我，要住的酒店叫新侨饭店，位于市中心，是苏联帮助建造的，酒店的条件非常舒适。他还小心翼翼地提到新侨饭店所在的这条街，在义和团运动时期曾经是外国使馆区。他还说，新侨饭店三楼有家北京独一无二的西餐厅，但只供应早餐。他表示，他会陆续解答我感兴趣的问题，并向我保证，会全程陪着我，形影不离。听他这么一说，我彻底打消了想自由外出转转的念头。

接着他介绍我们的司机，司机见到我就像见到老朋友一样，客气地问候我"您好"。"您好"这句话，很快就进入到我的口语中。从机场通往北京市区的水泥路比乡间的沥青路宽不了多少，两旁的白杨树形成一条绿色的长廊，道路中间缓慢地行驶着马车、手推车和卡车，偶尔能见到几辆小轿车。每当通过喧闹的十字路口，四方抢行的车辆总让人感到似乎要发生交通事故，但它们各自却能巧妙地避开对方，总是有惊无险，接着它们又泰然地在漫天飞舞的杨絮中继续前进。路的两边是精心耕种的农田，远远望去，很像一个大菜园子，但是我见不到任何房屋和村庄，只看到一群群在土地上辛勤耕作的农民。微风掀起阵阵尘土，一面面红旗随风飘扬。

进入北京的郊区，出现了一些土坯建造的房屋，屋顶上覆盖着破旧的灰瓦，还可以看到一些墙面剥落的简易楼房，看得出是出自于非专业的泥瓦匠之手。幸好四周的大自然春意盎然，让我平添几分好感。远处的槐树穿破了地平线拔地而起，一排排灰色平房从大槐树树荫下冒出头来，与围绕它们的绿树组成一幅美妙的图画。

不知不觉中，我已置身于北京城区。越往城里走就能看到越多的树，它们遮住了房屋，只能隐约看见灰色的围墙、刷着漆的大门，还有高翘的屋顶。城里到处都是人群，街道上挤满了各行各业的人，仿佛大街是他们的生活舞台，而他们身后的房子只不过是日常生活的幕布而已。

自行车、手推车、马车、按喇叭的大卡车、拥挤的公交车、背包的步行者，还有站在家门口等人或好奇消遣的平民百姓，我真难以想象这就是北京。

我感到我是在穿过一座既熟悉又陌生的城市，全然是一幅乡村的景象。布满灰尘的街道，简陋的建筑，那些穿着蓝色棉布衣的人们来来往往，也没见到想象中的古老或有纪念性的建筑，仿佛一切都在安静的槐树冠覆盖下，时隐时现。这一切都使人感到这只不过是个农村乡镇，而并非是一个首都，让我触摸不到中国心脏的跳动。

此时的我，丝毫感觉不到刻板印象中政治制度的威严和军队的傲慢。红色中国的首都以非武装，而且是人性化和友善的方式欢迎我的到来，它那松懈平和的常态，使我感到惊奇。

过一会儿，我们的车子驶进一条宽阔的林荫大道，范先生告诉我这就是长安街，意思是长久平安的大道，通向天安门广场。长安街两旁依然是被槐树簇拥着的灰色低矮的房子，只是马路上车辆多了些。随后，我们拐入王府井大街。王府井大街是这座城市最重要的商业街，入口处耸立着高大的北京饭店。在这条街上，我终于看到了一些有特色的建筑，看到了树下匆匆的行人和挤满顾客的商店。

我们经过一座天主教堂，这就是赫赫有名的东堂，高大坚固的围墙紧紧包围着它。再往前走，可以见到美术馆顶上的黄色琉璃瓦。最后，我们停在了一座有三个立面的俄式建筑前。这种在我眼中难看的建筑外形，在20世纪50年代的东欧国家很流行。这是一座接待海外华人的酒店，名叫"华侨大厦"。

我们在这里下了车，为的是去设在华侨大厦的签证办公室接受护照和签证检查。我深深地吸了一口新鲜的空气，不知怎的，觉得夹杂着炒米饭的味道。

穿过大堂，范带我到了签证处，那里的人用茶招待我们。手续办得很快，范不知和里面的官员说了些什么，惹得他们哈哈大笑。最后官员双手把护照递还给我，这个举动很像今天的中国人递名片的姿势。

好，一切准备就绪，现在我已经取得了合法居留权，可以去酒店了。时至今日我常常忍不住回想，43年前的那个早上，在那个大厅里，我迈出了自己在北京的第一步。到了20世纪90年代，这家饭店已经修缮一新，变成了一座现代的五星级豪华酒店，仍然称为"华侨大厦"，也成了我在北京的"家"。

新侨饭店在崇文门旁边，离北京火车站不远，可惜崇文门在1969年被拆除了。我的房间朝南，面对着老北京城的"外城"。这家酒店之所以出名，是因为埃德加·斯诺曾在这里住过。斯诺是一位著名的美国记者，也是《红星照耀中国》一书的作者。在20世纪30年代，他冲破蒋介石国民党的层层封锁，到延安见到了毛泽东和革命红军。60年代和70年代，斯诺受到毛主席的邀请再次回到中国，住在这家酒店。

新侨饭店的服务员都接受过西方礼仪培训，熟悉外国客人的"古怪"习惯。比如，外国人吃饭要用刀叉，衬衫和长裤要熨平。除了替客人传递电报外，还要负责电话的转接，等等。

一眨眼的工夫，我就到了房间。房间的钥匙是铜的，沉甸甸的，还挂了个很大的铝合金牌，上面有"新侨饭店"4个红色大字。热情的范带我到了位于大堂角落的邮局，在那里我发了电报，电报内容是：我已顺利抵达北京，这里阳光明媚。

到了晚上，我想给家人打个电话，却发现房间里没有电话机。后来才知道我必须到我的楼层服务台登记，由服务员与电话员预约。楼层服务台在走廊尽头，那里有烧开水的锅炉和电话机。我拿着护照填了一张表，然后回房间几乎等了一整夜，盼望着服务员跑来敲我的门。后来终于等来了服务员的消息，他告诉我不知摇了多少次铃，总算拨通了经西伯利亚转接到意大利的电话。那时候，真是无法想象未来的手机时代，人们躺在床上就能直接与世界各地通话。

现在，我考虑的问题是，如何能尽快地深入到北京老百姓的日常生活中去。看来，一切都要指望单纯可爱的范先生了。

我同意范的常规日程安排，每天上午8点，当司机来时，我已经准备好等在门口准时出发。此外，我还想自己出去了解一些与众不同的，或者非官方开放的地方。

当时的北京，吃过晚饭7点半后，街上几乎看不到行人，餐厅在晚8点关门，电影院和剧场也不会太晚，没有出租车，酒店房间里没有电视机。一人独自漫步在街头会有些凄凉，偶尔会见到几辆从农村来的马车，停在菜市场前卸菜。因此我常常在晚上9点前睡觉，第二天有时5点都不到就起床。起来后匆匆用冷水（这个时段酒店不供应热水）洗个澡，用暖壶里的热水刮刮胡子，然后穿上衣服，挎上和我形影不离的莱卡相机就出门。因为天刚蒙蒙亮，酒店的夜间值班员惊讶地望着我，并有礼貌地和我打招呼："您好！"

我的脑海里印有一份古代帝王时期的北京地图。总的来说，北京的地形跟那时相比并没有太大的变化。除了明清时的城墙和城门被拆除外，北京基本保持了原来的格局，重要的古建筑还保留在原来的位置。很多寺庙被改造成了学校、工厂和仓库，但它们的地点没有变，依然和我脑海中的位置相吻合。

那数不清的胡同、纵横交错的大街小巷，内外城之间的连接完美无缺。这就是北京老百姓的生活基础。每天早上，我都习惯独自在北京的心脏地区漫游。原来陌生的城市，如今却如此的亲近，带着毫无戒备的诚意呈现于眼前。虽说是一个人独来独往，但并不感觉到孤独，因为处处都有友好的当地居民，他们好奇地看着我拍照摄影，并不认为我这个老外的相机镜头妨碍了他们的生活。

我越接近北京人的日常生活，就越喜欢北京人独有的特点。比如，北京人即使穷，也总是要显出他们高贵的气质；无论从事什么职业，都喜欢别人称他"爷"。去上学的孩子们带着小马扎，因为当时学校还很穷，没有配备足够的椅子。老人们悠闲地抽着长长的烟袋，妇女们忙于干家务活，街上小商贩叫卖着他们的商品，店铺的老板招呼我进他那不太宽敞的铺子逛逛，房子的主人们友好地向我比划着，让我跨过门槛，到他们的四合院里做客。四合院是一种四方形的庭院，是典型的老北京住宅。他们热情地招待我喝茶，嗑葵瓜子。

那时的北京不剩别的，就剩胡同，有的是胡同。我也成了"胡同串子"，漫无目标地串。北京人的友好热情，打动了我的心，几乎使我掉下了热泪。他们总是笑嘻嘻的，从不与人作对。

在这个漫长的春天，毛泽东还健在，人们到处可以感受到他的风采。他慈祥的面容不仅出现在天安门城楼上，同时也出现在所有的公共建筑物上，他总是注视着他的人民，让他们既安心又敬重。

拼音是使用罗马字母和声调拼出汉字的音标。当时汉语拼音已经普及，所有街道和胡同的中文名称上都有相应的拼音，这非常便于我学习汉字。首先我从方位词开始学起。在中国，方位词是5个而不是4个，因为除了东、南、西、北外还有中。中，是至关重要的，比如说天安门就是北京的中心。

我在北京问路，从来不会问向左或向右，而是问向北或向南，或者问市中心在哪个方向，因为我的宾馆离天安门广场不远，今天依然如此。看着路标，它会准确地告知你东南西北。我的方法很简单，比方说我现在在安定门内南大街，如果要返回饭店，只要找到崇文门内北大街就可以了，因为我的酒店位于崇文门内北大街和东便门内西大街的交汇处。我经常做这种辨别方向的练习，观察太阳的位置，并从北京平房灰色的屋顶上辨认出那个最高的金黄色琉璃瓦顶，那就是故宫，这样很容易找到回宾馆的路。

这个方法在如今看来却是不可行的。那个年代的北京，能高过故宫太和殿的建筑寥寥无几，只要角度对，我经常可以透过绿色的树丛，看到故宫金黄色的瓦顶。我的记忆里，永远印着这样一幅壮丽的景观：夕阳西下，绿荫中的宫殿瓦顶闪闪发光，仿佛镀上了一层灿烂的金黄色。

那时北京人的生活简朴，上下班高峰期间，大街上可以看到潮水般的自行车洪流，数不清的车铃发出悦耳而有节奏的铃声。

清晨，经常能看见老人们在公园里或在街边练操，有些打太极拳，有些舞剑，他们挥舞系着红丝带的木制宝剑。而年轻人则在庄严的进行曲中练功习武，犹如在和一个假想敌搏斗。

那时的出租车很少，而且不可以在马路上停车载客。如果要用车的话，只能到北京几家屈指可数的宾馆去办理包车手续。

在那时，人们一般推荐外国人到宾馆就餐，原因之一是那里的菜肴更国际化，而所谓的"国际化菜肴"是指有更多的选择，可选粤菜或川菜，外国人比较喜欢这些口味，因为这些菜与北京家常菜有很大的不同。北京有一家不错的饭店，那是一家位于西单路口的餐厅，我常去那里，它离我经常光顾的书店很近。我每次去，他们都热情相待，招呼我到二楼用餐，那里的餐桌铺着台布，而且还可以喝到冰镇啤酒，这是对外国人的一种特殊待遇，当时大部分中国人都不爱喝特别凉的饮料，哪怕是在盛夏酷暑。他们爱喝开水，有时还往开水里加些盐去暑。

我还去了故宫。在故宫空旷的庭院里，游客们带着惊奇的目光注视一切，他们用粗糙的大手摸一摸金漆柱子，敲一敲带有祥云与龙图案的大石雕。游人穿着棉衣，梦幻般地漫游在这块曾被脚穿丝锦鞋的皇帝们踩过的土地，如此的富丽堂皇让他们惊叹不已。也许他们在思考，眼前宫殿中的宝座，就是曾经被他们推翻的旧封建王权的象征，而今却让他们望而生畏。他们沐浴在这庄严神圣的气氛中，却听着舒缓悠扬的音乐。音乐声在巨大的天花板和地面之间回荡，并飘荡到宽大庭院的各个角落，最后消失在门外影壁上的那些张牙舞爪的巨龙旁。

看着那些朴实的群众充满敬意地在金碧辉煌的宫殿群中参观，宫殿和人群如此完美的一幕震撼了我，激起了我极大的拍摄热情，我的镜头对准了这些目标迅速地进行抓拍。可爱的范有些不解地望着我，为何故宫遥远的过去让一个外国人如此着迷？

我给他解释，古代的工匠们建造了完美和谐的建筑群。在我看来，这是古代中华文明的经典杰作。他笑了笑，也理解我为什么如此赞美中国的"过去"。

而一次去长城的游览，使我加深了对大山深处村庄的了解。道路还是几个世纪前修建的，绵延在被大风吹得寸草不生的大山边缘。我们穿过一些村庄，它们好似从鲁迅的书中走出来一样。羊群攀岩而行，去寻找草的踪迹。

当时八达岭的游客不是很多，小商贩更少。游客多数是对一切都充满好奇的外地人。我这个外国人的到来让他们感到既好奇又害怕。我想他们应该是远道而来的百姓，因为他们都带着大包的食物，身后背着用彩色被子裹着的可爱孩子。

雄伟险峻的长城令人惊叹。我站在那里，在我的脚下，我的眼前，伟大的长城，作为坚韧不拔捍卫和平的民族象征，蜿蜒起伏在崇山峻岭中。

"不到长城非好汉"，毛泽东在长征中写下了这一著名的词句，寓意着一种精神，以长城为象征的伟大民族精神。

在后来的岁月里，中国向国际旅游者开放之后，我去长城的次数少了，它的神秘感也逐渐消失。一批批背包游客涌入，八达岭变成了一个充满小商贩的旅游商品市场。当然，这是另一种新的开放形式，但是我还是非常怀念最初到长城时看到的那些怀着长征精神、奋力攀登长城的中国百姓。

这是我数年前独自登长城时留下的最深印象，这些印象就如同照片，至今仍然印在我心里。还有在天坛和颐和园，我所见到的北京人都极大地影响了我对人生的理解。让我深为感动的是，他们没有任何排外情绪，他们用善良和纯朴，真心欢迎一个来自遥远西方的外来客。

如果我在商店付完钱忘记找回零钱出门，商店的服务员就会赶紧追出来，将发票、小票和零钱交给我。他们绝对不收小费，那时不允许收小费，收小费甚至会被认为是不光彩的事。

　　时代变了，习惯也跟着变了，即使是我认为的好习惯也不能持久。比如，饭店里的行李生们把你的行李送到房间，然后会站在门口等小费。这在世界其他国家也不是奇怪的事情，中国也在"现代化"。

　　但有一次我没有人民币零钱，给了站在门口的行李生一张50元的钞票，他很惊讶，但我示意他可以走了。10分钟后，我听到敲门声，还是那个行李生，他退给我30元，因为规定的小费是20元。我对他那种"诚实"的态度感到有些不解，最后我还是把30元还给了他，告诉他这是我离开酒店时的行李小费。

　　奇怪的事情发生了。在我离开酒店的那天早上，他来取行李并且送我上出租车，又把多余的10元钱放到了我手里。

我的"维吉尔"[1]——陆辛和北京

现在该说说陆辛了,他不仅是我的一个好朋友,而且是一个真正的好弟弟。从 1986 年夏天我们认识开始,他就被证明是我生命中不可缺少的伙伴。在后来的岁月里,他用他特有的方法,让我融入到他们国家复杂的现实中。

1987 年 4 月,一家叫"图拉"的意大利餐厅在北京国际饭店隆重开业,这是首家在中国开设的中意合资餐厅。而我也算是策划在北京开意大利餐厅的发起人之一,因为这家餐厅在意大利是一家著名的美食连锁集团,总裁菲利皮尼是我的同乡,他委托我负责初期筹备工作。陆辛是中方合作伙伴派出的项目负责人,后来他也成为北京国际饭店最年轻的部门经理之一。

我们是在一次我的欢迎宴上认识的,他那友好开朗的态度一下子就吸引了我。那时他 30 岁出头,初中时是"红卫兵",后来下乡插队当过知青。他是独生子,父亲是摄影师,也懂英语,所以时常教他英语,母亲是编辑,他本人则毕业于北京大学西班牙语专业。当他告诉我他的名字"辛",指的是"勤劳"的意思时,我的直觉立刻告诉我,他正是我要找的人。

---

[1] 维吉尔,古罗马诗人,但丁最崇拜的作家,在《神曲》中,但丁称他为"老师",虚构他解救了迷路的自己,并邀请自己周游地狱和天国。(译者注)

小陆，我很愿意这么叫他，因为他比我小，他是我在正确的地方、正确的时间遇到的正确的人，再也没有比他更合适的人选了。陆辛直觉敏锐，能快速找到解决问题的办法，可以协调两种完全不同的想法，对于已经发生的事情和将要发生的事情了然于胸。他为人公正，有着超常的理性，能够果断放弃毫无成效的工作。无论在过去、现在还是将来，陆辛都是我在中国旅行中最好的向导和同伴。

如果没有他，我不知道自己会少了解多少中国的事情，他是我在中国旅居时最珍贵的伙伴。我们一起到各地旅行，从边远的新疆到黑龙江，从内蒙古到西藏，从甘肃到海南。有他陪同的中国之行总是充满了惊喜，我们的友谊对我来说弥足珍贵。

他给我起的中文名叫"老马"，来往的朋友们都叫我们小陆和老马，我们是一对不可分离的搭档。我们还将5种语言混在一起，组合成了一种别人都不懂的语言，其中包括中文、意大利语、英文、西班牙语和威尼托方言。我们用自己发明的奇怪语言交流，大脑先想到什么词就用什么词，哪个词能使对方最快理解就用哪个词。这5种语言的混合使得我们的交流变得十分顺畅，我们随时随地都用它来交流，特别是在嘈杂的饭桌上或是宴会上。

例如，用到英语单词时，我们并不会按照英文固有的音调来发音，而是随性即发，有时是意大利语化的语调，有时是中文式的语调，别人完全听不懂，但是我们两个却能很快明白。我们都认为语言就应该被看作一把用来开启紧闭大门的钥匙。所以我们不在意犯错，无论是发音有误还是语法错误都无关紧要，只要能够打开大门，我们互相明白就足够了。

这几年我们不断完善我们的语言，提炼精辟的词句，充实大脑的词汇库，使我们可以更准确地理解对方想表达的意思。现在只需要说出一个词，我们彼此就能心领神会；只要说一个句子，就可以描述对一个人的综合评价。

在我多年的中国旅行中，陆辛一直是我不可替代的"大管家"。他就像拍电影时的助理导演一样，不断地为我调配道具：需要一套独立战争时的军服吗？一把 17 世纪的西班牙安乐椅？一辆 1910 年产的汽车？一台军用电话？一台留声机？一个斗士的头盔？一张 13 世纪的羊皮纸？无论需要什么，只要找这位"大管家"都可以找到。

不仅仅是物件，还可能是某些人。他真是太了不起了！首都北京正在经历深刻的变革，到处都是嘈杂的土建工程，前一天还存在的小区也许隔天就被整体拆除，无数街区消失在不停歇的推土机或工程爆破作业中。胡同被废墟所淹没，街道名和地名被新的命名所代替，即使这样，陆辛居然在这些仅存的胡同里找到了一位手工艺人。这位艺人花费了多年的心血，用细木和火柴棍制做出京城 16 座城门的模型和其他老北京古建筑的模型。后来陆辛在一个旧楼区，又找到一位不太出名的老北京民俗画家，这位画家凭着记忆，一笔一画地画出一幅 50 米长的老北京风情画。陆辛甚至帮助我找到了中国末代皇帝溥仪的遗孀，当时她独自住在北京一座很普通的楼房里。

从那时候起，我开始喜欢研究北京的古建筑，在 20 世纪 50 年代初至 60 年代时，北京城还保留着老北京城墙和 16 座城门中的 14 座城门。这些城门大多数在后来被拆除了，只保留了前门和德胜门，还有东便门角楼。好奇心驱使我开始寻找淹没在低矮平房中的老北京城墙遗址，这是从东便门到我住过的新侨饭店前的崇文门的一段城墙。这次"暗访"我不想麻烦陆辛，在我看来，在那个时代，让他陪我这个外国人去参观这些地方，或者听到我对这些规划进行批判和品头论足都不太合适。

某日清晨,我带上相机出发,在当地居民好奇目光的注视下,穿过低矮简陋的板房和杂乱的小巷,来到了旧城墙跟前。我惊奇地发现,旧城墙墙体依然被保留着,但依着城墙搭建了许多丑陋的简易房,这些房子居然是用旧城墙砖盖建的。他们用古城墙砖来修建住房,从东便门起,一直延伸到崇文门,至少有2公里长,好似在城墙外又砌了一面墙。这真的太可惜了!必须拆掉城墙旁搭建的各种违章建筑,清除城墙周边的矮房子,用那些曾被挪用盖房的城墙砖来修复明城墙,这样才有可能把北京这段有着数百年历史、人类伟大奇迹之一的雄伟城墙还给北京。

于是,我奋笔疾书,向北京市委阐述了自己的观点。时隔不久,不可思议的事情发生了:城墙边的平房、楼房被一一拆除,用近两百万块旧城砖复原了城墙的原貌。数百年的古槐树保住了,明城墙遗址公园建成了!数年后的今天,这里已经变成老年人休闲散步的好去处。

也就是从那个时候起,我的朋友陆辛也对老北京古建筑产生了极大的热情,他开始跟着我对老北京进行新的探索寻访。我们日复一日地去探寻被覆盖和淹没的古建筑。我决定撰写一本书,我要根据史料和多年的研究,详细描绘出老北京城的原貌。另外,《北京月讯》杂志的主编给我开了一个专栏,以刊登我在北京城的历史研究和发现。

新的城市越兴盛,越使我怀念它的过去,怀念它作为古都令人惊叹的魅力。北京经历了一场巨变,在20世纪80至90年代,我来北京将近上百次,亲历了这条巨龙蜕皮换鳞的过程。逐渐地,绿树成荫的院落不见了,浪漫和休闲的气氛几乎已消失殆尽,它成了一座21世纪的大都市。我每次来,都会觉得又少了些东西,包括幽雅宁静的四合院。终有一天，人们会为失去这些宝藏而感到悲伤。等他们一旦醒悟过来，又得开始重建。这种现象在近几年屡见不鲜，如故宫周边和鼓楼附近的许多老房子、旧街道，都在陆续恢复从前的面貌；前门大街地区也完全按照20世纪初期的样子恢复重建，甚至还恢复了有轨电车。

还有永定门，永定门是北京外城的南门，20世纪50年代被拆掉了，后来在21世纪初在原址上又重建。现在又在研究地安门的重建项目，地安门南边乱搭建的房屋已被拆除，露出了原来内城墙的紫红色墙皮和黄色琉璃瓦。

我相信，北京人对这座历史悠久的老北京城的怀念是非常深厚的，他们渴望更多的、特别是有代表性的古建筑，再次回到人们的生活中。但是，在实现现代化的初期，不仅是胡同里的老房子被拆掉，连门前神圣的古槐树也被挖走了。就这样，一个富有诗意的老北京消失了，同时把贫穷的北京也带走了。为了更加美好、更加现代化的城市建设，当然需要有所牺牲。那时，北京还有不少居住条件很差的住房，没有自来水、没有卫生间、没有下水道，电线老化，街道狭窄。总而言之，一切都有待改善和重建。

30年来，尽管中国政府为了保障人民生存而采取了必要的措施，但人口成倍增加的问题也很突出。毛泽东提出"丰衣足食"的口号，首先解决了每个人的吃饭穿衣问题，哪怕有一碗米饭和一件棉衣也好，起码不会像过去那样饿死人。

1949年之前的中国，到处都是贫穷与饥饿，死亡人数成天文数字。现在人口增长速度已放慢，这要归功于20世纪80年代改革者们出台了控制人口增长的明智政策。即便是北京，也要遵守这项政策，以便降低人口压力，提高人民生活水平，规划新型城市建设。改革包括建立新型住宅、道路、医院、学校和饭店，改善交通设施，增加就业机会，使更多的人有工作。

我一次又一次地来北京，亲身感受到了这种真正的改革热情。北京改变了它原有的面貌，焕然一新成为了一个现代化的首都，新建了很多豪华的酒店，等待大批游客的到来。北京奔向21世纪的步伐势不可挡，却也破坏了很多"地方特色"。但说实话，拆掉的确实是一些不适合居住的破旧房屋，只有一些留恋于过去的老人，才希望把它们保留下来。

我也非常喜爱那些胡同和百年的老槐树，我的心情也常常处于矛盾中。但我知道，贫穷是有底线的，它有一个忍受的限度，在超越这个限度时，只能不惜代价消除它，甚至承受不可避免的损失。

北京发生着翻天覆地的变化，大型的起重机和摩天大楼填满了这里的天际线，逐渐变得一切我都不认识了，到处都是一片片一望无际的工地。中国的现代化建设浪潮，比一百次地震还要强烈。我穿过一片废墟，这里的工人们正在堆码一批旧房梁和灰色的砖头。胡同在怀旧的伤感中慢慢消失，替代它的是宽阔的街道、高架桥、高楼、广场和高档小区。其实，人们自己也在变，不仅是穿衣打扮，他们的生活习惯和举止也逐渐西方化了。

说实话，我并不知道人们是否为此感到幸福，当然，这是社会学家应当回答的问题。然而我在30年前认识的那些富有感情的人，今天再也遇不到了。可是他们将永远留在我的心里，留在我当时所拍的照片里，他们总是高兴地同意我给他们拍照，有时怀着惊奇的目光，有时摆出幸福的姿势，特别是老人和孩子们。

1988年秋，结束朝鲜访问后，我又来到了北京。北京的秋天阳光明媚，树叶开始变黄。有一天我和陆辛在离鼓楼不远的地方散步，这里的胡同群保存完好无损。我们走了1个多小时，在一条不太宽的胡同里，发现胡同的一边是矮墙围着的破旧的四合院，而另一边则是高墙大院，被郁郁葱葱的古槐笼罩着。由于胡同窄小，我们看不到高墙里边的房屋。但奇异的事情发生了，突然，那高墙仿佛变得透明了，我突然"看透"了墙那边的所有东西。

我问陆辛是否知道院子里面有什么，他摇摇头。我给他描述了我"看到"的一切：一个堆满奇石的大院，绿草如茵，林木葱葱的小山，灰瓦亭台楼阁，雕刻着蝙蝠图案的石栏，庭院中还有人工湖，湖中有一座小亭子，一座精美的小木桥将它与湖岸连接起来。

陆辛听呆了。的确，我以前从来没有进过这个院子，这完全是一种奇妙的"幻觉"。陆辛说我们一定要进去看个究竟。

仅有的一扇大铁门，用铁链和大锁紧锁着。不远处有个自行车修理铺，陆辛让我在原地等他，他先去了解一下情况。

我再次注视着这座高墙，顿觉有一股力量要把我推进这个我已经"看到"过的院子里。我以前可从来没有过这种感觉，我惊异不已。

过了几分钟，陆辛回来了，和他一起过来的还有一位老人。他们走到我的面前，要我再次描述一下我所"看到"的东西，陆辛给老人翻译。我说完后，老人的神情大变，激动地眨着那双小眼睛。原来老人是这个院子的看门人，他把门打开，让我们进去。我恍然感到自己曾经来过此地，这个地方确实给我一种似曾相识的感觉，但事实是，我从未来过。

难以置信的是，这里的一切，居然正和我描述的一模一样，甚至连栏杆上的蝙蝠图案也那么相似。庭院里的许多建筑已年久失修，很多瓦片从房顶滑落到石子铺的小路上。唯一使我感到欣慰的是，这里的一切完好如初，没有遭到破坏。

老人告诉我，这是咸丰皇帝的弟弟恭亲王的府第，他早在1898年去世了。说真的，我不知道这个人物是谁，那时的北京地图上也没有标注这个古建筑。和老人道别后，陆辛反复地对我说，这件事实在不可思议。

20世纪即将结束之前，1997年香港回归之后，我开始更加频繁深入地研究老北京，因为我担心这个被20世纪初的西方旅行家们描绘成"四不像"的城市，会彻底失掉其特性与内涵。

老北京其实是"完美之城"的构成，是根据道家复杂的风水学并结合了某种占卜的几何原理建造的。北京对于我来说是如此之神秘，我要破译很多密码才能够真正地了解它。

新世纪初，北京的深刻变化中添加了"美国"元素，麦当劳和肯德基连锁店，像吸铁石一样吸引着年轻人。我惊奇地看到，与这些西方快餐一起出现的，还有完全不同于中国传统饮食习惯的牛奶，也在迅速普及。以前总是说中国人缺少帮助消化乳糖的酶，但是随着新世纪的到来，新一代人的饮食习惯和口味也发生了不少变化。

从三里屯的使馆区开始，接着在后海的沿湖一带，再后来扩大到整个京城，尤其是在面积相当大的朝阳区，出现了大量酒吧和夜总会，爵士和摇滚乐队的声音响彻通宵，各类酒水畅饮如河。同时，也出现了大排量的进口车、豪华的卫生间和对财富的炫耀。

许多来自欠发达省份的年轻人，被电视广告所吸引来到北京，这些电视广告向他们炫耀首都的繁华和大批的就业机会。打工族们远离自己出生和成长的老家，闯荡在一个陌生的城市。

城市的氛围正在飞快地改变，一方面，北京人留恋着即将被现代化所取代的老北京城风貌，留恋着他们所创造的带有"儿化"音的老北京方言，他们喜爱听京剧，至今仍保持着北京人特有的"天子脚下的爷们儿"的豪气；另一方面，新来的移民也看不起靠着首都"吃皇粮"的寄生方式，他们在奋力寻求自己的机遇，为了在北京站住脚，他们不在乎从事何种职业。

还有外国人，就像被蜂蜜吸引过来的蜜蜂一样，从地球的各个角落纷至沓来。他们想在这里打造一个与他们本土生活相似、又与当地社会隔绝的、属于他们自己的私密空间和生活方式，他们的外国护照和鼓鼓囊囊的钱包，则是他们的保护伞。

只有极少数外国人，他们是真正的"中国发烧友"，他们试图融入到首都居民的生活中去，愿意"入乡随俗"。但是这些人为数极少，更多的外国人，或者说绝大多数的外国人，都在这里辛勤地加速建设着自己的"小世界"，他们的心目中充满了无限的优越感。北京乃至中国，正在经历着一场蜕变，当这些美丽的蝴蝶破茧而出时，那股不可抑制的力量将会令人敬畏。

如果你认为，北京是中国西方化的前哨，那就大错特错了。相反，北京总有一天会领导和带动世界变化的潮流，就像今天带动中国的变化一样。中国人的改革成功，其原因是因为他们始终坚持不懈地在探索着适合本国国情的改革模式，这一先进的理念，我们西方人必须认识到。飞速的发展使中国重新坐回了它在1839年之前坐过的、后来被殖民主义夺走的世界级大国地位。在19世纪中叶前的数千年里，中国一直是世界经济与文化的强国，而今天，它在政治与军事方面也变得日益强大。

毛泽东曾预言"东风压倒西风"，当时他坚定地认为中国革命会战胜西方的侵略。毛泽东，也是一位中国哲学的精通者，认同对立统一，所以他这句话很可能寓意着中国的未来将屹立于世界之林，他提到的西方，是指全世界。我很自然地接受了他的这种理论，因为我亲身经历了中国40年翻天覆地的变化。

如今，中国已经崛起，它的发展势不可挡。我们必须充分认识这场伟大变革对中国人产生的影响，这种影响不仅涉及到中国人的生活方式，还将涉及到他们的古老文化，甚至影响到中国自孔子以来70多代人的遗传基因，中国的发展和我们截然不同。

北京是我们了解中国的标尺，不过对我们西方人来说，其标准是难以掌握的。我们的理解也经常是错误的，用我们西方人的观点看问题，往往把事情看得简单化。

但是，如果仔细观察北京这座伟大的城市，我们不难发现，老北京的很多东西还是保留下来了，这些绝不会逃过我这双训练有素的眼睛。高楼林立，一派现代建筑群的新貌，而北京人的生活习性并没有变。在日坛公园，你仍然可以买到小金鱼，可以看到手里拎着竹编的鸟笼遛鸟的老人。节假日期间，如果你从天坛公园东门进去，你会看到唱京戏和演奏乐器的北京人仍然聚在露天场所，他们的周围，围满了他们的"粉丝"和戏迷；在另一个地方，一排排的歌咏队，像教堂的唱诗班那样有节奏地唱着怀旧的革命歌曲。在地坛公园，仍然有斗蟋蟀的场所，葫芦罐里的蟋蟀，在小棍的挑动下，不时发出阵阵和谐的叫声。在天安门广场上，五花八门的风筝仍在翱翔，觅食的老鹰、大尾巴金鱼、舞动的长龙，在天空中一决高下。

第二部分

1979 这一年

我的第三次访华，是1979年参加庆祝中华人民共和国成立30周年的庆典，我和意大利著名记者恩佐·比亚吉率领的5名意大利记者一起，组成了小型代表团。那一年，中国翻开了新的一页。

1978年，中国开始了改革开放。中国正在前进，但当时的人们还不够理解，脑子里还有许多困惑。

我怀着极大的好奇心开始"30周年庆典之旅"，第一次和意大利记者"精英"一起访华，也使我对接下来的采访兴奋不已。

在北京停留一段时间后，我们又继续在中国的其他地区采访。这是一次非常珍贵的旅程，我们看到了改革曙光即将来临的中国。这场改革将在未来30年内，把中国转变为世界第二大经济强国。

北 京

毛泽东，周恩来，"北京地下城"

在北京的毛主席纪念堂，我们第一次见到了"伟大的舵手"——毛泽东。那天，我们一行在天安门广场静静地排着长长的队伍，等待着瞻仰毛泽东的遗容。团长恩佐说，此时这种等待的感觉，就好像是一群教徒渴望被圣人接见一样。长长的队伍蜿蜒地穿过天安门广场。因为我们是外宾，所以广场上的工作人员让我们避开长队，走在队伍的前面。

毛主席纪念堂是一座方形建筑，位于天安门广场中心的南侧。门前的警卫向我们招手，让我们站在第一排。我们爬上长长的低矮的楼梯，进入了一个大门，地面铺着红色地毯。一尊白色大理石制成的毛泽东雕像被花篮环绕着，背后墙上覆盖着一块巨大的挂毯。毛泽东一副绅士风度，坐在椅子上，双腿交叉，像主人一样深情地注视着他的客人们。他似乎在喃喃自语，用一种熟悉的语言讲述着什么。

墙壁后面，就是遗体陈列室，环境突然变成了葬礼的氛围，光线变成了淡黄色，似乎还闻到了消毒剂的气味。进入遗体陈列室后，一束光从天花板上落下来，落在毛泽东遗体的脸上。

毛泽东，这位让中国重新站起来的人，现在静静地躺在水晶棺里。消瘦的身体被拉到胸部的红旗遮盖，头部靠在枕头上，表情安详，看起来像是在沉思。此时，我离毛泽东的躯体只有几米远。我认为，他也许是20世纪最神秘的主角。

在广场的另一侧，中国国家博物馆正在举办周恩来生平展，我们参观了这场展览。这里人群涌动。周恩来深受人民爱戴，大家都亲切地叫他"周伯伯"。

人们紧紧地贴着展柜的玻璃观望，展出的是周恩来的生前物品：鞋子、衬衫、梳子、钢笔、眼镜、一些信件和照片。在一堵玻璃墙后面，复原了他的书房：简陋的书桌上，有一个黄色的闹钟，一台印章干燥器，一个发皱的黑色皮革公文包。

大部分来参观的人，是第一次到北京的游客，他们因简陋的物品感动着。连续26年担任总理的周恩来，是一位呕心沥血、鞠躬尽瘁的人民好总理。

在离这里不远的地方，我们看到另一件似乎是被考古学家复原的作品："北京地下城"。在前门楼的后面，我们进入一家杂货店，我们的陪同人员向店员点头示意。店员按下一个开关，柜台后面的踏板忽然打开，露出下面的楼梯。我们走下楼梯后，头上的踏板又合上了。再往前走，就看到了明亮的隧道，大概有1米半宽，在地下蜿蜒。

每走过一段隧道，就会看到一些开着灯的大房间，有的是厨房，厨师可以在里面做面包；有的是医务室；有的是幼儿园。一张带有复杂系统的钢门，可以阻挡有害气体和洪水的袭击。我们现在正在穿越北京的腹地，走在20世纪60年代修建的迷宫般的防空洞里。这是毛泽东的著名指示"深挖洞，广积粮"的结果。

隧道有两层，通过电梯相互连接。一旦警报响起，3分钟内可以有400万人疏散到这里避难，每个社区都有自己独立的入口，都由一个委员会管理。防空洞里有工厂、食堂和医院，电话、供暖和空调系统功能齐全。现在，这里用来冷藏食品，主要是水果和蔬菜。

我们来到了一间设备齐全的总控制室。一块电子面板是整个系统的地图，一个闪烁的红灯标明我们所在的位置：刚好就在人民大会堂的正下方。今天的我们感到，这座地下城市，看似是一项巨大而疯狂的工程，看似是一项花费了20年建设而无用的工程，看似是一项牺牲了社会住房和城市建设的工程。但是，从中国的实际情况来看，当时的恐惧是合理的，这种防御是必要的。当时，中国被包围、被威胁，朝鲜战争和越南战争都在"家门口"进行，苏联在新疆和乌苏里边境的坦克也不是和平的预兆。20世纪50年代，美国第七舰队在台湾和中国大陆之间的台湾海峡几乎永久驻扎。毛泽东用"乒乓外交"的策略，公开表明了他更希望世界和平。

烤鸭的传奇

我们要去前门大街上的一家老字号餐馆吃晚饭，餐馆就在明清两朝北京内城的南门外。

这是傍晚的甜蜜时光，西山背后的火烧云，照亮了天空，这正是人们从田间和工厂开始回家的时间。

路上自行车的洪流里夹杂着公共汽车和为数不多的小汽车，装满了煤炭和蔬菜的三轮车，还有小孩子的儿童竹推车，孩子们坐在竹推车里向外张望。这是大北京的一个普通的傍晚。此时，街边的店铺开始亮起灯来，数不尽的饭馆飘出诱人的香味，在欢快的交谈声中，你会感觉到成千上万双筷子在碗里和汤里快速地拨动。

这家清朝时便存在的老字号烤鸭店名为"全聚德"。饭店所在的人行道上,有几个像跳舞般跳着皮筋的小姑娘,看见我们过来,她们便停了下来,躲在树后好奇地观察着。

恩佐自信自己胃口很好,而著名的北京烤鸭似乎对他很有吸引力。一位系着白色围裙的服务生向我们问好,招呼我们跟随他进去。进门的大堂里装饰着古老的红木雕刻,红色和金色丝绸制成的大灯笼更是让大堂熠熠生辉。墙上挂了一幅画,画的是一群鸭子飞过芦苇丛,飞向风吹过的云朵。在一楼,餐厅被屏风隔成了几个空间,我听到里面有欢快的笑声,还有"啧啧"的赞叹声。

我们被安排在二楼的包间里,里面还有一个用黄色的帘幕隔起来的会客区,会客区的桌上摆着好几杯茶和一包新打开的香烟,烟盒内一支烟冒出头来,看来是请我们品用的意思。烤鸭是这里的特色菜,我们看着标有英文的菜单,毫不犹豫地点菜。

透过开着的临街窗户,能听到马路上数以千计的自行车车铃声,声音如掌声般清脆响亮,瞬间夜色已浓。我们开始关注应该如何品尝烤鸭了。服务员们在忙碌地上菜,餐桌上也渐渐丰富起来了:除了一大盘烤鸭肉片外,还有一碗神秘的酱汁,一盘葱丝,一盘像披萨那样却很柔软的白色小饼。我们还在寻找刀叉时,服务员递给了我们几双漆木筷子。我们试图用筷子夹菜,但总是夹不住。于是服务员也拿了一双筷子,开始向我们展示烤鸭的正确吃法:她先夹起一片小饼放到瓷盘上,然后夹住一片鸭肉,沾上酱,放在饼上,再加些葱丝后,将饼卷起来,再把一头折起送到客人的盘里,示意可以入嘴享受了,就是这么简单。

中国人都习惯用这两根小棍——"筷子"来吃饭,实际上这是手指的延伸,古人为了方便从火中取食物而不烫伤,就发明了这个工具。

热气腾腾的北京烤鸭很有特色，鸭肉松软鲜嫩，巧克力色的鸭皮也松脆可口，配上酱汁和葱条裹在面饼里吃，别有风味。实际上，餐桌上除了烤鸭，还有许多叫不上名字的菜肴，真让人眼花缭乱。我不停往自己盘里夹菜，一会儿从桌上的盘子里，一会儿从桌上的碗里，一会儿从桌上的盆里，有点手忙脚乱的感觉。

米饭不含在套餐中，我们必须单点，它是中国南方人的主食。而在北京以及其他一些北方地区，人们主要种植的是小麦，因此，北方人更喜欢吃面食，面条或蒸馒头作为主食，还有用肉和蔬菜做的饺子。

店里的葡萄酒很甜，有一股特别的味道，就像小时候早上上学前妈妈让我喝的滋补糖浆。服务员端来了一盆乳白色的汤汁，上面飘着几片菜叶。我们都在猜测这是什么。那是一股很陌生又亲切的味道，好像来自我儿时的记忆，但我已没有太多印象。我仔细地揣摩、辨认，舌头发出"咂咂"声，好好尝尝它到底是什么味道，然而谜底仍未解开。"是什么呢？"我询问了那个只会说一点英语的服务员，她告诉我说："先生，这是黄瓜鸭汤，是用烤鸭的鸭架熬制的。"

餐后，我们邀请到全聚德的主厨王春龙先生和我们聊聊做中国菜的秘诀，他笑着说："其实挺简单的！摆盘时要注意食品的颜色搭配、气味、外形，当然还有菜品的口感。"

这让我想起了父亲常说的一句老话："用眼睛吃的东西比嘴巴吃的多。"王大厨，脸膛圆而红润，有着大厨的面相。他不仅是做烤鸭的专家，对烹饪其他菜式也很在行，比如，他能够用30种不同的烹饪方法来做同一种鱼。他自称还有许多拿手的烹饪秘方，旁边的助手听到这些笑了起来，也许那些"秘方"他早已了如指掌了。

在此，还要说明一个事实：中国人吃饱饭后，绝不浪费，吃剩下的食品要装在塑料餐盒中打包回家，每个餐厅都提供这种服务。

中国人的日常饮食都是很简单的，所以开销不大。一碗鸡肉或猪肉汤、肉片炒蔬菜、米饭或面条，再加一杯茶或白开水。

当然，此时我们和王大厨交流的不是这些平日里吃的普通菜肴，而是那些独特而传统的烹饪艺术。比如，准备一场高规格的盛宴，这位大厨是这样布置的：在圆桌的正中间放一个很大的转盘，上面的食物会摆放成很有艺术感的凤凰、孔雀或者龙的图案。

首先是开胃冷菜，有酱猪肉、鸭肉卷、熏鱼、酱牛肉、鸭肝、鸡胗、芥末鸭掌或者鸡爪、豉汁油菜、皮蛋、核桃仁和榛仁，等等。

然后是汤类，其中最珍贵的非燕窝汤莫属。原料来自中国的南海，那里生活着一种海藻，海燕就用这种特殊藻类在海岸岩石下面筑巢，这就是燕窝。制作燕窝汤时，先把燕窝浸泡在水里，耐心地用小镊子清理掉所有的羽毛和鸟粪，只留下藻类的纤维，待它晾干。接着，把胡萝卜、蔬菜、火腿切成薄片放入鸡汤，还有猪肉、鸭肉，加上盐、芝麻油、白葡萄酒和竹笋一起烹煮。

再来说说鱼翅。把鲨鱼的鱼鳍放到水中煮熟，待它们变软时，从火上取下来，换一锅水让它再次沸腾变软，如此这般在慢火下重复操作几次。当鱼翅变软并煮熟后，把鱼翅从锅里捞出来，将它的软骨和皮肉分离。接着，把软骨放到鸡汤里加上中国最优质的火腿——金华火腿，加入葱、姜，小火烹煮。慢炖 6 小时后，加入酱油、白葡萄酒、各种香料、糖和盐。最后捞出汤里所有的软骨放在一边，继续把肉汤煮沸，直到它浓缩到只剩下两小杯的量后，装盘。

烤鸭是中国最著名的皇家宫廷美食，王春龙邀请我们跟随他到了后厨，亲眼目睹烤鸭的整个制作流程。

鸭子褪尽毛，留下大而肥硕的鸭身。烧一锅开水，始终保持水开，用勺往鸭子身上浇，直到皮肤表面紧绷。然后，将一根吸管插入鸭嘴，放在皮与肉之间，使劲吹气。接着，把鸭子的头部用一个带杆的钩子悬挂起来，挂在火炉（类似于意大利的披萨炉）的内壁上，用枣木烧烤，因为枣木的燃烧能释放出大量热量，但同时冒出来的烟却很少。炉子的温度高达270度，要想做出最完美的烤鸭，厨师需要不时地用竹竿调整鸭子的位置使其受热均匀。之前浇入的水会蒸发，并和油脂一起从鸭肉的缝隙中流出来，这样既能让烤鸭保持诱人的外观，也可以维持它酥脆的口感。烧烤过程中不断地在鸭子表面刷油和蜂蜜，大约40分钟后，烤鸭也就大功告成了。做好的烤鸭会先被整只带到客人面前，受一番"赞誉"后，片成薄片，片鸭的时候要注意不能破坏表面烤好的松脆的鸭皮。接下来，厨师会把切得大小一致的鸭皮和鸭肉摆在盘子上，再配上蒸制而成的热薄饼，一道烤鸭就可以上桌了。

深棕色的酱料是用面粉与大豆发酵后制成的，用鸭片蘸着它，放在薄饼上，加上大葱，卷成卷，便可以吃了。此时，再喝一口温热的米酒，那就太享受了。

如果想餐后消化好，建议喝几杯茅台酒。这是一种非常烈的粮食酿造的白酒，可以当做餐后酒喝，就像白兰地。而中国人却把它当佐餐酒，边吃边喝，就像我们的葡萄酒。宴席上喝酒，出于礼节，大家都会喊"干杯"，这个词的意思不是祝"长寿"或"健康"，而是喝光见杯底的意思。不过，多次见杯底的结果就是酩酊大醉，因为茅台酒的度数超过50度。

再来说说鱼，这里大部分都是淡水鱼，做法一般是炖或红烧。宴席还会上一盘金色的油焖大虾，或是鲜美的大螃蟹。

甜品，一般是面团里加豆沙馅制成的糕点，或蒸熟，或烘烤，或油炸。最后是水果，多是一年四季都可以吃到的西瓜，饮料是茉莉花茶。

刚刚描述的这种宴席，可以被称为"皇家盛宴"的规格。王大厨说，这样的宴席一般是十人一桌，价格不菲，是真正的宫廷宴，菜谱配方从古至今传承下来，并由厨师保存至今。

天 津

三色旗飘扬的时代

  火车懒洋洋地驶出北京，进入郊野。它一点也不像在跑，倒像是沿着两旁种满杨树和柳树的街道在散步，那些树也几乎要把根都扎进运河里去了。车窗外，除了花草树木，广阔平原上拔地而起的小村庄，也有些意思。

  我坐在车窗旁向外望，旁边陪伴我的是翻译朱章谭。他是一个35岁的大小伙，前额上有一撮不那么服帖的头发。他会讲意大利语，这样方便交流，我们也很快成为了朋友。能看出来，他在说意大利语时，很有意大利人说话的风格。他在我们需要了解中国的问题时，可以把自己放在我们的角度去思考，不论什么问题他都愿意帮忙解释，时刻准备为我们答疑解惑。不过，我们的困惑和问题，实在太多了。他的本职工作和我们一样，也是一名记者。

  总之，我们很快就觉得，他是帮我们应对这些天里复杂状况的合适人选。他将帮助我们完善与政府间的沟通，帮我们克服看似不可战胜的困难。事实上，确实也存在许多小壁垒，阻碍外面的人们看到"墙内"的东西。

  他也感觉到自己得到了我们的信赖，虽然有些事情他无能为力，但也确实让我们感到舒适。我们希望他将每一件事都准确地记录在那个装在制服口袋里的绿色小本上，比如，我们的要求、我们的问题和给我们的答复。他还要负责为我们预订火车票、飞机票和宾馆住宿，帮我们约见要人，满足日常生活需求，还有照顾我们的情绪和健康。

我们跨过公事的门槛，来看看朱的个人生活。他是一位中国共产党员，他全家人都是。他对未来充满信心，期待着第一个孩子的诞生，而后成为健康的新一代。他的妻子是一位出生在印尼的华侨，最近几年才搬来北京生活。

他们一家人住在一所小公寓里。现在妻子怀孕了，岳母身体欠佳，靠朱支撑起了整个家庭。他每天5点就起床，一起来就照顾家人，整理房间，做早饭，洗衣服，然后骑车去上班。当我们对他的勤劳表示钦佩时，他觉得惊奇，认为这些都是理所当然的。此外，他还会做衣服、钉扣子，以及公寓里从电路到水路的所有日常维护。

他认为自己还是幸运的。他刻苦学习，谋得了一份令人羡慕的工作——记者兼翻译，月薪60元。他经常有机会接待外宾，陪同他们在中国旅行，和他们一起游览中国人一生都很难去的城市和地区，还有出国的机会。他是那个年代能够跨越国境飞向遥远西方世界的人员之一，他曾作为国家足球队的随同翻译到过意大利，参观了米兰、博洛尼亚和罗马。

他了解西方，但谈不上喜欢。他表达的态度很明确，那里的城市混乱可怕，交通如地狱一般，除此之外，还有污染和焦躁，没有安全感。但意大利的恢宏历史、文化、风景，则是另一回事了，他喜欢这些，当然还有意大利的美食和音乐。他买了些唱片，最喜爱《我的太阳》那种旋律性很强的作品。他的妻子，甚至他的岳母都很喜爱意大利音乐，是他让她俩都迷上了意大利歌曲，让她们在并不了解歌词意思的情况下也能小声哼唱。

现在是傍晚了，离天津还有 1 个小时的车程。日落的余晖很短暂，夕阳把运河照得波光粼粼。火车在一个小车站停下，站台上的喇叭传来华国锋的讲话，他是当时的国家主席。

朱章谭简单翻译了华国锋的讲话内容，是对青年人的致辞，鼓励他们成为正在发生的巨大变革的先锋，称他们为"现代化的火车头"。

天津站看上去有着租借时期的建造风格：用大量钢铁架构成，感觉很随意。出站时，必须爬上铁制楼梯，穿过立交桥，从另一边走下来。

有一大群人，眼睛睁得大大的，好奇地盯着我们看。在等接我们的小巴车时，我们身边的人群也越来越多。我们被圈进了一个仅够呼吸的小空间里，估计有数百人围着我们，拥挤着，议论着。我甚至闻到一股他们嘴里呼出的大蒜味儿。这是一场集体自发的欢迎仪式。汽车到达时，人们仍然围着，司机只好叫喊维持秩序，但无济于事。于是，朱站出来说了些什么，人群闪开一条道，依然站在那里看着我们，微笑着，挥手向我们致意。

我端详着这座城市，给我的第一印象是，它一点儿也不美。城市的嘈杂令人不安，这里的中国味道不多，到处都是租借的痕迹，从 20 世纪初笨重的新古典主义建筑到洋公馆，还有欧式建筑，还混杂着巴洛克式的建筑装饰，诉说着那段混乱的岁月。这里还可以见到残破的灰泥墙，它们不是战争的产物，是几年前一场大地震留下的痕迹，这场地震以惊人的方式摧毁了这座城市。

因为损毁严重，遍地都是倒塌的建筑、空荡荡的房子和用支柱勉强支撑起的屋子。建筑物周围还堆着一堆石头，用于重建。那些从损毁房屋中拆出的石头也被用来搭建狭小的临时住所。临时住所的屋顶是白铁皮的，桌子是木头的，有的甚至还是用厚纸板糊的。

乍一看，天津像一座刚刚从废墟中崛起的城市。在这里，我觉得可以拍一部战争片了，可以想象到海河边炮火的轰鸣。海河是一条缓缓流经天津市的河流，最终汇入大海。

当年，西方列强入侵北京时，天津刚好位于通往北京的路上，也惨遭了大规模的洗劫。联军从此打开了通往"天朝"的大门，开进"天国"的首都，将一场场惨绝人寰的屠杀当作儿戏。

意大利也参与其中。1900年，义和团运动爆发后，意大利作为八国联军之一也派兵来到了中国。说实话，意大利士兵还是尽可能地避免参与暴力和杀戮，他们也没有参与对文物的破坏和掠夺，有许多资料和信息都能证明这一点。此外，至今也没发现任何来自中国皇家的报告，有过关于意大利军队在华的报复或屠杀行为的记载。

意大利学者贾科莫·德·安东奈里斯敏锐地观察到：在位于北京天安门广场的中国历史博物馆里，观众们可以看到大量的实物、图片和文件，描述了历史上帝国主义列强对华侵略暴行，但没有任何涉及到意大利的负面记录。

从中华帝国与列强签订停战条约的1901年到今天，已经120年了。自从意大利人得到天津的一片地后，立即开始修建兵营，在当时，这片地被认为是废弃的墓葬之地。在天津的所有外国租界中，没有人会想到，意大利租界在未来变成了一个真正的旅游胜地——意式风情街。这个意大利旧租界在经历了战争、侵占、革命之后，到了今天，是中国游客经常光顾天津的景点之一。人们在这里感受到了一个充满激情的小镇和欣赏到了意大利特色的宫殿、花园、喷泉、广场，还有云集冰激凌店、比萨店、小型管弦乐队的食街，甚至还有古风甚浓的意大利餐厅。

除了开展旅游外，天津意式风情街的建筑风格仍然保持原貌。马可波罗广场上的喷泉和柱子顶端带双翼的和平女神的雕塑，是一座非常适合拍摄婚纱照的纪念碑。广场边上有一座巨大的、外形奇特的建筑，明显是当年留下的法西斯式建筑，现在改为天津工人文化宫。在美丽的景色中，建筑上方独特的大型装饰柱仍然存在，上面原有的法西斯标志进行了巧妙的处理，并没有影响到主建筑的整体造型。

正是因为它在百年灾难中完好无损，市政部门将其作为"老洋楼"的典范保存了下来。我们曾经的租界完美保存到今天，真是一个奇迹。

南 京

向孙中山致敬

我们乘坐的飞机在湛蓝的天空中飞往南京，也许是因为窗外夏日强烈的阳光照射到各个角落，机舱内充满了欢乐。下面是无尽的田野和小溪，有湖泊和河流穿过的山丘，青铜色的平原，树木繁茂，闪耀着绿色的光芒。

突然间，我们看到一片很宽阔的水面，这就是长江，江面灰蒙蒙的，江水掺杂泥土向大海方向流动。恩佐风趣地说，这不是蓝河（长江在意大利语里称为"蓝河"）吗？你看，怎么不蓝？

南京位于长江南岸，它给我最初的印象是有着被浓郁梧桐树遮荫的街道。不知道为什么，这就成为我每次对南京的固定印象。

1949年以前，我们的报纸上经常出现"南京政府"字样：这里是蒋介石的大本营，他很喜欢这里，还想建都于此。我们可以看到这个江边城市应有尽有的老建筑：各个部委、各国大使馆、银行、兵营，等等。在紫金山上，修建了中华民国的缔造者孙中山的墓室。从此，中山陵和南京古都联系在了一起。孙中山是民族英雄，人们称他为"国父"，是他带领民众推翻了2000多年的封建帝制。

沿着一条树木繁茂的大路，南京古城被抛在了身后，然后就到了中山陵。不远处有一座灵谷寺，明朝开国皇帝朱元璋曾赐名"灵谷禅寺"，现在也是一个旅游景点。

爬上400阶花岗岩阶梯，穿过铺着蓝色琉璃瓦顶的陵园大门，我们进入了祭堂。这里有一座孙中山的石刻全身坐像，坐像下面四周是浮雕，让人不由想起美国林肯纪念堂的雕像。下到半圆形的大理石墓室，在那里，我看到的是另外一座孙中山大理石卧像。他躺卧在一座精美的大理石石棺盖上，石棺下面安放着他的遗体。这种处理方式与遥远的拿破仑墓室非常相似。

参观人群络绎不绝，充满了敬仰，他们在认真阅读祭堂墙壁大理石上刻着的孙中山手书的《国民政府建国大纲》。

骄傲之桥

接待方决定带我们去参观那座南京长江大桥，它也是古都南京的象征。

不过恩佐反对这个日程，因为听说参观大桥要花费一个上午的时间，他就紧张起来，必须努力克制住自己的情绪。然而，我却期待这场"朝圣"之旅。最终证明，长江大桥比我们预想的要有趣得多。

中国一直被长江这条大河分割成两个巨大的"岛屿"。1949年以前，要从广州乘火车到北京，必须在汉口下火车，乘船渡过长江，在几公里外的对岸再乘一列火车继续前行。

从来没有一个国家像这样被分开过，这条河是中国南北方之间的天然分水岭：历史上就有军队赶到江边，看到这滔滔江水，而不得不掉头返回。几千年来，长江似乎是中国的第二座长城。

在它的江岸上，进行过数不清的激烈战斗，外国的战舰也曾通过长江三角洲进入内河，炮击岸边城市。

中国共产党一直特别注意河流问题。我认为，可以这样说，这个辽阔的国家的改革首先发生在水里，然后发生在人身上。毛泽东在 1952 年就曾经发出指示，为了人民的利益，要致力于完成长江南水北调工程。

众多工人群众被动员起来。1956 年，中国政府开始规划设计在长江上建造第一座水坝，并在长江开始兴建第一座大桥，毛泽东在他的诗作《水调歌头·游泳》中高兴地写道：

"截断巫山云雨，高峡出平湖。神女应无恙，当惊世界殊。"

我们从大桥南大街的法国梧桐树荫下，一溜小跑后到达了江边。我们必须承认，这项中国人自己设计建造的工程是巨大的、不朽的。我们到达了大桥南桥头堡底部入口处，桥头堡非常高大，或者更确切地说，是一座至少有 15 层楼高的公寓楼。

我们乘电梯来到桥头堡最高处的大平台上，这里可以看到公路桥面上穿梭的公共汽车、自行车、拖拉机和手推车，但也有很多行人拥挤在人行道上。从桥的一端走到另一端，需要半个小时。

从这里，你可以欣赏到美丽的长江风光，看到江面张着风帆的船队，岸边的蒸汽轮船码头。南京这座位于群山和玄武湖之间的城市，被一道灰色城墙包围着，遮挡住了远处郁郁葱葱的田野。

我们从接待方了解到，这座桥主体于 1960 年开始建造，8 年后，第一列火车穿过大桥，几个月后，1969 年 1 月，公路桥也交付使用，整座大桥全部完工。这个简短的故事，透露着中国人的自豪。

远处有一座纪念碑，那里就是 1949 年 4 月 23 日百万人民解放军横渡长江解放南京的登陆点。解放全中国的最后胜利取决于渡过长江这道"水长城",这是蒋介石的终极防御线。在那之前3天,即4月21日,毛泽东给全军指战员发布了这样一道命令:"奋勇前进,坚决、彻底、干净、全部地歼灭中国境内一切敢于抵抗的国民党反动派,解放全国人民,保卫中国领土主权的独立和完整。"

蒋介石和他的政府被迫提前迁往广州,陈毅的军队进入上海几个星期后,蒋介石又跑到了台湾,在那里度过余生。当得知中国人民解放军占领南京时,毛泽东掩不住内心的激动,挥笔写了一首诗:

"钟山风雨起苍黄,百万雄师过大江。虎踞龙盘今胜昔,天翻地覆慨而慷。"

天开始下起毛毛雨,乡间看起来像涂了指甲油,闪闪发光,充满活力。我们去江边参观铸造厂。午餐在自助餐厅吃,并顺便参观一些工人家庭。恩佐非常喜欢这个安排,这样可以弥补在大桥花费的3个小时,这样今天等于没有"浪费时间"。

沿途我们穿过一排排骑自行车的人和行人,他们打着竹油伞,宝塔型的伞骨撑着黄色帆布穹顶。

在稻田的岸边,穿着雨靴的农民牵着水牛在泥泞的道路上前进。几个小孩子骑在牛背上,他们披着用稻草做的雨衣遮雨。蓝色衣服的农民和黑色的水牛,被巨大的绿色环绕着。在田野之间,闪烁着红色或黄色的斑点,那是旗帜和雨伞。

终于,我们到达了笼罩在烟雾中的铸造厂,空气中弥漫着煤燃烧的刺鼻气味。他们已经在院子里等我们了。和其他地方的接待一样,同样的问候,同样的会议室,同样的茶和烟,墙上挂的风景画，角落里的花盆，椅子上的针织花边。

工厂非常大，包括住宅区、学校、电影院、铁路、河岸的码头、仓库。但我的兴趣仅限于铸造厂的内部医院，铸铁不会让我感兴趣。在医院，我们可以与医生和病人交谈，但我们很感兴趣的是两个科室：一个是针灸治疗，另一个是断臂再植。我们知道，工作中的事故总是难免的。我们站在一位年轻工人的床前，一次意外事故使他前臂粉碎。医生让护士给我们看 X 光片，这是事故发生后的情况，可以清楚地看到当时的状况。而第一次断臂再植手术后，断手被重新接上，但失去了 3 只手指，保住了大拇指和小指。

在另一张白色的病床上，一个小男孩的黑色小脑袋伸了出来。在床头柜旁边的椅子上，是妈妈在照顾他。他被车撞了，医生说完掀开床单，给我们看他的腿。骨折很严重，已经给他打了石膏，但他需要做接骨手术才能恢复肢体正常。这个 7 岁的孩子能感觉到等待他的是什么。他用美丽的眼睛看着我们，在天鹅绒般的黑色眼睛里，充满了悲伤。在旁边另一张床上，一个病人在看漫画书。

在针灸室里，病人都是女性。其中一个脸朝下趴在小床上。在她赤裸的后背上，插着八根非常细的银针，一名护士熟练地用指尖捻动长针，手指在颤动。其她的女性坐在带有扶手的木椅上，她们的膝盖上、小腿上、后脚跟上、大脚趾上都有长银针。在扎针前，护士先给她们的扎针处按摩几下，再用酒精棉球擦拭几下。

医生告诉我们，这些妇女都是附近的农民，经常在稻田里劳作，患的是风湿病和关节炎。针灸是治疗这些疾病最好的方法，病人点头表示赞同。我毫不怀疑，因为针灸疗法在中国已有数千年的历史。

在《马可·波罗游记》中记录的时代，中国出版了一本《铜人腧穴针灸图经》，书中标出了人体的几百个穴位。经过 7 个多世纪，这部经络图仍然非常有效，因为它准确地标出了人体分布在 12 条经络上的所有穴位，这些经络连接着神经中枢和深层器官。

其原理非常简单：在皮肤上每个器官对应的穴位上给与刺激，从而引起反应。这是一种在中国哲学中得到广泛检验的理论，其理论基于阴阳之间的调和与平衡，因此，疾病的发作无非是这种平衡被破坏了，比如过度疲劳会引起器官功能的异常。

中国的科学有着惊人的发展。在基督诞生之前，指纹系统已经被用来识别人。4 个世纪后，一位著名的英雄发明了一种装置，这种装置被应用于旅途中，目的是保持正确的方向，这就是指南针。陶器的制作可以追溯到 22 个世纪以前，蚕的养殖可以追溯到 20 个世纪以前，茶叶的历史更遥远，可以追溯到有文字记载的时期。更不用说火药、造纸术、印刷术了。此时，我突然想到一个很有意思的问题，对于中国历史上发明的先进技术，现在西方都已经在使用了，如果中国现在向西方提出知识产权保护，西方国家要给中国支付多少费用和利息呢？

在南京，我睡不着觉，我对 1937 年发生在这里的大屠杀事件感到恐惧和震惊。日本侵略者在这里犯下了可怕的残暴罪行，那是一场不能被遗忘的大屠杀，而日本却否认此事件，后继者也不作任何赔偿。这真的是让人气愤。

上　海

"上海快车"上的奇遇

在20世纪60年代,我常去看望作家乔瓦尼·科米索[1]。那是一个小雨淅沥的冬日,我又去他在特雷维索郊区的房子看他,我们愉快地聊了很久。在收拾抽屉的时候,他发现了一个信封,信封里是一些照片的底片。这是他1930年被《晚邮报》派到中国时拍下的。虽然已经过去30多年了,他还是没把这些照片冲洗出来,也许是他从原来的乡村别墅搬出来时放错地方了。

此时,他对着灯光仔细端详这些底片,他还清楚地记得那些地方。我花了一个下午的时间,聆听他丰富而充满想象力的描述,体验了一把"中国之旅"。

那时候天寒地冻,中国人都穿得严严实实的,把自己包裹在又长又厚的棉衣里。接待他的人陪他到上海的南京路酒店时,科米索发现,一群孩子穿着又长又破的长大衣,满脸疮疤,不停地鞠躬,乞求施舍。其他残疾人躺在地上,肩膀赤裸,在哀求中痛苦地挪动自己的身体。

---

[1] 乔瓦尼·科米索(Giovanni Comisso),意大利著名作家,曾于20世纪30年代在中国居住,写过几本关于中国的书籍。(译者注)

当时的上海是人类愚昧的狂欢之地，在科米索的那本《东方之恋》的书中，他虚拟了一个想到东方寻找情感刺激和冒险的罗伦佐，故事非常生动。罗伦佐在20世纪30年代的上海经历许多冒险，后来去了北京，在那里度过余生。

我们分手时，我带走了这本书。这里描绘了另外一个中国，就像一千年前的中国。在作家一生的旅行中，他对中国的旅行印象最深刻。我着迷于他的故事，对我来说，在20世纪60年代，中国是一个有着伟大未来的国家，我很想去那里。

此时，我又一次来到中国，已经再次看到了北京，又看到了天津、南京，现在即将去上海。翻译朱先生提前订好了靠餐车的一等座车票。从南京到上海的路程并不遥远，向东大约300公里，但是火车却行驶了5个多小时。因为我们是晚上旅行，整个旅程没能欣赏到什么风景。

车厢里有个漂亮的中国姑娘坐得离我们很近，朱先生很快跟她熟络了起来，还把我们介绍给她。她的名字叫彩云，跟她一起的是她的姑姑，旁边是她的姑父。他们住在中国香港，回大陆探亲，还顺便带上了小侄女一起旅游。

彩云的姑姑和姑父做派很西式，对朱先生也非常恭敬，而彩云则一副活泼开朗、幸福开心的样子。她已经走遍了北京、西安、南京、长沙，现在又来看看上海。她20岁了，刚刚迈入大学校园，但看起来就像是正值青春期的15岁小姑娘。彩云的父亲是一名工程师，妈妈是大学老师，一家人住在苏州。苏州是长江流域一个花园般的城市，也因为美人辈出而闻名。彩云也是一个外表清秀美丽、惹人喜爱的姑娘，穿着紧身裤和一件能衬托她傲人身材的毛衣。

彩云对我也很感兴趣，想知道我是哪里人、做什么工作、结婚了没有、都参观了哪些地方,还要去哪儿。听我回答完之后她还不相信我是意大利人,还以为我是新疆维吾尔族,直到我让她看了我的护照她才相信,然后便开怀大笑起来。看着护照上根本不认识的意大利语,她还尝试着读了读:自然是发音不标准的"意大利共和国"几个字,读完她自己也捂着嘴笑得不亦乐乎。

彩云很快跟我也熟悉起来,她一点也不怕生,在朱先生的帮助下,问我能不能给她看看我女儿们的照片。她惊奇地看着她们的照片,说我的大女儿阿丽亚娜看着像是个中国小朋友。她把照片捂在胸口,问我能不能把它送给她留作纪念,之后她还想把照片拿给她的朋友们看。

恩佐把这列火车称作"上海快车",因为让他想起了玛琳·黛德丽主演的一部同名电影,女主人公在夜间旅行中蹦蹦跳跳很是甜蜜。厨师送来我们的晚餐菜单:酱肉、鸡汤、烤鱼、河虾、蔬菜、橘子和饼干;饮品有茶、红酒、啤酒和茅台酒。

彩云她们一行的晚餐是自带的,有炸米饼配鸡肉,还有些水果。她的姑父从包里拿出了茶叶盒,火车的小桌子上有茶杯,下面角落里还有火车必备的热水瓶,里面已经装满了开水。他跟朱先生说,到时候还要给我们泡点茶,这样我们从餐车回来的时候就能继续边喝茶边聊天了,彩云催着我们吃完之后赶紧回座位,因为她还有很多问题想问,还有很多想从我们这儿了解的东西。能看出来她真的特别兴奋,桌上小台灯的灯光照在她脸上,映出了她天真纯洁的幸福感。

结束了"上海快车"的愉快之旅,我们乘车穿过这座沉睡的城市。现在已经是晚上 10 点了,街上不见人影。我们住在上海锦江饭店,这是一家 20 世纪 30 年代英国人建造的大酒店。维多利亚风格的大房间,都铎王朝特色的玻璃门窗,客厅里铺着地毯。

很快，一个服务员端着托盘进来了，他用中文说："晚上好！"我也用中文回答："晚上好！"他把热茶和盛着苹果的盘子放在茶几上，然后递给我一条还冒着热气的毛巾请我擦手。透过房间的窗户，能看到一片灯火。这就是大上海了：这里有 1200 万居民，相当于整个比利时的人口！但是一到晚上，它却变得尤为寂静，就像在我的家乡——一个开阔的乡村。

曾经金钱至上的地方

北京城里种植的多是柳树和杨树，而上海则与南京比较相似，是座被巨大梧桐树"包围"的城市。然而，不管人们种了多少树木，在钢筋水泥的灰色建筑和旧式教堂的掩盖下，我们还是几乎感觉不到城市中的那一抹绿。

微风拂过外滩，黄浦江的江水掀起几层波浪。人行道上熙熙攘攘的人群缓慢地前进着，就好像流淌的黄浦江一样，他们拥挤在码头边油炸食品摊周围。水面上张着白帆的船队朝着海的方向行驶，这黄浦江的尽头与长江的汇流处，形成一个很大的入海口，称为吴淞口。这里像大海一样广阔无垠、波涛汹涌。船只在水面上排起长队，汽笛声轰鸣着撕裂了沉重的天空。很快，外面便下起雨来。

大雨在转瞬间倾盆而泻，陪同我们的翻译小朱建议我们去国际海员俱乐部避雨，那里是著名的老上海俱乐部酒吧。酒吧里拥有世界最长的吧台，也是小说中冒险家常常出场的地方。但我们刚进院子，他就改了主意，建议我们去人满为患的友谊商店逛逛，还笑着解释说我们可以在那里淘点东西。

转过拐角，我们就到了前法国租界区，如今的延安路将它与前英国租界分隔开来。那个时代，乘坐有轨电车的人要经过4个外国租界，即4块外国领土，必须购买4张车票，因为每个租界都要收过路费。

租界里一切都被外国人掌控着：银行、海关、法院、赌场，还有跑狗场、赛马场和马术俱乐部，租界的居民们来这里休闲娱乐，富家小姐常来骑马打球。但随后的革命就像一场风暴，把这一切涤荡干净。现在，这里变成了一个巨大的广场，老人们在这里锻炼身体，孩子们在这里开心地放着风筝。

那么，上海过去是什么样子的呢？我们这代人只能阅读前人的描述，其中包括埃德加·斯诺所著的《复始之旅》一书。20世纪30年代，这位美国作家曾住在上海。他写道："我也错把上海当成了中国，感觉这里的古今对比极其强烈……很多人都天真粗俗地认为'金钱万能'，这让我充满了疑惑。"

小朱给了我们城市旅游的宣传手册，上面写道："上海已经从一个消费城市转变为了一个工业城市。"他问我们有没有兴趣去参观几个工厂，我们对此毫无异议。工作的艰苦和繁重是非常明显的，不仅是因为那些数不清的喷着浓烟的烟囱，还有那川流不息的卡车、马车、三轮车和手推车。汗流浃背、衣衫破旧的工人们推着手推车，车上承载的重量难以想象。水泥、钢筋、砖头、木材，来来往往的运输无休无止，一大群忙碌的人，人头攒动。

豫园周围的老城更是繁华热闹，人群拥挤。豫园园中亭台交错，植物生机勃勃，灰顶白墙的建筑伴水而筑，但这一片静谧中却不乏生机和惊喜，鸟儿找到了筑巢的位置，池塘里的鱼儿轻快地游向游客们投下的面包碎。

我终于在小朱先生的陪伴下，找到了科米索书中描述的建筑。

那是 1930 年春天的一个晚上，他曾来到位于老城隍庙湖中间一座他特别喜欢的建筑。此时，我们走过九曲桥来到了它的面前，确实与科米索描述的一模一样，"屋顶的四角向上翘起"，但并没有像他说的"大大的灯笼照亮长廊，映照在水面上"。

这是座湖心亭楼阁，此时是一家快餐饮食店。但在 20 世纪 30 年代，这里是一家主要接待洋人的高档酒楼，客人多是"买办"，陪着他们的洋人朋友们。

有一些妇女在中国社会中发挥了重要作用。中国古代历史上出现过"女皇"，她们给历史留下深刻的印记，比如唐朝称帝的武则天和清朝有女皇之实而无女皇之名的慈禧。在 19 世纪，上海金融家族的宋氏姐妹浮出水面：孙中山的夫人宋庆龄和蒋介石的夫人宋美龄。此外，中国女性一直还被视为在社会基石的家庭中发挥着核心作用。

如今，中国妇女的作用越来越大。据说，2018 年第十三届全国人民代表大会，女性代表占总代表人数的 24.9%。女性在充满活力的中国社会中，占据着越来越重要的空间。

西 安

"巨变"前夜

　　有趣的是，人们常常会让自己被某些固化的想法或者不理智的情绪所束缚。飞往西安的途中我很激动，就像一个退伍军人在经历了漫长的军旅生涯后回家的路上。我在之前就熟悉西安这个可爱的名字了，我总觉得西安这么甜美的名字应该属于某位笑意盈盈的女人，而不是一个历经饥荒和变迁的古城。此时，我贪婪地透过舷窗俯瞰黄色的大地，窗外渐渐开始变成了白茫茫一片，静静流淌的河流蜿蜒其间，几乎镶嵌在了峡谷之中，这片乳白色的土地是西北部的沙漠。我没有错过这片古老景观，黄河和长江仿佛两个巨人，流经大地，奔向大海。

　　这片辽阔的区域曾经历过数千年的岁月流转和血腥战争，成千上万的人迁徙穿行，就是为了保障王朝所拥有的至高无上的权利。还有数以万计的人武装起来，将革命的旗帜带到了那片土地上。

　　商、汉、唐、宋，中国古代文明就在这两条大河中的青山翠谷间繁衍生息。只需挖开泥土，那些被埋藏的历史见证便会从黑暗中重现于世。

　　这里的景观一直在变化，越是接近西安，越是离奇古怪：山丘和溪谷，看起来仿佛都是巨人手中捏制的黏土，但实际上却是风蚀黄土的杰作，是西北面来的风为陕西带来的不同地质风貌。如果这里水源充沛，它就会像泥土一般肥沃，但这里是西部，不下雨，常年干旱，于是土地就像凝灰岩一样坚硬，像沙子一般干燥。

这是一个开凿洞穴为生的地区：每个城市、每个村庄，甚至佛教圣地都从黄土山坡上开凿出来。这里的黄土随着经年的日照逐渐变成了石头。如果没有那些山谷间蜿蜒而行的大型水利工程，没有那些像眼睛一般的蓝色水库，没有那些曲曲弯弯的灌溉谷物的水渠，没有那些山坡上种植小麦的梯田，没有那愚公移山的意志，谁敢相信地质的缺陷也可以转变为财富。

终于，古城西安在中午阳光的照耀下，在尘土飞扬的绿色田野中，出现在了我们眼前。它四面环绕着灰色的城墙，带飞檐的大屋顶立在四座城门之上，广场的中央矗立着钟楼，笔直的街道，一排排黏土坯房屋，路两边种植的是杨树和槐树，这些都是辨认古都的标记。

西安人民大厦，是20世纪50年代在"苏联老大哥"的帮助下建造的，是一座中西结合的大型庭院式宾馆。在这里，我们遇到了一位法国考古学家，他刚从临潼回来，参观了秦始皇陵兵马俑坑的发掘现场。这个法国人风尘仆仆却异常兴奋。他说让他难以置信的是，那里埋藏的宝藏是埃及图坦卡蒙墓中珍宝的100倍！此外，还有那些数量惊人的与真人一般大小的兵马俑像！究竟地下还有多少未发掘呢？一万个？我们相信，那巨大数量的兵马俑，可以把世界上所有的博物馆都装满。

在距离西安40公里的临潼，挖掘工作仍在继续进行，井井有条。考古学家和工人组成的团队，小心翼翼地挖开泥土，用刷子清洁俑片。他们发掘的每一块碎片，都必须仔细记录下来。

我们是这个不可思议的博物馆的第一批游客，目前它被称为

"一号俑坑"，5个月之后才会向公众开放。我们在这些沉默的兵马俑面前，不可能不被震惊到。

你会惊奇地发现，这里的战士和马匹彼此各不相同，由此可知，每个兵马俑都是单独制作的：每个士兵表情不同、年龄不同、姿态不同、体格不同。你甚至可以通过观察，来判断他们来自中国哪个地区，他们的官阶，甚至他们的性格。

那些普通士兵穿着没有装饰的长袍或盔甲，帽子柔软，脚蹬方头军鞋，还绑着绑腿，头发扎在后颈上；低阶的军官穿着带有装饰的盔甲，帽子上配有缎带，脚踩靴子，始终处于队形的最前端；高阶军官则穿着由彩板片制成的盔甲，帽子上有两条缎带，蓄着长长的胡须，看起来老成，常常位于队形的末端；骑兵、车夫、战车士兵、弓箭手和弩手都穿着不同的制服，摆出了不同的姿势。这里的马俑也是烧陶工艺的辉煌典范，它会让人想起1000多年后才出现的唐三彩马。马俑高一米半至两米，强壮有力，头颅高昂，耳朵竖起，怒目圆睁，鼻孔喘着粗气，嘴巴时刻准备着嘶叫。

这群光荣的勇士和马匹，是在他们被埋葬了22个世纪后才重见天日的，我们应该想象一下他们在那个遥远的时代出现在皇帝面前时，都是珐琅彩绘，个个闪闪发光。这些尘土下的灵魂因这片干旱的土地得以保存至今，传承到了今天，他们好像经历了一次神秘的"复活"，见证了一个疯狂的、成功的永恒梦想。

西安，意为"西方平安"，古时候称作"长安"，即"长治久安"，当人们迫切地坚守和平时，也就意味着这里曾经发生过许多战争。

这儿的夜晚风干气燥，清朗宁静，却让人兴奋不已。此刻，我睡意全无，或许也是因为我在西安饭庄吃晚饭的时候喝了太多茶。西安饭庄的店名招牌是作家、诗人和考古学家郭沫若的墨宝，他们颇以为傲。这幅书法是郭沫若在家中题写的，看着它让人食欲大振，味蕾顿开。然而，这可不全是由于郭沫若书法好，更重要的是这里的厨师厨艺确实好，充满了难以置信的创新。

在汉朝和隋朝之后，又出现了一个辉煌时期，即无上荣光的唐朝。唐朝近300年来的20多位君王，给这个繁荣的帝国带来了不同的财富，王朝的命脉延续到了公元900年的黎明。

中国唐朝的领土范围和政治影响力，都是其他王朝无法比拟的，艺术也处于空前繁盛的时代。历代君王作为艺术的推动者，守护了国都的繁荣与辉煌。画家、作家、音乐家和诗人从各处涌来，其中，李白和杜甫更是其中的佼佼者，他们都是8世纪诗坛的伟大荣耀。

唐朝的20多位皇帝，以及他们的皇后、妃嫔、皇子和大臣，葬于距离西安100公里的山上，巨石雕刻成的武士、骏马、狮子，是这些陵寝的守护者。在西安市南城墙附近的陕西省博物馆，收藏了大量雕塑、瓷器以及经跋山涉水才运抵这里的珠宝。

另一家博物馆的前身是寺庙，现在更名为西安碑林博物馆。一个睡眼惺忪的看门人来开门，可能是我们打扰了他的午睡。他手忙脚乱地将钥匙塞进大门的门锁中，然后陪我们从这个展馆走到那个展馆，做了一连串概要性的讲解。

当我们走进寂静的花园时，听到了鸟儿的歌声，许多鸟儿在厚厚的柏树丛中筑巢。在宁静的乡野蓝天下，我们放松了心情，平静了思绪。

往城南走不远，就到了著名的大雁塔，这是古长安为数不多的、几乎完整保留的古遗迹之一。大雁塔广场连接着慈恩寺的入口，广场的槐树树荫下临时的茶水小贩，为游客们提供了热腾腾的饮料。这座古寺中有亭子、大门、院落、露台和枣园。7世纪时，高僧玄奘从印度带来的佛教经文，被保存在一个专门存放神圣经文的房间里。在宝塔南门的墙上嵌着两块石碑，上面刻有汉字，一小群人正认真地做拓片。

在回来的路上，我们在小雁塔短暂停留了一会儿，它离西安的城墙非常近，全部由砖块砌成，是另一处幸存的唐代建筑。

现在，这两座宝塔都受到了国家的专门保护。在我看来，涌入这里的人们都对宗教满怀敬畏，这还挺让人好奇的。也许是因为高僧玄奘的故事在民间传说中很受欢迎，木偶剧演员直到现在都还在表演他的故事，这些故事在一本非常著名的书中也有记载，所有的中国孩子都知道，那是他们最精彩的神话故事之一。这就是16世纪吴承恩所写的《西游记》，讲述唐僧去西方取经并将其带回长安的途中经历的艰难曲折。不过，这个故事的主角不是唐僧而是孙悟空，他是人们钦佩的大英雄，代表着勇气和革命精神。

昆 明

盛装的欢迎舞蹈

  昆明的街道上，老奶奶背着孙子，用煤炉煮着午饭。古老的木屋、树皮、谷仓，砍柴的庭院，让我仿佛突然回到了家乡的村庄。因为我所感到亲切的，正是这些石头和木头构成的乡村文明。

  我们从西山上去，到达了滇池的山顶。马可·波罗给我们留下了一些关于滇池的信息：有100英里宽，里面有很多鱼，世界上最好的鱼，各种各样的鱼。

  我们走在到处是桉树和竹子的森林中，沿着荒野溪流攀登，最终看到浩瀚的湖面波光粼粼。滇池没有像大海一样的地平线，似乎悬在空中。

  在回来的路上，我们在著名的圆通寺停了下来。一位妇女在祭坛前献上香烛，香味在空气中蔓延，蓝烟升起，随着带着信仰的低语祈祷声一起旋转、消失。

  晚上很热，在旅馆前面的路上，一群工人正在修下水道。由于手提钻的砰砰声和卡车的进进出出，我们无法入睡，所以，我们坐在卧室的扶手椅上聊天，喝着柠檬水。遗憾的是，水没有我们想要的那么冰凉。传统上，中国人不喜欢喝冰水，只喜欢温水。

  昆明位于中国的西南部。40年后，我在一个非常特殊的场合，和一位特殊的朋友又来到这里旧地重游。这位朋友就是意大利著名的时装品牌"贝纳通"集团创始人和现任董事长卢西亚诺·贝纳通先生。

我和他是同乡，都来自特雷维索。多年来，我与他各种各样的接触促使我们建立了一种文化伙伴关系。继我在我们的城市举办了一系列关于中国的文物展览之后，我有了一个新的想法，要收集中国56个民族的艺术家的作品，来办一个现代艺术收藏展览。这是一个极具挑战性的项目，我们把它称之为"多彩中国"，并纳入贝纳通基金会"意象世界"国际文化艺术项目。贝纳通委托我来负责中意之间的联系工作，所以我们有机会一起旅行，特别是去到少数民族较多的地区。

到达昆明时，我发现昆明从1979年开始发生了巨大的变化，成群的电动摩托车使我有些无所适从。我们本要继续飞往临沧，但由于浓雾天气，航班取消了。于是，我们不假思索地决定包一辆小巴，预计路上需要10个小时。我们也利用这个机会了解了中缅边境的情况。

这条公路并不像我们担心的那么糟糕，它穿过了无尽的山谷，周围布满了繁茂的树木，还有稻田。村庄被经济作物包围着，有香蕉等水果树。每走一段时间就会看到慢悠悠的水牛穿过马路，我们不得不给它们让路。

我们穿过一个山区，看到路上挂着巨大的告示牌，上面写着我们正在穿过蘑菇保护区。牌子上画的是牛肝菌吗？是的，就是意大利人喜欢的那种牛肝菌，在牌子上画得很好，确实很吸引人。

下午5点天就黑了，我们决定停下来过夜。陆辛通过手机，在一座大山下的古镇上找到一家不错的宾馆，看上去是一座经常接待会议的宾馆，幸好今天没有会议，宾馆空房很多。服务员打趣地说，我们是"VIP"。

第二天早上，我们醒来，在清晨太阳的陪伴下，又重新开始了旅程。景观改变了，山峦越来越高，岩石越来越多，路两边密布着高大挺拔的针叶树，类似落叶松，但颜色较深。我们几次穿过一条大且含有沙砾的河流，这是湄公河的上游，在中国称为澜沧江。午饭前我们终于到了临沧，一个森林环绕的好地方。我们遇见了穿着五颜六色服装的男孩和女孩们，他们的欢迎使我们感到快乐，以至于我们忘却了路途的艰辛。40年前，我和恩佐受到了同样的热烈欢迎，歌舞、色彩、氛围和今天太相似了。40年后欢迎我们的人，应该是当年那些穿着盛装的年轻人的后代了。

广 东

茉莉花盛开的地方

在东方宾馆昏暗的房间里，我闭上眼睛，躺在蚊帐里，蛙鸣声又把我带回到跟祖父母一起住在乡下的童年，池塘里青蛙嬉戏追逐的画面，仿佛又出现在眼前。在这个温暖的夜晚，窗外温热而潮湿的空气迎面吹来，带着浓烈的茉莉花香。天空静谧的黑暗被火车嘶哑的鸣笛声撕裂，刺耳的"呜呜"声总会吓我一跳。这些都是从广州出发前往中国各地的货车，他们的鸣笛声响彻山谷，与珠江的江水一起奔腾直下，一泻千里。

我忆起《可爱的中国》一书，那是戈弗雷多·帕里斯 1966 年从中国旅行归来时，受意大利《晚邮报》之托写下的作品。他的故事和所有观感，始于广东："一个季节非常类似于西西里的春天，潮湿、温暖，还有芳香的茉莉和槐树花。"

广州老人的记忆中充满了旧时情结，这些情结沉淀后就是历史。我在公园里、广场上、餐馆里、博物馆里常常见到他们，他们身着黑绸，面容带着皱纹，过去经历过的苦难几乎从这些年的宁静中抹去。

这座城市里的老人们曾经看到过革命的部队从这里经过，虽然博物馆里陈列的展品能给年轻人和孩子们展现这段历史，但只有这些老人才是中华民族真正站起来的亲历者。

1927年12月11日，中国共产党领导工农武装发动广州起义，在激烈的炮火中，诞生了中国第一个城市苏维埃政权——广州苏维埃政府。

太阳高高地挂在天空上，灿烂的阳光撒在珠江江面。水面上的船只撑着船帆，随着江水摇摇摆摆，驶向远方。船只中满溢着充满想象力的粤菜的香味。

到镇海楼时，雨差不多停了，天空满是云彩，但没过多久就从缝隙里透出来一丝阳光。一座五层的古老红色建筑就像是堡垒一般耸立在山顶上，站在那儿可以俯瞰整个广州城以及大小河流穿行其间的周边乡村。这里曾经是明清时期的瞭望台，现在改造成了一座博物馆。

楼里的房间宽敞整洁，橱窗里摆放着珍贵的展品，被展品惊艳到的游客们都屏住呼吸，缓缓地向前移动着，仿佛一条静静流淌、永不停息的蓝色河流。正下方的公园里有一个很大的露台，一群身着白衬衫的学生正在这里准备上一堂户外课，其中一队人还准备要陪伴游客进行游览。

"这是我们为游客们提供的一项服务。"一位跟其他人分开了的女孩陈连，用流利的英语向我解释道。我们坐下来开始交谈，她微微睁大的眼睛里充满了好奇。几个游客聚集到我们身边，听着我们用他们完全不懂的语言进行对话，露出十分惊讶的表情。对他们来说，面前这位梳着长辫子的小姑娘能够跟他们心目中"长鼻子"的外国人如此轻松地谈话，简直是不可思议。

陈连问我："你是哪里人？"

"我来自意大利，在西方，也就是太阳落山的方向。"

"离这里很远吗？啊，还有，要是从广州到意大利去需要多长时间啊?"

"坐飞机的话,可能需要 20 多个小时吧。"

"20 个小时?!"她惊讶道,"真的是太远了,就像是在地球的另一边。"

"没错,几乎是这样。"

"意大利人应该都很友好吧?"

"是的,非常友好。我们跟你们中国人一样,都是非常友善的民族。"我笑着回答道。紧接着我问她:"你还对意大利有什么了解吗?"

她瞥了一眼外面一片翠绿的公园,摇了摇脑袋,头上梳的辫子也跟着晃起来,最后犹豫地说道:"没有了。意大利的首都是罗马,对吧?"

在中国,无论我走到哪里,我总能感受到来自中国人的善意和友谊。1982 年 7 月,当意大利队在马德里击败德国队夺得世界杯冠军时,我在广州。那是一个难忘的夜晚,数以千万计的中国人为意大利喝彩。对于中国人来说,意大利队一直就好像是他们自己的球队,他们对我们的意大利球队非常了解,包括球队的组成、最著名球员的名字。胜利当晚,中国啦啦队到处欢呼,为"意大利"和"罗西"狂欢。

"广阔的地域"

在过去两个世纪的中国历史上,广东有一段悲惨的过去。英国人"合法"出售的鸦片毒害了一个民族。西方不知情的人,都认为鸦片是在中国生产的,贩卖鸦片的是中国人。而事实上,鸦片是通过两次战争强加给中国人民的，作为对英国人的补偿，他们要从中国人那里抢来一切东西：中国的产品、中国的领土，甚至中国的税收。

西方喜欢把广州称为"坎顿"，一个美丽的名字，源于粤语发音。这是一个充满异国情调的名字，带有神秘和冒险意味。它的中文名字是"广州"，意思是"广阔的地域"。

我喜欢它浓浓的南方气息，喜欢珠江沿岸的休闲，喜欢到处攀爬的装饰植物。

广东人的饮食习惯引起了我们的兴趣和惊讶，有时甚至令人反感。不管是蚕还是蝎子，蛇还是蜥蜴，都可以作为盘中美食。我见过活蛇被手工剥皮，快速地切成条，鲜红的肉涂上酱汁，放在热盘子上烤。令人作呕的气味，对我们来说有着一种天然的排斥，而对广东人来说，就像我们家乡乡村餐桌上的牛轧糖一样美味。

不过，我们不要停留在这些街头食品的细节上。粤菜可是出了名的菜系，多样而非凡。它与中国其他几个菜系结合起来，形成了著名的中华烹饪艺术，与意大利和法国的烹饪艺术在国际上享有同等地位。

我意识到了广东人和北京人之间的巨大差异，从语言、习惯，甚至身体形态，我一直认为他们甚至是不同的民族，尽管他们都是汉族人。人类学家也知道，广东地区以外的人来几乎听不懂广东话。与北京人不同的是，广东人和上海人一样，由于长期共存，无论是被迫的还是非被迫的，从我们西方人身上学会了很多东西。广东人和上海人，现在更加接近西方的生活方式。

行程的最后一日

我在中国逗留的最后一天，下着雨，像仲夏的暴风雨一样。在东方宾馆露台的竹棚下，我看到广州在灰色的地平线上"融化"。但在我背后，山峦在雨中闪闪发光。雨嘀嗒嘀嗒地打在窗户上，已经持续了好几个小时，这一天显然已经变成了冬天般寒冷。

在我收拾行李的时候，走过来一个年轻人，手里拿着一个热水瓶。"在这样的天气，您需要一杯热茶。"他对我说。他看到我在收拾行李，问我是否要走。我说是的，我说我很抱歉要离开这里。他难以置信地看着我说："怎么？你们外国人离开还要说抱歉？"

我昨晚失眠了，满脑子都在想在中国经历的一切。在这个"星球"上最后几个小时，我已经开始想念了。我在中国看到和经历过的所有事情都在脑海里呈现和堆积，无法理顺我的想法。日记本上的笔记、记忆中的图像、精心抄写的对话和我在这里聚集的情感，帮助我日复一日地思考着重建我心中中国的面貌。在中国，有无限所见所闻，所感所想。

在广州站的候车室里，有自助餐，茶壶排成一排，人们可以从一个小窗口取茶杯。从广州开往深圳的边境列车，8点半鸣笛开车。

雨水打在窗户上，城郊像一座巨大的郁郁葱葱的花园，农民们俯身在橡胶园里劳作。铁路两侧的树木有些遮阳，但不破坏景观。火车在绿色的田野和遥远的墨绿色丘陵中蜿蜒前行，村庄里稻田片片。乡村变得越来越湿润，我们穿越宽阔而泥泞的珠江双臂，岸边也拥挤着一些村庄。

一个看起来还像小女孩的服务员给我们送来了热茶，一位警察过来检查我们的护照。不知不觉，我们来到了深圳。到了边境，我们要下车，自己提着行李步行半公里过境离开中国。

边境四周寂静，微风清新。两位穿着绿色军鞋的士兵站在最后一道横隔网守卫着，这道网把我和西方世界隔开。这是一道完全没有华丽装饰的拱门，两边牌子上的中英文我都懂，对离去的人"再见"，对进来的人"欢迎"，还有一句"世界各国人民都是一家人"。

我转过身，中国就在我身后，有着阳光灿烂的稻田和蓝天下的青山。你好，中国，这里有我的矛盾，我的困惑，最重要的是我的希望。我会回来的，我一定会回来的。

旅行日志：日记摘抄

草原上的孤独

我第一次去了解中国的内蒙古，是在20世纪80年代初。我决定乘飞机到呼和浩特，然后从那里出发，在草原上进行一次越野旅行。看不到边界的辽阔草原，那种空旷和神秘的氛围，让人不禁平静和沉默。

从北京出发坐上两个小时的飞机，跨过险恶的高山、黄沙遍布的高原以及被湍急流水雕琢而成的悬崖峭壁，越过无尽沧桑的长城，人们便可到达内蒙古。那6000公里青灰色的石块堆砌而成的长城，像一座座古堡耸立在山脊上，阻挡着侵略者的入侵。从天空中俯瞰这样独特的地理图景，具有独特的意义，它能帮助我们了解这里的历史。

至少就过去50年的情况来看，我们是第一批被授权进入这一地区的外国人。到呼和浩特市一下飞机，我们就呼吸到了截然不同的空气。这里距离北京可能比罗马和威尼斯之间的距离还远，这里与北京相比，好似在地球的两端。在这里，丈量"距离"的不是空间，而是时间。这也是呼和浩特开始对外开放的第一年：1980年。

"呼和浩特"，是"青色之城"的意思，这个蒙古语名字相对周边的荒芜来说听起来有点好笑。中国人曾经称它为"归绥"，明朝时它也曾是这片荒蛮土地上的要塞。如今，"青色之城"也以其独有的方式笑对这个世界：一棵棵白杨树形成的巨大屏障挣扎着，试图抵挡来自戈壁的寒风，细小的沙粒渗透了这里的每一个地方——人们呼吸的空气、抑或脚下咯吱吱作响的鞋子。于是，这绿色更像是一种希望而非现实，但当你看到周围的山脉时，还是会发现呼和浩特"十分之青"。山峦看起来就像是侧躺着的大象的背影，炼狱一般黑暗的山上没有一棵树。这里什么都没有，然而，人们依旧坚韧不拔，坚持在沙地上耕种，收获了卷心菜、甘蓝、韭菜、胡萝卜、土豆……可以说，这里种植了一切可能种植的作物。

离开了有 50 万人口的呼和浩特，远郊的地方更是荒凉。时值 4 月，这里的树木还没长出枝叶，得等到 6 月份，新叶才会冒出头来。而到了 10 月，树叶又已纷纷飘落 1 月有余。沿着荒原往前走，我们进入了一个山谷。在那里，农民忙着耕地打谷。他们把谷子铺在路上，让每天经过的大货车一次又一次地从上面碾过。每次打谷，他们会都用筛子快速接住谷粒，让风将它从砂砾中同最后一根稻草分开。短短几公里的柏油大路后紧接的就是风光迤逦的小道，小道起起伏伏，无穷无尽。走到尽头，我们只能沿着河滩在一颗颗的小石子上继续前行。小河只在夏天下雨的时候才有水。就这样，我们一路颠簸，缓缓而行。

进入武川之前，我们看到了用石头和泥巴搭建的房子，也看到了水泥厂的烟囱，还有那些沿着街道边跑边与母鸡叫嚷的小黑猪。越过阴山山脉后，内蒙古导游告诉我们，那里是"重要的军事据点"，禁止拍摄。再往后，道路开始分叉，两边都能到达蒙古国的乌兰巴托。这里的边界长 300 公里，但和中国庞大的国土面积相比简直微不足道。我们继续向北来到距离四子王旗 60 公里的最后一个牧羊人"营寨"，蒙古族人仍用旧名"乌兰花"称"四子王旗"，意曰"花之城"。

　　然而，在这里，人们看不到任何树木或花草。村口的小路到处尘土飞扬，路两边的场景同电影里面展现的西部如出一辙：两排用石头和木材搭建的房子、绑在杆子上的马匹、挤在小酒馆里喝山羊奶茶的车夫，还有吸引了路上行人的可爱小孩子们。我们从迷失在草原无尽边界中的吉普车中下来，好不容易冲破了涌入公路的人群以及他们扬起的尘土和不住的惊奇。几个特别大胆的小孩儿摸了摸我的衣服，仿佛在确认我们不是他们的幻觉，而是真实存在的人，从充满奇幻色彩的遥远西方来到这里。街道上什么行当都有：铁蹄匠、算命先生、旧货商、卖茶叶和卖馒头的小贩。在小饭馆里或者更准确地说，是在烟雾缭绕的小酒馆里，门口的一个男孩一直盯着我们看，眼里充满了好奇。

　　"你好，你好。"人们像是在合唱般不停问候着我们。当地的向导，忙着给那些最为好奇的人解释，我们是意大利人。然而他们好像并不知道意大利是哪里。"那是中国的一个偏远地区？还是日落方向的长城脚下？"

　　我们参观了一所学校，这里的学生都穿着丝制的衣服。这是一种特色的蒙古族长袍，长到小腿，两侧紧紧地系着不同颜色的丝带，小皮靴套在长袍下松松垮垮的裤子上。学生们为我们献上表演，在表演结束后，我们为演员鼓掌，一位女歌手祝我们旅途一路顺风。我们再次登上吉普车，向着向往的大草原继续前行。

　　山谷里阳光明媚、和风拂煦，几个半牧半农的小村庄进入了我们的视线。这是我们最后见到的有农民生活的地方，再往前走就只有牧民了。这也是我们最后一次看到的用沙土和黏土搭起的固定住的房子。屋顶用茅草遮盖，庭院用黏土围起，就连烟囱也是用黏土夯的。在人们居住的房屋前还有一些小土屋，那是圆形的羊圈。放干草的筒仓也是圆圆的，在被铺到屋顶上前，干草会被一层层地叠放起来，好像一顶软软的风帽，用来抵御寒冷。

终于到了我们的目的地——庄严神圣的大草原，这片广阔的风景好像只在梦中见过。我们在无垠的草原上连续前进了几个小时，没有任何惊喜，也没有看到任何生命，也许只是表面看起来如此吧。这里就像是无尽的紫色地平线，它的尽头可能也就是世界的尽头，这么说也是合乎逻辑的。因为，草原的空旷给人一种神秘的焦虑感。惟有天地，别无其他。我们迷失在这荒凉之中，风卷着沉默飞驰而来，人们已无法用眼睛计算出距离。下面的山丘距此大概 10 公里远吗？不，我们的向导笑道，那已经是 60 公里以外了，他解释说这是 1600 米高原洁净空气的欺骗效果，同时也是没有比较和参考物而导致的。我想这里哪怕有一棵树也是好的，可惜，一片辽阔，空无一物。

而另一方面，内蒙古的大草原也的确美得令人窒息，风儿拂过天空吹起层层"波浪"。马群漫步在草原上像是零星散布；满眼的金黄和天蓝色里，有点点黑色若隐若现，那是长毛骆驼在耐心地吃着满是毛刺的植物，它们悲伤的眼神就像是看破红尘一般，在从未见过的绿松石般的穹顶下迈着沉默的步伐。举起双手，人们仿佛就能把手融入天空之中。我们乘坐一辆看起来非常坚固的吉普车在那里逛了 5 个小时，欣赏着这里如月球般奇异的景象。

此处的夏天非常短暂，微风吹过，草原就像是一缕绿色柔顺的鬃毛随风飘荡，再加上跳动的花海，显得愈发美丽。可惜这样的美景只存在不到两个月便会结束。冬日的风凛冽，天冷到连雪花都没有，只剩粉末。到了 1 月份，这里的温度甚至可能降到零下 45 度。

然而导游告诉我说，尽管这里冬天天气恶劣，但春天的气候还是很宜人的，十分"温和"：白天 2 度，晚上零下 10 度。他还补充说，由于这里非常干燥，寒冷的感觉并没有那么强烈。看着日历距离冬天虽然还很远，但我们的牙齿已在打着寒颤，大家还是希望温暖能多陪伴我们一段时间。

经过漫长旅途，我们终于来到牧民们的"营帐"中，走进舒服的毡包时，发现中世纪时的一些描述如今仍然存在。那些也叫"蒙古包"的"帐篷"，仍然是当时的样子。蒙古包通常是用白色毛毡来搭建的，毛毡上会涂一点浅色的泥土或骨头粉，好使它在阳光下更加闪耀夺目，包里的支撑骨架交织在一起向上聚集，在顶部变成一个锥形。我们来到的这个毡包，里面的家具陈设很简单：铺着羊毛床垫的床，巨大的毛毯，用于存放武器的箱子，衣柜和其他一些摆设。在衣柜和毡包的小木门上，处处可见精致的蒙古族艺术，比如在毛毡内衬里点缀着些绚烂多彩的装饰，内衬上还会涂上一层牛脂或羊奶，达到防水的效果。

在那里，我就像是几个世纪前的人一样，和朋友们围坐在低矮的桌子旁，桌上摆着结了块的奶茶，碗里盛着味道奇特的黄油和小米，听这里的首领讲述各种消息。这里距离最近的、能称之为"城市"的地方有 100 公里，距离边境也有大概 100 公里，我们可以如此描述他们的生活：他们有成群的马和骆驼，他们与成群的绵羊和山羊一起生活，他们收集动物的粪便以在冬天加热毡包，这也是草原上唯一的"燃料"。

走另一条道路，会走到乌兰图克，那里有一个仍完整保存着 18 世纪风貌的村庄。曾经的王公住宅如今已变成了一个带有 4 张大圆桌的餐厅，庭院里两个相同的小亭子两侧有两栋妃子居住过的建筑。庭院北面的两间不起眼的小屋,则是现在的厨房和卫生间。整个庭院被围墙围住。敞着门的还有相邻的另一处院落,两个大院间有一座庙。这片建筑的四周又是一片黄色的草原,一望无际,浩远无涯。此时,太阳逐渐西沉,寒冷的夜晚倏忽而至。洁白的月亮高高地挂在天空上,与风暴般密集的明亮星光相映成趣。

人们吃着著名的"内蒙古火锅",即桌子中央摆一个铜制火锅,下面用煤炭添火,把肉片、蔬菜、干奶酪和各种神秘浆果放进汤里煮熟,然后大家一起从同一口锅里捞食物吃。

蒙古包里没有灯,一切都要靠烛光照亮,因此,在这儿睡觉感觉很刺激。深夜的大草原一片沉寂,像高悬的夜空与点点星光一样神秘。然而,大概凌晨4点的时候,我们突然听到外面有很大的炮声,"嘣!"整个蒙古包都在颤抖。炮声接连不断,中间只有几分钟的间隔。毡包里的暖气熄了以后,室内就冷得让人难以忍受。而此时,外面的炮声却仍未停息。导游过来跟我们说:"这只是军事演习,不是真打仗。"

就这样,炮声一直持续到了天明。清晨,太阳开始像一朵盛开的杜鹃花一样,灿烂地挂上了天空,蓝天也开始从黑暗中浮现出来。不远处的寺庙琉璃闪耀,巨大的镀金木佛在寺庙的大厅里露出与往常一样慈祥的微笑。

西藏拉萨——与天相接的地方

机场位于江边,在西藏,这条江被称为雅鲁藏布江。飞机从白雪皑皑的山峰旁边往下降落,让人有点头晕目眩,使人不禁会想:在直冲云霄的群山之中,飞机究竟可以降落到哪里呢?但是很快你就会发现，山谷间的河流突然变得十分宽阔，长满柳树的绿色山丘熠熠闪耀在阳光之中。

通往拉萨的道路沿着雅鲁藏布江前进，沿途遍地的山峰和巨石，使人感到仿佛身处月球表面。这条公路是中国人在20世纪50年代修建的，作为一条典型的山路，它高低不平，坑坑洼洼。走着走着，会忽然进入一片绿色峡谷。峡谷里许多小"城堡"星罗棋布，"城堡"的屋顶上，经幡迎风飘扬。这些小城堡，其实是农民们的房子，只是围墙砌得四四方方，看起来就像小堡垒一样。

柳树和杨树在3700米的海拔上顽强地生存了下来，小麦、大麦甚至连卷心菜也都长势良好。要换做别的地方，像这种海拔是完全不可能长植物的。眼前的惊喜也有其原由：拉萨位于北纬30度，与巴士拉、开罗和新奥尔良相同，这个纬度是有利于植物生长的。西藏南部在北回归线内，即便是冬天，即使温度达到零下15度，玻璃窗上的阳光，依旧会给屋内带来温暖。

感觉西藏人有一种与生俱来的精神信念，好像对他们来说，宗教比用电重要，他们所依靠的养分好像不是一些具体的事物，超越了凡胎。他们或者不需要快餐，也不需要营养美味、富含蛋白质但缺乏信仰的盒装食品。

"唵嘛呢叭咪吽"，信徒们会转动转经筒来作祈祷，他们念诵着，祈求来世获得更高的业力，直至到达宁静极乐的涅槃。西藏人的灵修需求，还写在布达拉宫的石头上，写在大昭寺古老的木头上，写在金色的尖塔上，写在耸立在悬崖边的寺庙上。同样还写在大昭寺旁，在八廓街集市里美丽的房子上。这些房子真的非常漂亮，它们有着巨大的窗户和黑色的窗棂，窗台上还装饰着盛开的鲜花，同我们意大利山区里的很是相像。那些插在窗台花瓶里的西藏天竺葵，和手拿念珠带着喜悦表情从窗户里探出头的人们，是多么令人惊喜呀！

拉萨！拉萨！你是茫茫大山中神秘的停歇，是人类真正的喜悦，是超越了苦难辛劳的信徒，是无尽无涯的朝圣之旅。每个家庭都带着一罐供奉用的酥油，跟在后头的一群黑牦牛好像在进行长途迁徙，只为获得圣城绿色山谷中那精神的滋养。

虔诚的信徒到达大昭寺门前时，都会五体投地，匍匐在地面上。路上的大石头被几个世纪以来叩拜的人们磨得光溜溜的。一群诵经的僧人邀请信徒献上酥油供奉，并将一碗酥油倒在地上，以提醒人们生存下来也需要财富。

有着红润壮实脸颊的小活佛直瞪瞪地看着我，但也许不是面对外国人的惊奇，而是他本身体现虔诚信仰。他才11岁，却已经承担起转世的重任，在另一世里，他曾是一位拉萨的活佛。

在寺庙前的广场两侧，信徒们给石头炉子里装满了松枝。香烟缓缓升起，飘向大昭寺的金色尖顶，小活佛目光沉醉地注视着轻烟，口中念诵着充满魔力的祈祷："唵嘛呢叭咪吽"。他穿着棕褐色的见习僧袍，戴着黄色丝制帽子，这是他业力进步的标志，灵性通过转世正在他身上积聚。我从他眼神中的纯粹，看到了其子民们深深的信仰，他的双眼似乎也放出那种既丰盈又空灵的目光。当他转过身时，身上斜挎的珍贵圣物盒吸引了我，这盒子由金银制成，随着他的走动在背后轻轻摇摆。

祈祷的信徒在石头上匍匐前进，这是一种净化的仪式，一种誓愿的履行。庭院里，灿烂的阳光投射出一片炫目的光芒，我的目光则徘徊在燃烧着牦牛脂的圣杯上。虔诚的人群数着念珠，转动着转经筒。人们向不轻易泄露天机的神灵们叩拜，神灵们在佛堂中闪现出耀眼的金色。信徒沿着朝圣之路来此，身上风尘仆仆，显得露出的牙齿越发雪白，这也是一种单纯的幸福吧。作为最珍贵的供奉，他们献上牦牛黄色的油脂。

因此，不难感受到这里信仰的自由，西藏完全恢复了它的宗教信仰。现在，中国政府甚至鼓励和保护传统和习俗。

如果我们回到大概 700 年前就会发现，马可·波罗去过的西藏是臣服于大汗的一个地区。西藏与天朝的正式联系发生在遥远的 7 世纪，当时，中原的文成公主嫁给了松赞干布国王。在大昭寺门前竖立着一根石柱，石柱上用汉藏两种文字刻着：公元 823 年，大唐皇帝与吐蕃国王赤祖德赞进行了会盟。

历史确实如此。几个世纪以来，西藏一直是中国的一部分，同时中央政府尊重西藏的宗教自由。18 世纪，乾隆皇帝与达赖喇嘛建立起紧密而牢固的联系，甚至说服达赖进京朝觐。不管是明朝还是清朝，不管是孙中山还是蒋介石的政权，都没有放弃过中国对西藏的主权。

西藏当地的人是怎么想的呢？他们当然是和所有人一样渴望自由。在外人看来，人们会有两难的选择：是要保存流传至今的粗犷之美（在我们看来，即便不是荒谬的，也很不舒适），还是接受所谓的现代文明带来的"令人沮丧的破坏"（对我们来说很舒适，对许多西藏人来说也是）？

就拿灯来举例吧，首府拉萨的电灯是汉人在 1955 年的时候带进来的。电灯泡和酥油灯之中要选哪个呢？直觉上来说，因为我是西藏的游客，所以肯定选第二个：它更富冒险气息，更浪漫，更符合我了解西藏永恒多元文化的需求。但是当地人会怎么想呢？我问了他们，他们笑着说，当然更喜欢灯泡以及随之而来的一切，包括漫长冬季里的供暖。而且，寺庙里也都用上了电，具有浪漫气息的酥油火焰变成了祭台上稀有的祭品。

在西藏，没有人跟我谈论过自由。人们都把这一切当成自然而然，并不是因为中国的宣传如此，而是因为大部分"在过去的奴隶制社会做农奴"的人民，根本不会为过去而惋惜。西藏的年轻人关注的也是未来、创新、福祉，他们融入了现代化的进程中。

因此，我第一眼看上去的西藏，与西方的新闻和历史所构建的一切并不相符。媒体报道制造了思维的混乱，这造成了我们这样的西方人，在眼前的现实中却仍心存疑虑。而我，更愿意相信眼见为实。

现在，在西藏，一切破坏几乎都被禁止。禁止购买1950年之前的古董，禁止购买民间文物，因为它们是民间文化的一部分。西藏似乎在极力保存一个传统文化的巨大圣殿，当地的传统文化受到了中国海关人员虔诚的保护。我们似乎正在经历一种奇妙的恢复，重新回到过去，重塑其宗教的神圣性。

陪同我的年轻西藏导游，在面对觉沃佛像，也就是释迦牟尼12岁等身像时，也不由自主地和那些从青海来的牧羊人一样，虔诚地拜伏在地。在那一刻，她漆黑的双眼中展现出小活佛一般的深邃，而那位小活佛正坐在圣堂的门口，观察着信众，来来往往。

过去有人说，中国从西藏人手里夺走了西藏，这种说法是不正确的。达赖喇嘛自1959年逃亡之后一直在攻击中国，以期获得不可能实现的独立。

2015年，达赖的二哥嘉乐顿珠在美国出版了回忆录《噶伦堡的面条商人：我为西藏奋斗的背后不为人知的故事》，其中讲述的实情让人大跌眼镜。嘉乐顿珠承认曾是中情局的亲密合作者，并且坦言中共中央的领导对他很好。

"与中情局共事是我一生中最大的错误。"嘉乐顿珠在书中写道。他还说，美国承诺将西藏叛军从中国手中解放出来，实现独立。"我们得到了各种形式的援助，包括金钱和武器"，并解释说，游击队是由美国教官训练的，首先是在靠近印度边境的地区，然后是在尼泊尔的边境地区，有些精锐力量还会送去科罗拉多州接受训练。中情局不希望中国人拿到美国直接参与的证据。

美国在西藏领土上的行动，特别是针对军事目标的攻击，意在激怒中国军队采取反击，以便美国在以后的宣传中使用，作为中国使用武力的断章取义的证据。但无论是对死者，还是对于寺庙和寺院的破坏，嘉乐顿珠都没有对中方给予过消极的评价，相反，他认为自己负有巨大的责任，造成了不可估量的损失。"我沉默了几十年，但现在我想说实话"，嘉乐顿珠写道，"太多西藏人因为我们中情局领导的军事行动而受苦。"

嘉乐顿珠对美国在世界上对包括中国西藏在内的地区的干涉及给人民造成的巨大损害，给予了毫不含糊的谴责，他甚至出离愤怒："美国对中国的血腥行动是一场不平衡的、令人绝望的战争，造成许多受害者，不仅是对西藏人，而且是对所有中国人。""在这些紧张和动荡中，只有美国受益。我只剩下痛苦和折磨。"

西藏自治区外事办曾多次表示：达赖喇嘛，作为一位宗教领袖，我们尊敬他，他应该停止胡说八道。我们多次邀请他回国，恢复他在布达拉宫的宗教活动，他应该认识到他的叛逃是一个严重的政治错误，是他抛弃了他的信众。

新疆——遥远的边疆

我启程前往遥远的中国西部，那里比北京离我的家乡更近，但却感觉离得更远。我此行的目的，是去实地考查，看看那里是怎样的，也可以说，是漫无目的。

新疆的面积大概占中国的六分之一，被阿尔泰山、天山和昆仑山等3座大山包围，有准格尔盆地和塔里木盆地，还有塔克拉玛干沙漠。

新疆自古以来就是中国的一部分，地处西部，与遥远的地中海因神秘的丝绸之路相接，远达意大利的罗马和威尼斯。

我在炎热的7月的一天下午降落在乌鲁木齐机场，虽然晚点了两个小时，但到达时正是我吃午饭的时间。我们在塞外江南酒店包间，从容地享用了一系列美味佳肴，接下来沿高速公路向西北方向，经过两个小时车程到石河子——古尔班通古特沙漠边缘的一个大城镇。

开车途中，两边山峦起伏，很快就变成了一片沙漠。石河子市郊，绿油油的棉田和果园交替出现。通往城市的入口是一条非常宽阔的道路，修建于20世纪50年代中期，这样的交通条件即使在欧洲也无法想象，然而石河子的规划者们却将目光投向了未来的大城市。

我的朋友陆辛把我带到公路边，他注意到了这些果树，并说果树成熟了，大家就可以随心所欲地摘苹果、梨、李子和坚果了。我很了解他，我知道他想补充说句什么，但他只是简单地说："中国就是中国。"也许他是在开玩笑逗我开心。

直到20世纪中叶，除了北部的天山山脉和南部的昆仑山的地下水形成的罕见绿洲外，整个新疆都是沙漠和戈壁。在远古时期，这里却曾经是海底，其土壤的盐分可想而知，这对农业来说是一个多么极端的因素。即使在今天，新疆仍然有一片令人印象深刻的沙漠，但从车窗外看，巨大的绿色斑块与令人眼花缭乱的黄色沙地交替出现，这证明了沙漠在慢慢变成绿洲，即使是最贫瘠的沙漠，最终也会结出果实。

说实话，我对这些巨大的绿洲感到非常惊讶。它们设计得如此完美，看起来就像是在练习几何技巧。从夏天的天空俯瞰，你会看到这样的新疆：黄色的底色，带着绿色的几何纹样，这些绿色是成百上千平方公里的棉花、玉米、向日葵、葡萄园和西红柿的农田，由沙漠边缘的杨树带保护着。

我们到达一座沙丘，从那里我们可以看到古尔班通古特沙漠的美丽景色，我们在附近的帐篷餐厅里吃晚饭。在陆辛的怂恿下，我们穿过一片种植着大量西红柿的绿色农田，农民们请我们品尝了一些西红柿，我竟然尝出了"意大利式"的亲切味道。很好，真的很好吃，我向他们解释说，这是一种品质非常适合做酱汁的西红柿，它们小而紧实，还有着漂亮的红色，带有小籽。虽然再过一会儿就该在沙漠里吃晚饭了，我还是忍不住吃掉了四五个西红柿，引起了朋友们的极大钦佩。

就连此行的导游张楠最后也决定尝一口，并向我解释说，这种蔬菜种植园是新疆生产建设兵团中最常见的，这一片有6万多亩，将生产7万多吨酱油，主要出口到俄罗斯和哈萨克斯坦。不仅如此，新疆各地番茄罐头的加工产业，也是该地区农业经济的真正支柱，产量占比超过全国的90%。还有每年向欧美国家出口的2500吨干辣椒，以及吐鲁番的葡萄，这些都是新疆的特色产品。

离开西红柿农田，我们到了一片茂密的杨树林中，这里看起来像是一片树木整齐排列的森林。距离如此之近，除了白色的树干和茂密的树叶，其他什么也看不见。它们是绿色浪潮，阻挡着沙漠的漫延。而这片杨树森林之外，隔壁沙漠延绵不绝。

这些杨树就是屏障，密密麻麻地种植着的。农民的房子就在屏障之内，被西红柿地和向日葵地环绕着，还有低矮的葡萄园和海浪般的棉花地，荫凉的玉米地和郁郁葱葱的花园，各种蔬菜生长在那里，南瓜爬上树篱，西瓜也爬得满地都是。

你不会料到沙漠会如此突然而毫无征兆地就在旁边。水的力量，以及人类意志的力量，把最贫瘠的沙地变成真正的人间花园。我的朋友们从我的脸上读到了惊奇，我受到了一种热爱中国的情感震撼。这种震撼来自于他们团结在一起，我为那些扎根在此的建设兵团的人们的努力和成就而感到骄傲。

古尔班通古特沙漠是令人沮丧的，它似乎有无尽的沙粒和石头，在夏日午后的阳光下眩目和令人不安。我想到了它无法穿越，绵延数百公里，似乎漫无边际。

然而，在它的背后，却是"乐土"，绿意盎然，欣欣向荣。一个被称为"沙海绿洲"的地区，随着时间的推移，已经成为适合人类居住的家园。

20 世纪 70 年代，这把沙漠中的"绿剑"引起了美国卫星的注意，不久前，联合国派出了一组沙漠防治专家到这里进行科学调查。最后，人类发现了这个沙漠退耕还林的奇迹。种植百万棵树，为保护农业创造了条件。这是一项非常艰巨的工作，花了几十年时间才得到这条"绿线"，几乎是一条防风防沙的战线，人们居住的中心地带同样被白杨等"战壕"所保卫。"新疆模式"成功运作了这么多年：四级树木屏障正在成为沙漠的生态枢纽，有利于降雨，创造适合农业的小气候和环境。此外，新疆还出现了不少野生动物，如黄羊、狐狸、狼、雉鸡、野兔等。

吐鲁番的绿洲，也是一个不可思议的地方。吐鲁番，是天山山脉中陷落的一个小盆地，有着数百年种植葡萄的历史。这里有神奇的坎儿井为葡萄园供水。一个古老的民族，维吾尔族人民，几个世纪以来一直致力于葡萄园，但不是为了酿葡萄酒，而是为了数百种不同品质的葡萄。我相信这是世界上独一无二的风景。

葡萄的香气浓郁而令人陶醉，它的藤蔓仿佛穿越了遥远的时代，顺着丝绸之路蔓延至威尼斯。

我发现没有一栋房子门前没有鲜艳的鲜花和精美的绣品，这仿佛成了这里的标志，漂亮的姑娘都穿着民族服装，戴着美艳的纱巾，在葡萄藤下。好一幅吐鲁番田园诗画！

我们乘飞机经过古尔班通古特沙漠，黄沙如玉米面粉。抵达阿勒泰，这是阿尔泰山脚下的一座城镇。经过1个小时的沙漠飞行之后，在北部地平线上，阿尔泰山呈现出雄伟的蓝色，就像从欧洲平原的上空中看到的阿尔卑斯山脉。在机场，一辆巴士在等着我们，随后它疾驰在绿树成荫的道路上，带我们穿过种着郁郁葱葱的玉米、葡萄和向日葵的乡村。

太阳就在头顶，干燥的空气让嗓子冒烟，但一旦你站在树荫下，片刻就会获得清凉感。我们入住了一家酒店，说是酒店，但我发现我的房间和其他房间一样，没有钥匙。在这里，这是诚实可靠的标志，而隐私也是有保障的。

这家酒店，是一家家庭旅馆，在入口处，我们受到3位当地人的热烈欢迎。他们的欢迎就像一辈子没见过面的老亲戚那般，真的很亲切。我想是因为在这个地方，在新疆的北端，在这片辽阔的土地，这一切才显得那样的真诚而质朴。

在一家即兴酒吧的门廊里，一群女孩盛装出席一个聚会，她们问我们要不要喝一杯。外面的灯已经亮了起来，几个骑着摩托车的年轻人赶来。温暖的空气和小屋花园组成的小村庄氛围，让我竟然联想到了地中海的风景，这种韵味带有一种隐约的西西里风情。这只是一种印象，一种心底深处的触动。

第二天，我们到了与哈萨克斯坦交界的边境地带。一座带花园的小屋出现了，一根飘扬着国旗的旗杆和一座木制的瞭望塔，证明了这是中国西北边界。

自 1988 年以来，这里住着一对很好的管理人——马先生和他的妻子张女士。他们有日复一日的任务。每天黎明，马先生都会将五星红旗升起，每天日落，马先生将国旗认真叠好带回屋里放好。马先生和他的妻子轮流在边境巡查，他说，苏联解体后，中国与哈萨克斯坦从未有过任何紧张关系，哈萨克斯坦边防官兵每年都会有一两次在边境上，和他们对酒言欢。

夏日的夕阳西下，流淌着液态的黄金——缓缓向北流去的额尔齐兹河平静的河水。我饿着肚子站在桥上，享受着这感觉离家并不远的风景。阿尔泰山脉以及整个地平线，边界的寂静让我想起了过去。我承认，我有点想念欧洲的家了。

我在隆冬时节也回来过新疆，这次到的是同样偏远的伊犁地区，在乌鲁木齐往西要再飞行 1 小时。雪域中的新疆完全不一样，沙漠白茫茫一片，好像消失了，山脉似乎比阿尔卑斯山更让人震撼。

在飞行中，突然一道猛烈的强光照亮了地平线。傍晚时分，穿过陡峭的山峰，我们降落在伊宁，一个我不曾了解的城市。此时的伊犁河，完全结冰了。

伊犁河是一条自由奔放的内陆河，跨越中国和哈萨克斯坦。这条河，孕育了农业。现在，鉴于其重要的战略性地理位置，这里的工业经济也开始腾飞，这个地区位于亚洲的中心，辐射欧洲。

习近平主席提出"一带一路"伟大倡议，给"新丝绸之路"带来各种机会。你真的得来看看，在中国的西北发生了什么。它正在和欧洲直接对接！

在两个小时的路程中，我看到的是白茫茫的一片，但雪一旦融化，这里将变成棉花和玉米的绿色丰田。哈萨克斯坦边境，现代化城镇霍尔果斯正在抓紧建设，住宅区和工业区已经初见雏形。

在过去，这里曾是丝绸之路沿线一个著名的地方，有大篷车供骆驼休息，当然还有旅行者。如今，它成为连接中国和鹿特丹港的铁路枢纽，这条铁路横跨哈萨克斯坦、俄罗斯、波兰和德国。霍尔果斯扮演着一座重要贸易城的角色。海关大楼和火车站都处于高速建设阶段。这里虽然离海3000多公里，但注定要成为整个亚洲大陆最繁忙的港口之一。

我走在湿漉漉的雪地上，阳光明媚。但到了黄昏，气温会骤然下降，降到零下，雪就会结冰。但好在我们去到了一位哈萨克族朋友的家中，喝上了热茶，吃上了饼干、干果等点心。他们让我坐在舒服的沙发上，我们用意大利语、英语、哈萨克语毫无障碍地惬意聊天。

与三位特殊人物的会面

毛泽东的孙子

他长得很像爷爷，结实的身材，宽大的脸庞。如果他的额头上没有刘海，毛新宇就和祖父毛泽东非常像，包括他的声音，也很像祖父。

我的朋友是毛新宇上大学时的历史老师，我和毛新宇的首次见面，就安排在我住的酒店。毛新宇是毛泽东唯一的孙子。现在他是中国人民解放军的少将，从事中国革命历史的研究工作。

我们在20世纪90年代初见面，我从他童年的记忆中发现了一些有趣的东西。实际上，毛泽东于1976年9月9日去世，那时的毛新宇还是一个6岁的男孩。但是，他告诉我，他还清楚地记得他和父母一起去中南海看望爷爷的情景。

他的父亲毛岸青，是毛泽东的第二个儿子。在军事科学院工作的母亲邵华，对毛新宇教育严格，使他敬畏。然而，祖父对他非常疼爱，平易近人。祖父与警卫们一起生活在一幢独立的房子里，这栋房子位于湖边，被花园绿树环绕。他记得接待大厅很大，里面有几个大沙发：中间是祖父的位置，沙发扶手上铺着白色针织编织物。靠墙的书架上是祖父的藏书，书籍里夹着许多纸条，这是他读书的习惯——喜欢在读书时夹放读书笔记。书架旁有一张桌子，上面总是放着一盘新鲜水果，苹果、桃子或桔子，根据季节而定，毛泽东喜欢把这些东西送给来访的客人。

他不记得祖父是否从那张桌上的盘里拿了水果给他，但他清楚地记得祖父叫他进来，问他在幼儿园的生活，还用手指在他的小手掌上写了几个字。

显然，毛新宇从小就崇拜这位强大而严厉的祖父。随着年龄的增长，毛新宇成长了起来，他投身于历史研究，还出版了传记，为毛泽东思想的研究提供了另外一种视角。

与末代皇帝的遗孀一起过春节

北京的什刹海后街，是一条灰色街道，带有些微妙的魅力。多年以来，老槐树变得如此茂密，以至于到了夏天它们能遮住你的视野。这条路若隐若现，仿佛隐约还能听到街道上游走小贩的叫卖声。

突然，一扇大红色漆门打破了周围灰色的沉寂，让人立即感觉到它是一个神秘的地方。当门打开后，一座座小型的宫殿群出现在你面前，奇异的花园与飞檐凉亭交错，美丽夺目。

这里过去是醇亲王的住所，醇亲王是道光皇帝的第七个儿子，光绪皇帝的生父，溥仪的爷爷。溥仪，是最后一位登上龙椅的皇帝，于1906年2月7日出生在这里。现在，这里的一部分是宋庆龄故居，以纪念在那里居住了30年的孙中山遗孀——宋庆龄夫人。孙中山是革命者，他于1911年推翻了满族王朝并建立了共和国。他们竟然都曾住这里，这纯属巧合，或者造化弄人。

命运真像是和我开了一个玩笑。83年后的2月7日，即1989

年2月7日上午，我来到这座"神秘"的住宅，这一天恰好是溥仪的诞生日。我此次来这里的目的当然不是给溥仪过生日，而是采访中国妇女儿童基金会秘书长。然而，更巧合的是，当天下午，我又在李淑贤的公寓里见到了她。李淑贤是溥仪的遗孀，她不住在上午我去采访的中国妇女儿童基金会所在的"王府"里，而是住在普通的公寓。在2月7日发生的这一切，对我来说，有一种很纯粹的仪式感。

我看过贝纳尔多·贝托鲁奇拍摄的电影《末代皇帝》，我觉得里面缺少了一个重要的部分：一个有关"公民"溥仪的部分。我一直委托我的挚友陆辛，这位执着的"大管家"，去寻找李淑贤。但是这近乎不可能。因为当时李淑贤已经退休了好多年了，默默无闻，小心谨慎，对人们都保持戒心。

人们无法想象北京的秋天是什么样子。所有的树叶变成金黄色，在那个季节里去散步，北京人会说一句带有诗意的话："我们看看树叶去。"老银杏的叶子变成浓厚的黄色，果实丰满。

我在天气晴朗的下午回到北京，那是10月的一天，温暖的天气中散发着成熟水果的香气。我完成一次孤独的朝鲜采访返回北京，来机场接我的朋友陆辛看上去很兴奋，一直用狡黠的眼神看着我，预示着有什么好事来临。

"我带你去见末代皇帝的遗孀，怎么样？"

他不再说话。自鸣得意地看着我，观察着我的反应。然后，他用手缓慢地从书包里拿出一张略微发皱的照片，然后严肃地小心翼翼地递给我，只补充说："在这里，我找到她了。"

我们的第一次会面，安排在我住的酒店。李淑贤和我们认识的翻译一起到来，她穿着一件白色外套和一条灰色的裤子，神情有些紧张。

我们坐在沙发上，说些轻松的话题，李淑贤点了红茶，然后我们开始采访。随后，我建议一起去酒店的粤菜餐厅吃午餐，这家餐厅以其美味佳肴而闻名。她高兴地接受了。

4个月之后，我决定再来北京。我选择了中国农历新年期间。同时，我重读了溥仪的自传《从皇帝到公民》，这是1964年由外文出版社在北京印刷出版的英文版。就像贝托鲁奇的电影一样，结局过于草率，欠缺点说服力。因此，我终于有机会重新确认一些想法。

一直以来，我就对西方盛传的"末代皇帝"的悲剧性结局表示深深的怀疑，直到见到他的遗孀本人，并听她亲自解释了事情的经过。

实际上，溥仪在婚礼后不久就患了癌症，在他住院的北京医院里有证据表明他的疾病和接受的治疗。最后的结局是，溥仪的骨灰安放在了八宝山革命公墓，后来迁到了清西陵皇陵。

我与李淑贤的第二次会面就是在1989年2月7日了，她邀请我去她家参加春节晚宴。我和陆辛等人开车去的。她住在北京东边一栋普通公寓楼的二楼，这是一个新建的住宅区，很有名气。

在到达李淑贤家之前，我们去了昆仑饭店的商店里买了几瓶红酒，一大盒巧克力和一包饼干。同行的人还从家带了一包做好的猪肉馅，准备包饺子。

到了公寓时，我看到李淑贤和其他几位客人一起在厨房忙碌。后来，陆辛的妻子也过来了，在我们大家包饺子之前，还有朋友带着一个大西瓜赶来了。

李淑贤的公寓有几间房，一个小过道和一间小浴室，一间小厨房可以看到外边的大庭院，还有一间卧室，一间书房。我们坐在另一间称作"接待室"的大房间里，有一张床，两张小沙发，一张小茶几。在沙发和床之间，一台电视机上盖着白色针织绣，旁边的墙上是她和溥仪在老房子门口的照片。在外面的院子里，附近的孩子们在放炮，玩得很开心，那是一种快乐的节日气氛。

人多得把小公寓挤得转不开身，客人的外套被堆放在空房间的椅子上。我去厨房看看，正煮着鸡肉，油炸着煮好的鸡蛋，其他锅里炖着蔬菜、墨鱼和猪肉。

但是最重要的餐食是饺子。一张圆桌摆好在了"接待室"中央，大家都在动手包饺子，把揉好的面团揉成比手指粗的长条，然后切成小块。用擀面杖将面团擀成饺子皮，然后放入肉馅，并包好成半月形。李淑贤邀请我一起来包饺子，还耐心地教我如何包，她说溥仪非常喜欢她包饺子的手法。

每个人都熟练又敏捷，大家都在欢笑，我也在笑。酒也在为我们的欢乐助兴。每个人都说这是一个非常特殊的新年晚宴。那天，李淑贤给我看了她保存的相册，里面有她和溥仪的所有照片。还有几张压在了桌面的玻璃下面。

"老北京"民俗画家——王大观

王大观，是一位生活在北京的画家，在他的笔下，"老北京"的场景活灵活现地展现在世人面前。王大观有一个愿望，就是用画卷复原老北京城的风貌。在宏伟的场景中，有寺庙、城墙、宫殿、民居、市场、大街、胡同、艺术、手工艺，甚至是"叫卖声"。将无限的空间汇集固定在一个完整的图像中，展开一幅几十米的长卷，出现一千、一万、十万个人物日常生活场景。他坚持不懈地追求着他的目标。

1989年春节，我在他家的书房里采访了他很长时间，他住在北京郊区一座普通楼房的顶层。从早到晚都在下雪，他书房里温暖的气氛让我多呆了一些时间，我的注意力被美丽画轴的缓慢展开所吸引，画上表现的是东岳庙节日庙会，那热闹的生活场景令人难以置信，今天完全看不到那样的场景了。他的妻子，一位和蔼可亲的看起来很普通的女人，会时不时地悄悄来给我们的杯子倒满开水。我仿佛奇迹般地进入了他的卷轴，里面有一首诗，进入了我的灵魂。

　　王大观说，他想记录下过去的北京，还未曾进行现代化改造前的北京。他向我介绍了张择端，就是绘制《清明上河图》的著名画家。王大观也朝着这个目标努力，想要留下关于北京的历史杰作。

　　后来，我听到他病逝的消息，感到非常突然和惋惜。我想他还没能完全完成他的计划和愿景。我透过窗户看着外面的雪景，看到一幅超过50米的画卷，一只飞燕，掠过王大观童年的老北京，那里的人们在进行各种活动，包括婚礼和葬礼，也有达官贵族乘船浏览，有的大张旗鼓，也有宴会的家长里短。这些细节是如此珍贵，以至于可以像电影原画原声那样重现。多亏了他，"老北京"得以"复活"，并奇迹般地带我回到了那个年代永恒的岁月里。

第三部分

新的时代，
巨变的中国

西方吹来的摇滚之风

中国的对外开放是有个过程的,不是一眨眼就实现的。在吹响改革的号角后,中国立刻"沸腾"起来了。

乘坐飞机再次飞翔在中国广袤的大地上,我对这片土地的好奇之心从未消失,仍像是第一次那样欣喜和激动。那熟悉的风景好似一幅画在我面前展开,正午的阳光如此耀眼,连峡谷都被照亮了,波澜壮阔的长江波光闪耀。飞机飞抵这里时便要转向北方,朝着北京的方向继续航行。

一种神秘的力量将我带回到这世界的另一边,全新的幸福感油然而生,好似回到家,回到了我的避风港。我仿佛被一条穿越时空的怀旧的神秘线所吸引,眷恋那些看过的、经历过的,甚至爱过的东西。我对北京的热爱胜于对世界其他任何地方,包括东京、纽约、开罗、莫斯科或巴黎,我对北京爱得最深、最深。

终于,在乳白色的光线中,我再次看到了北京。俯瞰北京城,它犹如一个巨大的方形套盒,神秘而完美,将几何学运用得淋漓尽致。尽管近几年来,成千上万的起重机筑起了无数的摩天大楼和现代建筑,遮挡住了我记忆中的那片古老建筑。但在脑海中不断回想老北京城和古建筑,这绝对是一种令我兴奋的记忆体验。

北京,老北京城,那些震撼灵魂的建筑群,完全遵循风水科学而建造。中国在任何建筑动工前,一定要请风水师看风水、看地形，以免破坏整体的平衡。

先不谈风水，新北京的建设如火如荼，但幸运的是，如果从高处往下看，城市布局还是保持了传统的四方形。紫禁城是无与伦比的，是一个完美的方形。它的中心，是天子皇帝的宝座，坐北朝南。今天大家一说起皇帝，仍然会有一种非常尊敬的心情。

世界上没有任何一座城市与北京相似，北京就是北京。我无数次来到这里旅行，都会有一种相同的体验：每次回到这里，我都需要重新认识这个地方，因为我总会遇到一些不确定的、难以理解的事情，使自己迷失方向。

在中国，没有一座城市拥有像北京一样的中国元素。尽管现代化的狂热造成了古建筑的流失，但在我看来，这里的一切似乎都一如既往。荀子曾说过："千举万变，其道一也。"

来机场接我的是一位老熟人——范先生。10年前的一天，他右手的4根手指被误关上的车门夹住了，但他没有一句抱怨。当时他的眼睛瞪得老大，但他什么也没说。我费力将门打开，看到了他惨白的手指甲变成了紫色，我的心里一阵刺痛。

"不要紧，不要紧。"他含糊不清地说着，脸上挤出一丝微笑，但更像是一种苦笑。从那以后，他一直把手揣在衣兜里。

现在我要做的第一件事就是抓起他的手，观察当年受伤的手指。我看到他那4只完全健康的黄色手指，指甲又红又整齐，终于放心了。他被我的行为逗笑了，拍着我的肩膀问我旅途是否顺利。

我仍记着他那一长串的客套寒暄，连忙将同我一起来的两位朋友介绍给他，好让他们交流。我的朋友们是第一次来到北京，范先生用他坚定而温和的声音，让我的朋友们静下心来，听他讲述古老的故事，而我则沉浸在四周的乡村风景之中，但一只耳朵却也不自觉地听着他讲"新鲜事"。我就这样一边听着，一边也跟着讲，就好像听到一首老歌，跟着哼唱一样："北京是一座拥有1200万居民（包括周边乡镇居民）的城市，是中华人民共和国的首都，解放前是一座消费型的城市，而现在变为生产型的城市，尽管仍有一部分严重的社会问题亟待解决，特别是，"带着十分谦卑的语气，他说道，"这里住房短缺，城市交通有待改善，以便人民的生活水平能够更上一层楼，等等。"他狡黠地看着我，就好像在说："不要指望有什么新消息了。"然后继续为大家补充说道，出台改革新政后许多情况正在改善。

与此同时，我们已经进入了这座城市。近几年，北京新建了许多建筑，扩大了市区面积，进京的入口相较以前离机场更近了。路还是那条1976年4月我第一次到北京时走过的路，那时是范先生来到悬挂着毛主席像的老机场接我的。之后每次来华旅行，我都会重走这条路，而它还是原先的模样。路上小汽车、货车、马车、自行车川流不息，行人熙熙攘攘，路边还有不少摆摊卖古玩的，有些人蹲在那里欣赏着眼花缭乱的工艺品，衣着鲜艳的小孩子们最是显眼，他们乖巧可爱，红扑扑的小脸蛋儿让人忍不住想要亲一口。

新北京饭店旁的老楼里，原来的接待大厅被改装成了舞厅，专门接待中国人。这是现代化建设的非凡成果，是一个惊人的变化。但我一下被带回到了20世纪30年代，就在这家饭店，在这个大厅，我的那位同乡，作家乔瓦尼·科米索就坐在这里喝着白兰地，四处观察。

乐队演奏着奔放的摇滚乐，这是让年轻人——首都未来一代人疯狂的新鲜事物，但进门处的保安礼貌地示意我不得入内，向我表明这个地方只对中国人开放。在舞厅前面的院子里，有很多年轻人正朝着大厅入口的方向瞭望，我想知道他们是在排队等待还是也被拦在了门外不得进入，只好将就着听从远处传来的摇滚乐声。

中国的年轻人很喜欢与外国人搭讪，他们有着强烈的愿望想要证明自己的英文水平，同时通过询问各种各样的信息来满足自己的好奇心。于是，一个腼腆的小伙子向我开口了，紧接着其他人也加入了进来，其中一位穿着华丽的女孩，不停地眨着杏仁般的小眼睛看着我。

"你们为什么不进去呢？"我问他们。

"这个活动是有组织的。"他们解释道，他们没有收到邀请。

"这是什么活动？"这次没人能够回答我。

他们对不绝于耳的摇滚乐失去了兴趣，他们更愿意了解我的一切。他们提的还是老问题：我来自哪里？我要去哪里？我是做什么的？我结婚了吗？从意大利来中国旅行需要多少钱？我对中国的看法如何？

我倒是想问他们一些问题，但是却没有机会，他们的问题像雪崩一样迎面扑来，根本没有"休战"的可能。有人从纸袋里取出一把瓜子递给了我，有人递给我一支香烟，把它放在我的手指间，把有过滤烟嘴的一头冲着我，还有一些人想要我的地址。

一位抹着眼影、挎着单肩塑料小包的女孩，一直呆呆地看着我。我尝试提出一些与政治有关的问题，但他们委婉地拒绝了，因为他们对政治毫无兴趣。凭借在中国学到的耐心，我再次尝试提问，我也因此变得有点像中国人了，我模仿他们的手势，自然地重复刚才的提问，就好像是第一次学说话一样，这些中国青年们也礼貌地重复着同样的回答。

就在此时，那位描画了眼影的姑娘给出了一个答案，更准确地说，她十分严肃的回答，使得周围的人们突然安静了下来。

"现在比以前强多了"，她严肃地说着，使劲睁了睁细长而弯弯的眼睛。短暂的停顿过后，她又补充道："毛主席永远都在我们心中，邓小平在解决我们这个时代的问题。"周围的人们立刻表示赞同。

这是在 20 世纪 80 年代中期，我能从北京街头听到的与政治最贴近的信息了。

我呼吸到了一种政治开放的空气。人们依附在集体中，但却追求着一种独立的生活方式，而这种生活是建立在集体需求之上的。

中国的集体需求由来已久，可以追溯到几个世纪前。和我一起旅行的西方人，对中国人的集体意识感到万分惊奇，他们总是把这样的状态归咎于政治的残酷，我认为他们的想法是错误的。我相信，至少在目前为止我到访过的国家中，没有任何一个国家像中国这样将政治的"风格"与人民的生活方式契合得如此完美。由此不难理解，中国共产党为什么会坚定地将共产主义作为最高理想和最终目标。

邓小平与改革开放

从外表看，邓小平给人的印象是一位柔和的男人。但他一开口说话，那洪亮的声音立刻就会让人察觉这是一名"硬汉"。毛泽东曾评价他是个外柔内刚的人。

中国伟大的改革之风吹遍了全中国，邓小平的名字也由此传遍了大江南北。我随记者采访团来中国时有幸见到过邓小平。他的风格与其他任何领导人的风格不同，自成一派。

1976年，当我第一次到北京时，毛泽东还在世，那时的北京是一个被绿树环绕且朴实的乡村城市，充满了诗情画意。10年后的北京，已然成为现代化大城市，如此高涨的建筑热潮给人留下了深刻的印象。高楼林立，遍地的摩天大厦及楼房拔地而起，有的甚至造型奇特，现代化的风格浓厚。所有这一切都少了些诗意，但更与时俱进。

所有城市都受到现代化建设热潮的冲击。邓小平是"改革开放总设计师"，他深刻体会到要实现现代化也意味着民主化。中国人以极大的热情进行了尝试，并且已经看到了效果。过去曾来中国旅行的人，几乎无法想象20世纪末的这一变化。

毛泽东旨在让人民吃得上、吃得饱，而邓小平遵循着毛泽东思想提出了新的口号："让一部分人先富起来。" 毛泽东思想涵盖了国家发展的所有层面。邓小平审时度势，比任何人都清楚如何根据不同的时代背景将毛泽东思想发挥到极致。

中国实现了真正的开放，进行了经济改革：私有经济在没有受到太多限制的情况下遍地开花，成果显著；外商投资源源不断地涌入；中国政府出台政策将行政权力下放；直接从海外引进技术及设备，等等。中国走出了自己的发展模式。

这是邓小平的一次尝试，这位"桥牌"高手坚信自己的"王牌"会赢得胜利。

改革开放初期

为了了解中国这个拥有上下五千年历史的国度，首先需要自身的文化底蕴深厚。如果对中国（特别是对其历史）完全不了解就来到中国，或者带着西方国家常有的偏见来到这里，必定不会有所收获。

中国人本身不会绞尽脑汁去给人营造水中月的景象。恰恰相反，他们是简单的现实主义者，为了避免产生误解，他们会出人意料地敞开大门，以便我们去了解这个国家。

于是，每当我们前往具有顶级制造工艺的作坊进行参观，便有机会深入了解人们的思维方式。我们同样体会到，与完美无瑕的成果相比，精工细活所耗费的精力于工人本人而言并不重要，在这一点上我们感到非常惊讶。1979年，在改革开始初期，凭借着不逊于艺术家的热情、堪比工匠的技艺，一名工人能够做出市场价格极高的物件，但在工作了一天后仅仅能够挣到几元钱，这对于我们来说是无法理解的。我请翻译将我的想法译成中文，我得到的回答尽管有些夸张，但也不失为真实情况："我们的国家为了实现'四个现代化'需要资金支持。"

无论是工厂还是建筑工地，都看不到人们疲惫紧张的身影，工作环境都是一样的：有风扇的大房间、听着电台广播、人手一只茶杯，尽管这被专业的部门认作是链条式工作中的一环，但也体现出了个体自由的氛围。一切都像是浑然天成，美丽而和谐。

这时的中国仍然是一个劳动密集型国家。被汗水浸透的人们牵引着笨重的马车，用锄头开垦田地，用双手开辟道路和河道。面对祥和、满面笑容和淳朴的人们，我不由得产生满心同情与好奇，并且感受到了毫不设防的善意。这里的人们天性善良，毫无侵略性，但却被西方充满敌意的文学描述成了"黄祸"，他们对"外来人"所表现出的淳朴与尊重，使我感到如归故里。我坚信自己在中国期间不会遭遇任何变故。没有作乱者，没有诈骗犯，没有恶棍无赖，自第一天起便觉得一切都将很顺利，没有人会偷盗哪怕一分钱。

这种开放的现象会持续下去吗？有些人认为，这是一个不可逆转的过程，有的人则有不同看法。旅游业的发展给中国提出了考验：领导人的神经紧绷，为数不多的酒店如今早已爆满，在此之前来过这里的人们就会发觉，酒店的服务水平下降了，虽然有些情况姑且可以忍受。城市的交通也变得日益拥堵，尤其是城区内的道路。

总而言之，中国还未做好准备，仍需要面对多方面的压力。曾经，在餐厅仅有 10 个人用餐，在影院勉强坐满一排观众，每位有此经历的人都不免感觉好似享有着特权。但他们如今看到的，却是一个"正在变化"着的中国，或许在某些方面甚至还有些"退步"。尽管这些年来经历着"蜕变的阵痛"，中国仍然坚强地勇往直前。

几年前在北京找不到一份外国人能读懂的报刊，而今天随处可以买到外文报刊，例如《中国日报》（*China Daily*）。过去能够碰到卖洋货的商店简直就是幻想，尽管在王府井、西单或是前门有卖精美瑞士手表和日本手表的橱窗。如今在北京饭店，居然能够买到纯正的托斯卡纳葡萄酒以及皮埃蒙特葡萄酒。不仅如此，每个高档酒店的酒吧中,都会备有马提尼。

变化后的中国?且慢,在这之前必须要有一个停顿。中国人并非崇洋媚外,他们只是对他国人民十分尊重。事实上,大多是在对外国人开放的酒店,这些西方的商品比较常见,中国人是在为我们着想,尽着地主之谊。

尽管如此,"现代化"已经在新一代人当中广泛地传播开来,他们对西方的音乐、照相机、运动服装,都非常感兴趣。

杭州，我们去看"映日荷花别样红"

一出上海站，火车便驶入一片水墨画般的绿色平原。土地肥沃而松软，土壤的滋润使油绿的稻田闪闪发光。白色的房屋面朝着铁道，被绿树和田野簇拥着，盛开的油菜花绵延不绝，与即将变成金色的水稻交相辉映。还有桑树种植园，它们中间有运河交织，运河上的船夫撑船缓缓而行。船帆好似从绿地中冒出头来。

直至杭州，到处是一片连绵不断的田野和房屋，可以看到许多辛勤忙碌的农民们。池塘及河道中，不时看到水牛温顺的身影，它们全身都潜入水中，只有牛角露出水面。放牛娃们披着蓑衣，以防突如其来的降雨，他们在岸上玩耍着，时不时赶着水牛，好让它们从污泥中出来。

在我第一次来中国旅行的时候，很少有城镇或者说只有少数城市和地区允许游客自由参观。大多数地区不仅对外国人不开放，对中国人也有限制，必须有特别的许可证明，才可购买车票和入住酒店。

在我的计划中，浙江是最令人向往的目的地之一，因为其省会杭州和西湖的名气，几乎无人不知，但我更想去的是绍兴，因为那是《阿Q正传》作者鲁迅的家乡。

1981年夏，人们无需再等待，因为中国开启了伟大改革开放的新时期，我终于可以前往浙江并在杭州自由地参观了。

这座位于西湖东岸的城市，仍然保留了大部分马可·波罗描述中的模样。这是一座充满南方浪漫气息的城市，这里的生活十分闲适。从上海乘坐火车经过几小时的路程，我到达杭州，比起活力四射的上海，我更喜欢这里轻松慢节奏的生活。也许是因为夏季的闷热，或是因为这里城市的模样，那些低矮宽敞的房屋好似我家乡的建筑，隐藏在高大的梧桐树和参天的樟树林中。当时的杭州还没有出现如今这样的变化，没有建筑高过这些百年的大树，树荫掩映的街道吸引着人们在夜晚凉爽的时刻出来散步。穿着薄棉衫的人们善良且友好，各自忙碌着日常的工作。小市场已经自由开放了一阵子，小商贩的摊子挤满了好奇的顾客。马路上行人熙熙攘攘，自行车成群结队来来往往，车铃响个不停，而汽车则寥寥无几，随处可见的小孩子们为这幅景象平添了许多欢乐。

杭州的魅力不仅在我的回忆中，还保留在上百张照片中，这些照片是我在街道上和旅游景点拍摄的。

杭州也是新婚夫妇度蜜月的首选之地，湖边酒店的住客更是络绎不绝。我记得当时一间房一晚的费用是 30 元人民币，一顿四人晚餐需要 20 元，还包括啤酒。杭州人看起来好像比北京人有钱。

高大的六和塔被参天的百年樟树所环绕，钱塘江的景色与开阔的乡村相映成趣，钱塘江大桥将杭州城区与周边乡村分隔开来。如今，杭州城区的范围已远远超过了那座桥，将周边的乡村融入了现代城市的景观中，灰蒙蒙的地平线上排满了建筑群，一条几乎通向大海的河流绵延不息。

我匆匆地参观了一家丝绸厂、一座植物园，而最让我感兴趣的是灵隐寺以及飞来峰上的佛教造像。寺中有一尊镀金木制大佛，高 24.8 米，他似乎在俯视着聚集在蓝色烟尘中祈祷的信徒们。僧侣们开始卖起了红烛和佛香，鼓励香客们捐款，寺庙里还开设了卖纪念品和明信片的小卖部。

有位妇女在祭台上放了一篮水果，还有些妇女往功德箱里投些钱币。坐在角落里的老和尚们，半睁着眼睛露出睿智的目光观察着每位香客的行为，他们静静地念着经，在手指间滑拨着一颗颗念珠，有的很愿意与游客们合照，并且示意人们向释迦牟尼佛像献祭。

翻译说："现在宗教信仰是自由的，人们不仅可以信仰佛教，还可以信奉包括基督教在内的其他任何合法宗教。"

我问有宗教信仰的人数是否在增加，回答是不确定，大多数中国人还是被认为是无神论者。

"儒家思想曾受到抨击？"

"孔子不是神，他是一位哲学家。目前我们正在通过批判的思维，结合当代的特点重新审视其思想。"

"具体指什么？"

"对于儒家思想中不符合新社会的部分，我们持批判的态度，但儒家思想中仍有需要传承的积极方面。正因如此，我们停止了对孔子盲目的批判。"

此次旅行的每一步，都让我深深感受到了一个崇尚实用主义的中国，一个重新调整的中国。一切都发生得如此之快，以致人们对这些变化似乎仍抱有怀疑的态度。我在想：这种情况将会持续多久？

漫步在美丽的西子湖畔，看湖中"映日荷花别样红"，这独特的诗情画意，让我很快将自己融入这欢乐和纯洁的人群中，这个场景将永远难忘，生动地留在我的记忆中。

我看到一对年轻的情侣在吵架，那个女孩子露出一副要分手的姿态，她察觉到我在看她后有些惊讶，害羞地低下了头来。看到这天真的一幕，我笑了，但她的男友却也脸红了起来，好似犯了什么不可饶恕的过错一般。我想与他们交谈，好打破这尴尬的气氛。女孩儿用流利的英文回答了我，"对不起，对不起"，她低声念叨着，男孩子则冲我点点头，递给了我一把瓜子，示意他们已经和解了。他们对我很好奇，问我从哪里来，要到哪里去，是做什么工作的。很快，我们成了朋友。

绍兴，我回家了

一大早，我就从杭州乘公共汽车去绍兴，非常兴奋，终于要去参观鲁迅（很巧的是，他名字的发音和我后来的朋友陆辛名字的发音非常相似）的家乡了。鲁迅的文学作品，是我如此爱上中国的原因之一。当时，我还不知道他是20世纪最伟大的中国作家，只是一次不经意的阅读引起了我对中国的兴趣。我对他和他的作品印象非常深刻，以至于在相隔半个多世纪的今天，我可以说，阿Q的故事和绍兴的样子，仍给我留下了不可磨灭的印象。《阿Q正传》使我对中国文化的兴趣，转向了它那伟大而具有戏剧性的历史，和它那神秘而又富有美德的人民。

在那里出生和长大的鲁迅，在他的作品中巧妙地描述了绍兴。在我看来，绍兴带有一种神秘的、原始的中国精髓，在一个从未过去的过去和一个刚刚显露出来的未来之间，取得了平衡。

阿Q，是一个典型的20世纪初的中国人，充满了无知、迷信和封建思想。在我看来，阿Q的性格揭示了一种社会状况，这种社会状况把中国拖进了无尽的黑暗时代，因此也揭示了一场革命的必要性，这场革命将推翻一切，正如毛泽东所希望的那样。

车辆驶过河流，乡村便在我们面前展开来，长势喜人的稻田一望无际，被宽大的黑色屋顶覆盖着的房屋零散在田间。道路被重型卡车碾压得坑坑洼洼，但这里的交通却十分繁忙，货车、拖拉机、牲畜车、自行车川流不息。道路两旁是成群结队的行人，他们背着或者用扁担挑着装满粮食的袋子，跟在他们身后的是半身赤裸的小孩们、全身沾满泥块的水牛和垫着旧棉被坐着老人的手推车。夏日沉闷的空气中弥漫着茉莉花香，夹杂着炒米饭的味道。田野一片滋润繁茂，到处都是水稻田。我第一次见到耕种大豆，在我们国家还没种植这种作物。我想起了鲁迅的描述，大豆田野果真是"波浪"状的——一片美丽的深绿色，而即将成熟的水稻则呈现出金黄色。

我们到了绍兴，从田野中来，到田野中去，我阅读过有关这里的景色描述，所以对这里倍感亲切。忽然间，道路变成了狭窄的堤岸，我们不得不为日落时分赶回家的农民们让路。右前方忽然出现一个湖泊，湖中有座小岛，岛上斜立着几间破旧的房屋，湖中还飘着一条小船，夕阳照在涟漪的水面上，闪烁出金黄色的光芒。湖对岸有个年轻人赤着脚，用力推着满身泥块的水牛，身后跟着一位手提篮子的农家女孩，还有一群摇摇摆摆、"嘎嘎"叫着的大鹅。

终于来到了绍兴古城门口。鲁迅作品中所描绘的一切在我眼前铺展开来，在我满含诗意的眼神中，重现了那份朴素与庄严。我无数次"来过"这里，回忆着文章中那些令人难以忘怀的景色，追随着它的每个细节。

正如鲁迅大师描述的那样，拥有几个世纪历史的绍兴古城被完好地保存了下来：河道仍是旧时的样子，船只静静地漂流着，河道两旁满是白色墙体和黑色屋顶的房屋，岁月的痕迹将铺在地面上的石板磨平，木质露台以及临时搭建的小桥仍随处可见。我觉得绍兴的居民好似来自不同的民族，他们穿着黑色粗布衣裳，男人们戴着古怪的像一个圆锥体的黑色斗笠。无论是肩挑的大扁担、篮子、板凳，还是不同用途的小推车，几乎所有的用具都是用竹子编制的。这里仍充满着自古延续下来的人情，为小路及河道赋予了人性，如同话剧的场景一般，像被施以巫术一样，一切都保留着1个世纪前的模样。

我看到了一个鲁迅时代的绍兴，空气中同样散发着呛鼻的米酒味，那是从许多挤满了闲人的小酒馆中飘出来的味道。我想，阿Q也许就是跟他们的模样相似吧。我非常欣喜能够有幸沉浸在一段遥远的过去中，甚至有些担心那个过去即将被猛烈的改革所抹去。再过几年，绍兴也许就会不可避免地被即将到来的"新事物"所吞没。

我必须承认，那天晚上我太兴奋了，直到清晨公鸡开始打鸣我才睡着。就像鲁迅描述的那样，邻居赵家的狗不停地吠叫。那天晚上，我真的"回家了"。

扬州，威尼斯人的足迹

乘长途车驱车3个小时，我们深入到了长江流域的乡村。终于到达了大运河的汇合处——扬州市，这里的运河直通北京。马可·波罗受忽必烈的特别委托，曾在这里做了3年的地方官。

水稻已经成熟，棉花幼苗绿油油的像菠菜一样。十字路口聚集着运送蔬菜的商贩们，村庄的道路旁，人们正在自由市场上忙碌着。近年来，改革发展势头迅猛，于是自由市场遍地开花，农民们把自己"剩余"的东西拿到乡村和城市贩卖：2只鹅、1只鸭、5公斤蔬菜、2条鲤鱼、1袋西红柿、几个西瓜、袋装种子、手工工具等，可以讨价还价，这是一种典型的东方人的买卖方式。

小龚是新来的翻译，她性格温和可爱，意大利语说得不太熟练，但她的淳朴和谦恭很快让我感到亲切，我问她："为什么人们喜欢到自由市场购买而非国营市场？""也许是因为自由市场中的货物更新鲜。"她继续补充道，"或许还因为人们可以自由地讨价还价。"

我们的车行驶在可以供大型汽车通行的平整道路上，景色十分美丽，路两旁树木茂密，大片的田野一望无际。农民们的房屋保养得很好，点缀在田间，很显然，相较北方来说，这里的人们收入会更多一些，生活水平也更高一点。此时，小龚骄傲地解释道，以前皇帝来扬州度假，乘船航行在大运河，大概需要20天。

这里的田地富饶青翠，仿佛一切都沉浸在水中。扬州的南边奔流着雄伟壮丽的长江，北边则有蜿蜒的淮河，旧时这条河常有水患，经常洪水泛滥。如今人们在上游筑起了大坝，下游开辟了人工湖，有效地控制住了河水，同时还为周边地区提供了丰富的水资源。

几个月前，我在北京听到扬州一处有价值的考古发现，于是有人建议我去参观这个城市。说是在扬州的郊区，在一座中世纪基督教墓地的遗迹中，出土了一块用哥特体拉丁语精雕细琢的墓碑，碑文上刻画的是基督教圣徒的画像故事、逝者的名字和简单的生平介绍，并附有日期：卡特琳娜·维利奥尼，1342 年 6 月。

卡特琳娜是谁？肯定是意大利人，有可能是威尼斯人或热那亚人。据我们所知，她可能是 14 世纪唯一的一位在中国旅行和生活的欧洲女性，也许她是跟随父亲来的中国。事实上，这个名字关联着一位意大利商人多梅尼科·维利奥尼，他曾经于 1348 年在热那亚共和国签署过一份遗嘱，证明他曾经居住在中国。卡特琳娜难道是他的女儿？

据当地博物馆的考古学家说，从 13 世纪初开始，扬州就已经活跃着一个基督教社区。在宋朝统治时期，扬州是欧洲商队的目的地，这些商队中的威尼斯人和热那亚人在中国购买的丝绸就存放在扬州的"仓库"里。1322 年，传教士鄂多立克曾经路过扬州，他在报告中写道，在扬州，除了他所居住的方济各会修道院外，还有一座天主教堂和三座景教教堂，这说明这里确实存在过一个欧洲人的社区。

我在扬州博物馆看到了那块卡特琳娜墓碑，上面刻有一幅圣母抱着圣子的画像，我猜想她去世时可能很年轻，也许是在分娩时去世的。我想这次扬州之行的主角，不是那位著名的威尼斯旅行家，而是这位不知名的卡特琳娜。我很自然地想到了一个景象：两个中世纪的青年人，在13、14世纪，已经开始了在丝绸之路上的漫长冒险之旅。

卡特琳娜在扬州结束她的生命，在几十年前，马可·波罗也在这里当过几年的地方官，那时的扬州是元朝最重要、最富有的城市之一。它被认为是整个地区丝绸生产和贸易的中心，也因其著名的书画流派被视为中华文化瑰宝之一。除了丝绸之外，这座城市著名的盐田和大运河水道，都具有重要的战略意义，通过大运河，人们可以方便地将大米贡品运输到元大都。

我们穿过一片树林，这里的蝉鸣声十分与众不同，像是一种持续的电子噪音。我们没有停歇，小龚陪我来到了一栋看似普通的建筑前，这是一座为马可·波罗修建的纪念馆。我怀着虔诚的心情走了进去，想象着马可·波罗在这里做了足足3年地方官的情景。

大厅的中央立有一块刻着铭文及肖像的石碑，刻画出了马可·波罗这位威尼斯人经历岁月磨练后的成熟样貌，又黑又长的胡子，鹰钩鼻，一双舵手般的眼睛望向远方的大海。此时，我眼前闪现出一段段记忆，《马可·波罗游记》中最美丽的篇章在我的脑海中一页页翻过，仿佛可以听到威尼斯小路上的嘈杂声，遥远贡多拉船夫的呼唤，威尼斯潟湖的刺鼻气味，那种家乡的味道。

在扬州，马可·波罗被当做这座城市的荣耀，人们为之感到骄傲。在这座不算很大的纪念馆里，展出了一些《马可·波罗游记》不同语言的老版本，墙上还挂着一系列有关威尼斯的图片。在一个大厅的中心，摆放着一只奇怪的带着翅膀的青铜狮子，这是意大利威尼托大区送给扬州市的礼物。馆长建议我去参观"盐官"的旧居，盐官是当地盐业的最高长官，很富有，那时盐业使扬州在长江流域成为一个富饶而强大的城市。如今，历史的遗迹几乎被淹没在不同风格的新建筑群里。不过馆长向我保证，这些建筑很快就会被拆除，将恢复明朝时期的城市原貌。我们在风景如画的五亭桥上短暂逗留，这是中国独一无二的黄屋顶桥。小龚也自豪地向周围的人介绍我来自马可·波罗的故乡，一位小伙子偷偷地拍了张照片，我敢肯定这将是他年迈之时用以炫耀的资本。

沈阳，破旧立新

我曾多次到过沈阳，始于20世纪90年代的城市"重建"，让我感到痛心。曾经，这里的房屋十分美丽，用砖块砌起的高高的烟囱，用柔和色彩粉刷的墙面，这些在后来都逐渐消失了。

20世纪90年代，沈阳是一个拥有800万居民的省会城市，当时它正向郊区扩展，旧工厂的烟囱冒出浓烟，周边地区都受到污染。建筑业也在这里蓬勃兴起，嘈杂忙乱。

那时的中国流行着一个口号："致富！"于是，房地产开发在中国兴起，来自中国香港、东京和新加坡的商人们纷纷加入了房地产投资，近些年又吸引来了野心更大的首尔和中国台北的商人。穿过这座城市喧闹的人群和车队，可以看到很多残破的房屋，被连根拔起的大树与木料堆放在一起，这一切都令人感到不安，好似置身于轰炸后幸存的断壁残垣中。

中华民族伟大的觉醒具有强大生命力，预示着一种过去的创新机制。对现代化的渴望已成为冲破过去的动力。沈阳，就像整个中国一样，正在经历一个巨大变革的时代。

在这些"境外投资者"入住的三家酒店里，国营企业的代表和当地的商人络绎不绝，人们开口就谈论着几十亿的项目。尽管价值观发生了转变，但利润呈指数增长，社会主义市场经济正在显现出不可想象的奇特效果。我们可以明显看到各地财富的增加，国民生产总值也在不断提高。充足的劳动力使劳动力成本变得越发廉价，但这并没有造成贫困。

答案就隐藏在无数蓬勃发展的私营活动中，如今这些活动涉及到各个层次、各个年龄段的所有中国人。中国正展现出"破旧立新"的特点。

穿过成堆的瓦砾和幸存的社区，在沈阳的繁华中心地带，有一座被灰色院墙包围着的老式建筑，这里就是东三省传奇总督张作霖的旧宅。这里之前关闭了好多年，或许被用作仓库了。如今，这座小"宫殿"被视为一件有价值的国宝，已经改造为博物馆对外开放展览。

那天寒风刺骨，我来到这里。这是为张作霖之子——著名的"少帅"张学良建造的住宅。门口的两块大理石碑提醒着人们，张学良曾在这里生活过，而官邸则是由辽宁省政府及沈阳市政府出资修缮的，用以纪念这位民族英雄。

这座由张作霖于1914年建造的豪宅，至今仍是一座小型宫殿，其中部分建筑采用了中国传统风格，包括低矮的亭台以及方正的院落，另一部分却是一系列用灰色砖头建成的自由式低层小楼。官邸第一部分是私人卧室，第二部分是客房和政府办公室。那些珍贵的家具都在30年代和40年代被日本人偷走了。在张作霖的卧室里，我看到了一铺大炕，一个摇摇晃晃的梳妆台，上面有一面尖顶的镜子，一对保险箱，箱体上有生了锈的饰钉，这就是我在他的卧室里看到的全部。

张学良的起居室里挂着一些很有趣的照片，像是将家庭照集中排挂在墙上。一张"少帅"90岁时拍摄的巨幅彩色照片，旁边印有金色的词句，欢迎着来这里参观的人们。这幅充满冒险与戏剧性的历史照片，与20世纪的中国历史完美地重合在了一起。这就是张学良：年轻的军校学员，蒋介石的战友，到法西斯欧洲寻求过政治避难，抗击过俄国人及日本人。墙上还挂着他与亲人们的合影。东北的历史从发黄的照片中浮现出来，有的则因为照片的放大而模糊不清。

照片里"少帅"留着硬气的胡子，眼神里意志坚定，所有这些都使得他那尖尖的脸看起来像一枚勋章。游客静静地从一张张照片前走过，好奇地读着简短的中文说明，看着这些尘封在遥远过去的老照片，仿佛那些历史又鲜活地出现在大家的记忆中。

哈尔滨,"惊喜"的晚餐

1986年夏天,我乘坐"西伯利亚快车"从莫斯科去中国时,经过了哈尔滨,但我没有下车。那是一个闷热的下午,与俄罗斯那边近似荒凉的火车站不同,这里的车站像是被一大群移民潮淹没了一样,人们带着难以想象的大包行李匆忙赶路,车站上震耳欲聋的高音喇叭发出刺耳的声音。

在后来的20世纪90年代和21世纪初,我至少来过哈尔滨3次,发现这座城市发生了翻天覆地的变化。但幸运的是,它保留了以前的俄式建筑风格,拥有东正教教堂以及美丽的商店和住宅,几乎与圣彼得堡的巴洛克式典雅风格遥相呼应。

我这次来哈尔滨的计划是为了寻找一些有关伪满洲国的资料和信息,其中包括一本关于当时意大利法西斯派到中国的一个代表团的报告。但是,最终我还是没有找到任何线索,也许在莫斯科或圣彼得堡,或者在日本,在位于东京神保町的旧书区会更容易找到。陪同我的中国博物馆同行准备以一顿丰盛的晚餐,让我忘记这次旅行的遗憾。东北的欢迎晚餐一般是以"干杯"开始,高粱酒带有一股浓香气味,我觉得我是根本无法喝下去的。接下来是一连串的冷菜,除了蔬菜外,还有些是用鸡肉和猪内脏做成的。当"主菜"上餐桌时,就会出现些特色菜,以肉类或海鲜为主。东北主菜的做法基本上是用酱油和调料煮得很熟,俗称"乱炖",

当然也有油炸的。这几年，由于城市旅游开放，许多餐馆为了招揽生意，也引进了其他地方的一些传统菜。我们慷慨的主人特地为我点了一道特色山东菜——"活吃鲤鱼"，上桌后，鱼嘴还在一张一合，鱼尾还在微微颤动，让人叹为观止。

这道菜具体做法是：厨师会先把油烧热，然后用最快的速度将活鱼去鳞开膛，去除里面的内脏，不伤鲤鱼的心脏以及神经，再用湿毛巾捂住鲤鱼头将鱼身在干淀粉中蘸一下，下油炸透，摆盘，浇上汁就可以上桌了。活吃鱼，听起来是很残忍的，实际上，这不过是厨师卖弄手艺的一种方式。因为这种做法，香味难以浸入鱼肉，鱼蛋白质难以分解，可能有寄生虫未被杀死，根本谈不上美味、健康和营养了。所以在今天，这道菜已经很少见了。

第二天上午，去机场之前，我们来到松花江畔，准备乘游轮游江。江边的小沙滩，吸引着众多度假者和游泳者。江面上飘着许多船只，有帆船和渔船，我不由得想起昨晚那条可怜的鱼，希望鱼儿们能幸存下来，免上餐桌之苦。

长春，改革的荣耀

在一个深冬寒冷的夜晚，我来到了曾经的伪满洲国的首都。呼啸的飓风使人感到仿佛置身于高山之上，酒店背后的湖面好似一块巨大的冰砖在月光下闪闪发光。长春——"长久的春天"，这个名字好像有些不合适，因为这里到了 4 月初，仍然深陷在可怕的寒冷中。

长春的年轻新企业家杨先生为我安排了十分豪华的房间，但我不得不告诉他，尽管房间有两层窗户，风还是会吹进屋里，冻得我无法入睡，盖着两床厚重的羊毛毯和被子都无济于事。他笑着拿出大哥大，让他的员工为我再换一家更温暖的酒店。

昨晚经过 5 小时的车程，我从沈阳来到了长春，先前我并不了解这座城市是什么样的：马路宽阔，绿树成荫，高墙后掩映着巨大的建筑，忽高忽低的土地上长满了落叶杉和西伯利亚云杉，道路起起伏伏，绵延而去，这些与我所见过的中国其他城市的模样有些差别。

白天日光照亮下的长春，是一座工业风筑造的城市，这是近 1 个世纪前由日本战争机器凭空建造出来的，其目的是让它起到伪满洲国"都城"的作用，当时被命名为新京，即新的都城。20 世纪 30 年代，日本在这里实施了冰冷的城市"手术"，打造了长春的骨架。1931 年，日本占领中国东北地区，次年建立了伪满洲国，但仅有梵蒂冈和纳粹法西斯国家等承认该政府。同时，日本还扶植了中国的末代皇帝溥仪作为伪满洲国的"皇帝"，在那之前，溥仪从紫禁城中被赶了出来，逃到了日本驻天津领馆。日本在这里开始了军事部署。

即使是在20世纪90年代，日本战败后又经历了半个多世纪的中国化改造，直至今日，长春市区的景象仍以日本军国风格的粗犷建筑为主，房顶铺的是陶质瓦片，这些建筑十分结实，不易破败。伪满洲国各个部的旧办公楼分散在城市各处，如今都被改造成了医院、学校以及市政大楼。旧时的日本关东军司令部，如今驻扎着中国人民解放军。在日本老工厂的基础上，如今又增加了新的现代的机械工业，这些改造是长春的荣耀。

如今的长春市，以其第一汽车制造厂为荣，除了国产汽车，这里还是大众和奥迪在中国的制造厂。

但这并不是全部，中国最好的摩托车和拖拉机，也是在长春制造的。现在，长春需要引进更先进的技术才能与中国其他工业城市比拼。总之，"大东北"的口号出现在人们谈论的话题中，多少带有爱国主义的味道。

日本撤出东北后，新现代主义的狂热弥漫在冰冷的长春。城市的街道上行驶着大型的汽车，主要是从德国和日本进口来的。这里很早就有了双层巴士，我在中国的其他城市都没有见过像在长春这么多使用手机的人。

末代皇帝的皇宫简陋矮小，令人略觉失望。日本人几乎将其建在了城外的郊区，位置偏远得有些屈辱，更像是座监狱。

我们首先来到入口处的一个展馆，里面写有提要："从皇帝到公民。"里面收藏了有关溥仪不幸的一生的资料，包括照片及文件。穿过一个小庭院，便来到了一座两层高的小楼前，这曾是溥仪的私人住宅。一座十分平庸的小别墅，带有20世纪30年代花园城市气息：木质的楼梯，老式铁质的暖气，沉重的黄色帷帐简单地装饰着矮小的房间。接着我们又来到了其皇后婉容的房间，她生活十分不幸，发了疯，最终就这样死去。花叶式的吊灯洒下黄色的光，如同殡葬时的光线。

  小别墅旁边就是伪皇宫。这是一座方正的建筑，有金色琉璃瓦屋顶。屋内原封不动地保留着皇家宝座，在这里，溥仪接待了为数不多的访客以及其日本"主人"。引人注意的是，所有的窗户都被上了锁，就像监狱里的一样。屋内静寂无声，充满了尘封已久的味道，惨白的灯光照着铺满灰尘的物件，更突显了监狱的感觉。这些物件都属于这位悲情的末代皇帝。

珲春，经济发展的未来

乘坐火车从东北中部的长春到边境城市珲春，需要很长时间。过去，在这片土地上发生过惨烈的战争。这个位于中国、朝鲜和俄罗斯交界处的城市，注定要成为中国东北的战略基地之一。

1992年，吉林省政府设立了珲春边境经济合作区，俄罗斯、朝鲜、日本、韩国等国家立刻加入进来，借助各自的资源优势，在这儿做起了边境小额贸易。图们江流经图们市和珲春市，最后流入日本海，是一条与朝鲜接壤的边境界河。珲春作为图们江畔的一个边境城市，也具有重要的战略意义，图们—珲春进入了全球经济的版图，成为了朝鲜开启市场经济的关键因素。

目前的朝鲜仍然十分闭塞，不受任何资本主义的影响，但在中国与朝鲜的边境口岸，商品交易却十分火热，主要是朝鲜的农产品和中国的消费品，包括服装以及轻工产品的交易。

除了朝鲜人，俄罗斯人也活跃在中国边境上，他们成群结队，乘坐火车穿越西伯利亚来到中国。他们买下所有能买的东西，之后通过边境转售出去。在未来，东北地区丰富的资源将吸引更多西伯利亚人来这里寻找工作机会，尝试碰碰运气。

东北与北京不仅有距离的差距，更有文化上的不同。随着时间的流逝，这里显现出了很多之前不为人知的特性。中国现代化的过程还是为不同城市留下了施展个性的空间。在这冰封的大地上，伴随着经济发展的奇迹，即将迸发出一股强劲的力量。

海南，自由港的"天堂"

海南省的省会是海口市，意为"海的入口"。在20世纪90年代末迅速扩张的高大建筑的包围下，海口市尚存有古老的白色骑楼建筑，带有宽敞柱廊和雅致的凉亭，窗外的凉台上摆放着花卉装饰，随意而淡雅。

海南省是中国大陆最南端的省份，它正在势不可挡地迈向现代化，其自由开放程度令人非常惊讶。进入改革开放年代，海南逐步打造成一个自由港，这座岛屿变身成为现代化超级度假胜地。

每天都有港龙航空公司的飞机从香港飞抵这里，来度假的旅客大多是地道的中国人，但多了一个身份，即"亲爱的港澳同胞"，他们大多数是成功的商人。这些同胞们十分富有，有很多项目且信心十足，已经准备好投入到旅游业中，每个人都说着同样的话："我们将把海南打造成21世纪的'天堂'，超过夏威夷！"

自改革开放以来，海南就兴起了旅游业，从此以后，这里充满了热情，市场十分活跃，政府大力推进招商引资。在此之前，海南的落后是众所周知的，它曾是帝制时代的流放之地，被称作"天涯海角"。其实，海南岛的未来早已书写在其原生态的美景中，我非常幸运能够在21世纪初欣赏到它的美丽和它不可思议的蜕变。

以前，人们虽然过着简朴的生活，但能欣赏这里原始的美，以后会怎样？目前，仅在三亚就投入了巨资用于旅游项目的开发，不久的将来，这里就会变成一个"现代化的天堂"，拥有几十家酒店、高尔夫球场、豪华别墅、海上餐厅、免税店，还有大型国际机场。

离开交通拥挤和充满商贩嘈杂声的海口半小时后，我们的车挤入了一条通往三亚的公路，路两旁是泥泞的村庄和田野，满眼都是绿色且高大的热带植物。三亚位于海南岛的最南边，这里到处是香蕉园和芒果园，它们与深绿色的结满了果实的椰树林交相辉映。古色古香的村庄里，人们微微地笑着，蹲在椰树下叫卖着水果。穿过山丘，能看到田地像裙褶一样铺开来，四周满是撑着阔叶的棕榈树。大海闪烁着深深的蓝色，海岸边泛着墨绿色，好似新鲜的薄荷叶一般。

在这片清澈无瑕的大海的另一边，便是越南，乘船需要半天的时间可以到达北部湾。海南人的面部轮廓很特别：宽宽的鼻子，圆圆的眼睛，每个人都戴着草编帽子来遮挡阳光。他们在扁担的重压下一颠一颠地走着，骑在水牛背上的孩子们像是来自遥远的过去。白色的海滩无人踏足，满地都是贝壳。

海浪拍打在巨大的悬崖上，发出轰隆隆的声响。度假的人们穿着十分滑稽的衣服在海中游泳，还有一些更勇敢的人只穿了内裤，像原始人一样。他们尽情地在海边玩水，但是一旦太阳光过于强烈，人们就纷纷躲在五颜六色的阳伞下，这时连男人们都变得十分娇气，笨拙的样子着实令人发笑。

海南的地理位置非常重要，这里设有中国南海的边防哨所。它曾经被人们遗忘了一段时间，但现在正处于中美两国之间的激烈博弈中，它面对的是越南的海岸，再远是菲律宾的海岸，再远一些，是马来西亚和印度尼西亚的海岸。海南政府部门的管理范围还包括了南海的其他群岛、岛屿和珊瑚礁，海南岛时时刻刻面临着周边竞争对手的挑战。除此之外，在南海的中部，发现了迄今世界最大的石油储量。因此，我想，未来的海南，除了开展旅游业以外，军事战略地位也很重要。

西安，在祖先的王国里

我们从西安乘出租车出发，前往黄河岸边的一个偏僻的地区。中国人称黄河为"母亲河"，黄河是古老中华文明的发源地。我们先走了一条柏油路，穿过了一些村庄，最后的120公里是坑洼土路，我们用了6个小时才到达目的地。这是一个最近发现的考古遗址，该遗址距离陪同我们参观的博物馆工作人员住的村庄不远。

我们要在这里参观数小时才能返回西安城，因为是出租车，司机不想在这花费几个小时等待，自己先返回西安了。我们只好考虑在这里过夜，第二天早上再叫当地的出租车返回西安。那位博物馆工作人员很热心，邀请我们住到他家里。这是我第一次住在私人家里，还是在中国的农村，我很好奇，高兴地接受了邀请。

他的家在黄河边上，这里的地形很像意大利锡耶纳的土地，古老的丘陵，即将收割的金黄色麦田，茂密的灌木丛。我们从柏油路拐入一条土路，仿佛进入了一个梦幻般的地方，那里的一切都是黄色的：房屋完全是用土坯建造，外面糊上掺杂着稻草的泥巴，墙壁也是用黄土夯实，微风吹过，如同在一片巨大的黄色尘土中。

黄河，这条出现在我眼前的河流，几千年来润泽着中华大地。同时，这片广阔的土地也带来了很多惊喜。一代又一代的人们一直用自己勤劳的双手，用古老的农具在这块土地上耕种和收获。

登高之后，黄河展现出了它至高无上的壮阔之美。我们马上就可以感受到，它在表明它才是这里的主人。此时，它惬意地躺在一个大山谷的底部，周围的大自然被它千年的力量所驯服。在午后的阳光下，它像神一样发光。无论我的目光到达何处，它无处不在。看到这一幕，我心生崇敬之情，深知它对中国和中国人民的生活意味着什么。

我们接着向右，拐进了一条通向一个村庄的土路，来到了一个种植小麦和胡椒的高原地带。路仍是土路，很颠簸。离路边不远处仍是黄河，河面看着有几公里宽，对岸的丘陵地带与山西毗邻。

经过一阵颠簸之后，我们终于到达了一所院落前，里面有一排房子，全是土坯房。房子的主人——博物馆同事的父母，惊讶地欢迎我们，也许是因为没有事先通知我们的到来。他们家比较贫穷，以耕种小麦和红辣椒为生。他的父亲时常到黄河撒网捕鱼，但收效甚微。

村子里死了一个老人，他一生一直住在黄河边，只去过西安城一次。天快黑了，该下葬了，我们步行几分钟就到达了墓地。送行的队伍里有4位穿着白色孝服的壮汉，用两根大竹竿抬着一只沉重的木棺，其他人手里各自拿着一只红色的纸灯笼，里面燃烧着一支蜡烛。到达墓地后，他们将木棺放入事先挖好的土坑中，然后用泥土覆盖，堆成圆锥形的土丘，上面再放一块石头。家属穿着白色孝服，戴着黑色袖章，送葬的队伍排成了半圆形，长辈念完悲伤的悼词后，所有人向坟堆三鞠躬，然后熄灭蜡烛，各自离场。

前一段时间，我在北京参加了一场完全不同的葬礼，我们的司机梁先生的父亲在晚餐后突然去世。第二天早上，陆辛来酒店接我，告知我此事。父亲的去世似乎并没有引起梁先生的过分悲伤，因为他的父亲去世时年纪已经很大了，算是高寿。

在北京，如果是一位高级别的领导干部去世，那么他的告别仪式将安排在位于北京城西端的八宝山革命公墓，那里埋葬了许多著名的革命领袖的遗骸。

掩映在绿荫下的一排殡仪馆显得庄严肃穆，一场场告别仪式不断运转。逝者的亲戚和好友驾车或者乘坐小巴抵达。在仪式之前，先分发一张已故者的生平和照片，吊唁者在慰问簿上签名，并在外套的钮孔上别一朵白纸花。在指定的时间，吊唁者按照主持者的安排进入告别厅，逝者躺在花丛中，死者的大肖像挂在身后的墙上。逝者的亲属站成一排，扬声器播放着葬礼音乐。人们离开时，向逝者亲属亲切慰问，最后由穿制服的工作人员用车缓慢地将遗体推入另外的房间，当天或几天后，家属可以领走骨灰。

八宝山公墓不仅对英雄开放，也对普通市民开放。遗体火化后，骨灰罐和骨灰盒暂时保存在富有古代建筑特色的房子壁龛里，待家属找到合适的墓地后再找良辰入土为安。墓地的石碑上刻有逝者的名字和照片，出生和逝世的日期。

在西方，很少听说中国移民（包括在意大利的移民）死亡的消息。事实是，中国人有"落叶归根"的传统，不愿意葬在他乡，埋葬在他祖先所在的地方为宜。因此，当他确信自己患上了绝症，或者认为自己年纪很大了，他就希望能返回中国，等待生命的最后一刻。即便死在国外，他的后人也会按照他的遗嘱，将骨灰带回国内。

地下的宝藏和秘密

必须承认，我从考古学界和中国的博物馆学到了很多东西。2000年初，我在意大利策划了一个大型中国文物系列展览项目，文物展品从秦始皇统一中国到最后一个封建王朝清朝灭亡，这是一个跨越20多个世纪的中国文明大展。展览分4届，每两年1届，总共跨越8年时间，展出了500余件中国文物，展现中国2000多年的文明史。这样大型的中国文物双年展，在有着同样灿烂文明的意大利展出，辅以科学的方式对文物加以展示说明，是世界上前所未有的创举。很快，我的项目得到了中国国家文物局和中国文物交流中心的大力支持。

实际上，从接触这个项目到展览完美结束，这一场非凡的冒险持续了13年。这13年间，我有幸进入博物馆最隐秘的库房，寻找最著名的也是最重要的文物。从那时起，我再次深入研究这些巨大的考古遗产，特别是西安发现的著名的兵马俑坑——这里被认为是中国现代考古学的诞生地。

我一直追踪这个惊人发现的相关专业报道，它一次次让我兴奋不已。对仍在挖掘中的考古遗址的调查，为我提供了一个独特的机会，得以一窥那些尚未公之于众的发现。但更令我开心的是，我能有机会与中国博物馆的考古学家们和展览部门的策展人员一起工作，这让我有很大的收获。

了解中国的人都知道，中国的历史是从古代开始定期记录和书写的。到目前为止，几乎所有已知的考古发现都有着准确的历史证据。公元前206年，秦始皇逝世后复杂的墓葬布局，就被一个世纪后的历史学家司马迁写进了史册，并对它进行了详细描述。通过史书，我们已经知道了汉、隋、唐等朝代的墓葬制度，但3000多年前在塔里木盆地周边的西域地区建立的"草原文明"的信息，史书中描述甚少。

　　早在2002年，我刚开始接触文物展览时，新疆的考古人员已经发现了干尸，有男人、女人和孩子。从他们的服装和使用器具来看，他们是欧洲人或高加索人，或者更确切地说，是白种人。当时，乌鲁木齐的自治区博物馆正在建造新馆，这些珍贵且令人震惊的文物被保存在旧博物馆的一些房间里，暂时不对公众开放。更令人惊讶的是，在一些墓穴里，还发现了印有古希腊字母的丝绸织物。这表明，在青铜时代晚期，欧洲人已经来到这里。

　　在官方史料中没有相关的记载，甚至此前也从未有过相关科学研究。他们是游牧民族？牧羊人还是猎人？今天的沙漠地区在那时也许是郁郁葱葱的，那么，他们是定居部落还是游牧部落？从墓葬群看，他们生活似乎很稳定，不仅在这里顺利度过夏季，也可以适应漫长的寒冷冬季。他们的衣服、包裹尸体的毛毯，都是用羊毛编织的。他们穿着厚重的毛披风，头上戴着毡帽，腿上打着绑腿，许多考古发现证明他们死时仍保持坐姿。

　　我与考古学家和科学家们一起，从"外部证据"的角度进行"调查"，得出一个可能的结论：尸体被完美地木乃伊化——恰恰是因为在冬季死亡，被冷冻了几个月并且没有受到微生物的攻击，因此，它们被完好地保存了3000年。这也要归功于该地区的特殊气候条件——几乎没有雨水，非常干燥，同时有着良好的通风环境。

这是一个难解之谜，因为古代历史学家没有留下任何信息。神秘的氛围不仅环绕着这些人的起源，还环绕着他们的生活方式。棺木上有着明显的木制性别标志（分别标示男性和女性）。以此来看，他们可能是性别崇拜的部落。但现存资料中，在庞大的亚欧大陆上，没有任何地方有相关记载，也许这个部落很早就灭绝了。

一个谜团接着一个谜团，另一个"秘密"也仍然悬而未决，那就是在中国湖南马王堆发现的公元前2世纪的诸侯家族墓地。随着这里考古发掘的展开，一具经历了2000多年、仍然保存完好的女尸之谜传播开来。尸体不是干尸，没有木乃伊化，这具古尸保存得像刚刚去世的一样。尸体被浸泡在一种特殊液体中，所有组织都柔软有弹性。从薄如蝉翼的素纱衣到丝绸绣花外衣，大量漆木制品，华丽的锦缎，所有物品都保存完好。这是如何做到的呢？据研究，尸体和随葬品都密封在棺椁中，用木板和膏泥包裹着。浸泡尸体的神秘液体，至今没有分析出成分。死者年约50岁，可能是吃了香瓜引发消化不良导致猝死，因为解剖后发现其胃中留有许多香瓜子。

我们知道，中国历史上有一个伟大王国——楚国，位于中国中部，它所处的时代相当于意大利伊特鲁里亚文明时代，充满着许多富有传奇色彩的故事。1979年，在湖北的偏远地区，发现了一座带有多个墓室的巨大陵墓。考古学家们在那里发现了一种特殊的青铜器物——一套完整的编钟。音乐学家设法重现了那个遥远时代的音律和音乐。这座陵墓中发掘的成千上万的青铜和漆器，给我们提供了一个特殊的考古机会，让我们可以整理出一些前所未知的历史画面。事实证明，这一发现所展示的文明，比战国时期的发现要精彩得多。

我认为自己特别幸运，因为这些发现恰好与我们为大型文物展览所做的工作一致。中国的考古专家们正在重新绘制中国考古学的伟大宏图。中国现代化的博物馆系统，不仅对考古学，而且对整个国家文物的保护和发展，都给予了极大的促进。

考古学家们预测，迄今为止已经发掘出土的文物，只占据地下所埋藏的文物的十分之一。如果这个信息属实，那么，这意味着中国是当前世界上最大、最令人兴奋的考古之地。

已经发掘的明朝皇帝陵墓，是唯一一座已经开发的明陵地下宫殿，这里留下的丰富珍贵文物，甚至超过埃及图坦卡蒙陵墓的宝藏。不难想象，中国的地下世界现在是世界上最大的考古宝库。几个世纪以来，地面上许多文物被损毁，而在平行的地下世界里，有更多的文物得到完好保存。

天朝帝国的宝藏正等待着重见光明，等待着被发现，被研究，被欣赏。考古学与文明的见证有着密切的联系。当触摸明朝万历皇帝的金丝皇冠和饰有蓝色翠鸟羽毛的皇后凤冠时，不管你信不信，那种感觉非常神奇，几乎一切都静止了。

改革大势

新 年

　　新月如钩，皎洁清亮。天空一下子变得黑暗而深邃，夜幕降临了。我向位于北京城东的酒店走去，一路穿过满是嬉闹孩童的小巷，四下里鞭炮声不绝于耳。一只爆竹从离我几步之遥处擦过，发出嘶嘶的声响，孩子们赶紧躲回了大门后面。我向他们做了个手势，叫他们再点一个爆竹，不过要冲着月亮放。他们笑了起来，试着再放了一个。可惜这爆竹出师未捷，消失在了墙角的白菜堆上。孩子们又试了一次，但我已经转身离开。

　　狭窄的胡同汇入了一条宽阔热闹的大街，街边有一家肉店，店门口主妇们正挎着篮子排着队。半扇冻肉已经卸在了人行道上，冻得瑟瑟发抖的伙计们正拿着菜刀劈肉，如同劈着木头一样，一刀刀地将骨头剁得粉碎。

　　我抬起头，看到了远处火车站的尖顶。新月正挂在尖顶中间，霓虹灯恰在此刻亮起，勾勒出建筑的轮廓，看起来宛如一座圣堂。

　　已是除夕了，在这农历新年的前夜，要是有人盯着我看，我就会冲他喊一声："新年好！"人们冲着我笑笑，并致以我同样的问候，然后更卖力地蹬起后座上捆着各式各样袋子的自行车。天气异常寒冷，气氛却格外温暖。从他们兄弟般亲切的目光中，我能读出他们对我的怜悯。毕竟在这个神圣的节日前夜，他们看到的是个形单影只的孤独的外国人。

在一家不太干净的小饭馆门前，我有些犹豫地停下脚步。两个女人手里端着热气腾腾的大碗，邀请我进去坐坐。她们的大拇指伸进了汤里，却也毫不在意。这是一家人，可爱的孩子们穿着厚实鲜亮的丝绸棉袄。他们挤了挤，给我腾出空来。家里的老人肩上披着黑色的棉被，脸上带着一家之主的严肃表情，一个劲儿向我挥筷子，招呼我吃饺子。

在我看来，一切都显得格外安详宁静。欢快的鞭炮声不绝于耳，在天空中回响。我住的酒店灯火通明，为了让除夕夜显得更加隆重，酒店大概把所有房间的灯都打开了，空房间也不例外。大堂里气氛异常热烈，但我已经意兴阑珊。男服务生们穿着镶着金穗儿的紫红色酒店制服，在女服务生们兴致勃勃的注视下打打闹闹，开着无伤大雅的小玩笑。

我刚回到房间，电话铃就响了，是朋友陆辛邀请我一起吃中国的年夜饭。我跟他解释说，这对我来说不是个重要的节日，它只是一个寻常的日子罢了，他还是和妻子、女儿一起在家里过节比较好，我自己一个人呆着也很好，可以趁机写点东西。但他还是坚持要邀请我。

新建的北京国际饭店 28 楼旋转餐厅刚刚开业，不过那天晚上几乎空无一人。一位彬彬有礼的服务生招待了我们，我们打算找一张数字吉利的桌子。最后我们选了 9 号桌，这是个幸运的数字，过去只有皇帝才能使用。这种天真的迷信让我感到好笑，但陆辛告诉我说，中国人已经开始重视传统的信仰了。

"马上就到蛇年了，蛇年通常不太吉利。"他带着迷信的口吻说。

"为什么？"我问道，"那马上要过去的龙年吉利么？"

他摇了摇头，笑着说："也不完全。"

即将过去的1988年并不是平稳的一年。经济危机席卷全球，让人束手无策。

我还记得人们当时是多么期盼龙年，因为龙是力量和福气的象征。人们舞动着纸糊的或丝绸制成的长龙在大街上快乐地穿行，舞龙象征着吉祥。鼓楼上也环绕着一条黄色的巨龙。到了晚上，四周的灯都亮了起来，仿佛是一场祈福的仪式。

我吃着陆辛用筷子小心夹到我盘里的饺子，看着窗外灯火通明的庞大的北京城。新月变成了一滩金色，劈开沉闷的天空。烟花从四面八方升起，迸发出五彩缤纷的光芒。鞭炮声也响了起来，嘶嘶地交织在一起，好不热闹。

在那个寒冷的夜晚，北京人的幸福是真实的。那天晚上，他们忘记了日常生活中的烦恼。他们冲着"蛇"拼命放着鞭炮，据说是为驱散晦气，削弱"蛇"的巫术。鞭炮声一直持续到早晨。那天深夜，陆辛也消失了。我不是很记得，晚上他是睡在了酒店，还是骑着自行车回了家。

但不管怎样，在新年的早晨，我独自一人，轻松自在地消磨着时光。粤菜餐厅里一位客人也没有，只有两名女服务员在大厅角落的一张桌子旁打瞌睡。我点了平日常吃的那几样菜。天色变得灰暗起来。我把自己裹得严严实实，马上走出了酒店。一群孩子在酒店门口放鞭炮，两个闲汉偷偷地靠近我，低声问道："换钱么？"我开玩笑地比划了一个开枪的手势，然后笑着走开了。

街上的行人看上去都迷迷糊糊的，眼睛红肿，脸色苍白，估计昨晚没怎么睡觉吧，但他们还是要陪孩子去公园逛庙会。公园里人山人海，农民们在叫卖木制的小玩具，在临时搭建的小吃摊位里，可以品尝到新年的美食。公交车缓慢地向前移动，不停地按着喇叭，车里挤满了人。虽然拥挤，乘客们脸上却都带着笑意。

天安门广场上有很多老人在放风筝，这是一个十分宁静的下午。天空突然开始飘雪花了，就像一层轻盈的白色粉末落在行人和建筑物上。不一会儿，巨大的广场就变得空旷而庄严。

改革潮流势不可挡

在改革初期，中国出现了一种前所未有的新现象：城市的召唤——农业改革拖垮的贫困农民开始进行大规模的国内移民。他们的目标是大都市，是被电视宣传成好似天堂的地方。在"窘迫的农村危机"大环境下，他们怀着简单的幻想来到大都市寻找财富。在春节假期结束后，他们跳上火车，告别偏远的村庄。

而此时的火车站一片混乱：候车室，甚至车站广场和人行道都变成了公共宿舍。乌泱泱的乘客、大大小小的包裹、贩卖食品的小贩，大量人群在车站周围扎营滞留。这可不是少数人，而是一个与意大利总人口相当的庞大群体。北京增加了100多万的外来人口，上海有200万，广州有近300万。

那么，到底发生了什么？是什么促使如此多农民离开乡村涌向城市？这个明显的迹象意味着，经过了10年的短暂改革实验后，改革的潮流已经势不可挡。农民们的背井离乡，是一种社会现象，这种现象正在席卷整个广阔的中国。

第四部分

伟大复兴

中国梦

从1978年至1988年的这10年间,中国展开了大刀阔斧的改革。这一改革与以往的变革相比,不论从规模还是影响上来说,都可以称为巨变。不仅是中国社会,整个世界都不得不承认,中国所走的道路是正确的,而且是唯一可行的道路。

"经济特区",是在国内开设一个实验区,创造良好的投资环境,外商投资企业和国内传统企业在此竞争发展,破除官僚主义作风,从而建立了一种全新的机制。在中国,中国特色社会主义经济体制已经充分发挥作用并取得成果。

邓小平提出了"一国两制"的大胆方案,绝妙地解决了香港问题。两年后,位于珠江三角洲的澳门,在经历了葡萄牙500年的殖民统治后,也终于回归中国。"一国两制"的应用,吸引了大量外国资本,建立了合资企业。外国人投入资金和技术,中国合作伙伴提供土地和人员,并负责国内市场。

邓小平理论指引着中国从一个胜利走向另一个胜利,超越了国际专家的所有预测。经济的快速发展实现了邓小平的预言:中国在20世纪末将成为一个强大的现代化国家。当时,大多数人认为这是不可能的,但中国人,所有的中国人,甚至海外的华侨,都相信这个目标,并把自己投入其中。

中国在国际上日益活跃:加入世贸组织,举办北京奥运会、上海世博会……中国的国际影响力不断增强。尤其是中国获得了巨大的金融资源，发挥了世界经济大国的作用。

在经济和工业方面，日本开始衰弱，中国更倾向于与韩国、新加坡等进行对话，并扩大与第三世界的关系。中国多年来一直是第三世界的领导者，亚洲、非洲、拉丁美洲成为新的全球政治和经济项目的重要参与者。

中国重新获得了它在1839年前几个世纪的主导地位。1839年第一次鸦片战争爆发，中国陷入了穷困和不可阻挡的衰落。在此之前，中国不仅是马可·波罗描述的奇迹和伟大的国家，而且还是世界上多样化产品的生产国和拥有者：丝绸、瓷器、茶叶，这些都是欧洲欣赏并渴望垄断的宝贝。

"中国梦"，充满了强烈的乐观精神，是实现和平、繁荣、进步的总目标。毛泽东在1957年曾预言，下一个世纪是中国的世纪。这已经不再是预言。40多年的"中国特色社会主义改革"，不仅使中国进入了现代社会，还将推动中国步入未来时代。坚持以改革促发展，这是今天中国给世界的答案。

上海的飞速发展

随着中国民用航空局的改制，上海更快速地走上了国际舞台，国外游客不再必须经停北京而可以直飞上海。中国民用航空总局上海管理局率先改革，成立中国东方航空公司，之后又成立了第二家与东方航空公司竞争的公司，即上海航空公司。此后，这两家公司展开了对波音、空客公司最新机型以及繁忙航线的竞争。

从20世纪90年代末开始直到21世纪，上海都称得上是亚洲最国际化的城市之一，也是东方世界最具综合功能的城市。其潜力不仅仅体现在拥有2500万的居民，更在于其固有的丰富性：富足的资源以及对其人民幸福的珍视，整个城市充满活力。

上海超越东京需要多久？中国不是一片适宜下注和预测的地方。即使是最合乎逻辑的预言，最终也可能会被"中国式"思维"突破"。上海的繁荣引起了人们对东京地位的质疑。日本人意识到了这一点，于是，产业巨头开始将他们的工厂陆续开在黄浦江对岸的浦东新区。

浦东新区是上海的一个大"赌注"。早在20世纪20年代，国外的资本家就已将黄浦江东边的区域视为上海的"工业之肺"。但那片沼泽之地承受着巨大河床的压力，被视为只能用作煤炭和废铁的储存仓库。如今，浦东新区已然成为上海赢取"21世纪之战"胜利的利剑。浦东吸引了从日本到新加坡等亚洲国家的国际资本，他们与中国企业家建起了合资企业。

在浦东新区的工厂里，人们正在为中国的产品制造大潮做着准备，这些产品将很快进入国际市场。

商界有一句激动人心的话："在2000年前，将浦东发展成为另一个香港。"不到3年的时间里，两座大桥以及三条隧道建成，连接黄浦江两岸，之后又陆陆续续修建了其他水陆通道。在20世纪80年代初，那里曾是荒芜的沼泽、菜园以及破败的村庄，但几年后却成为了未来工业化发展的标杆。

之前，世界一直关注着深圳，这座位于香港对岸不同寻常的城市，这个经济特区被视为中国未来工业化发展的标志。如今一切都很明了：深圳在1997年香港回归后起到了更加重要的作用，未来其政治和经济地位将更加显著。另一方面，上海将担负起接力的重担，通过金融实现经济现代化。

上海日新月异，在人们的注视中一天天发展，甚至每隔一月，上海的天际线就会发生变化，即使是这里的常客也会找不到方向。当我满心欢喜地坐在旋转餐厅的餐桌旁，从上海新锦江大酒店的42楼旋转餐厅眺望，那望不到边的城市景观令人震撼。这里仍然留有几间红顶的西式房屋，使人想起旧时法国的建筑，亦或20世纪30年代至40年代间英国的乡村建筑，它们便是古老的"租界"，在绿色的花园和林荫道旁默然矗立。

尽管上海一直在追求现代化，但它仍然保留着故我的底色。上海的过去与现在拥有着同样的现代化特性，旧时外滩雄伟的建筑群已然代表了未来，虽然新世纪里更高的摩天大楼拔地而起，但外滩的老建筑如今依然矗立。

幸运的是，新修的外滩步行道融入了浪漫主义气息。旧水泥路被翻新为花岗岩大道，河边的围栏被扩建的高雅景观台取代，在路灯的映衬下散发出古老的气息，将上海的现代与旧时的唯美结合了起来。

河边的"大本钟"总在相同的时间响起与英国相同的钟声，浑浊的江河上，船只来来往往，一切如旧，却几乎再也见不到撑起来如蝙蝠翅膀的平底帆船。上海人仍然热衷于散步，如今更是有了来到河边眺望远方的理由——欣赏浦东的新建筑。和平饭店与东方明珠电视塔隔江相望，吸引着人们到此欣赏风景。

上海注定要继续发展，在接下来的一个世纪，它将成为一个拥有 5000 多万人口的大城市，覆盖周边的长江三角洲区域。

浦东的发展模式与深圳的模式截然不同。与深圳相比，上海要打造成国内及国际的金融中心，明确了其占据远东地区经济主导地位的定位，这对于中国来说并非遥不可及。

上海的周边地区共有 3 亿人口，这一地区的财富不仅在于其辉煌的工业化发展，亦或其将原材料转化为具有竞争力产品的能力，还在于其强大的农业基础及肥沃的土地。长江下游及三角洲地区，在文学作品里总是被描述为富饶之地。飞机降落前便可看到这片土地上精妙的杰作，流水环绕，房屋工整，街道交错，到处都是一派繁荣的景象。

如果将中国比作一条巨龙，那么上海是实至名归的"经济龙头"。虽经各种西方思想侵略或影响，但上海却依然是保持着中国特色、令西方称奇的现代化大都市。

向深圳学习

1997年7月1日零时,在湾仔码头,我看到了英国不列颠尼亚号,这是一艘皇家军舰,船上是威尔士亲王查尔斯和州长克里斯·帕特里斯,还有他的家人和前英国殖民地官员,所有的人都聚集在这里。九龙人头攒动,等待仪式开始,我从未见过在香港某一处聚集如此多人。香港人都在那里,经历着重返中国的历史性时刻,即中国恢复对香港行使主权。不列颠尼亚号撤除系泊设备,降下英国国旗,随后,同一根旗杆上升起中华人民共和国国旗,紧张的气氛被一片寂静的沉默压制了下来。几分钟的平静之后,一阵烟花炮竹声宣布香港殖民地已不复存在。这时,大批群众发出欢呼。

香港特别行政区保留了原有的资本主义制度和生活方式,50年不变。在这50年内,中国政府对资本主义制度的尊重是有保障的,在香港和澳门,世界上独一无二的将社会主义与资本主义民主相结合的实验正在进行。

过去,世界与中国的贸易往来都经过香港,看来这应该是一条必经之路。20世纪90年代初,很少有人注意到,香港的边界之外,一个新的城市正在诞生:深圳。

深圳,是中国内地第一个经济特区,一个巨大的自由港。在深圳这个中国经济奇迹的象征城市出现之后,10年内又诞生了许多其他特区，特别是上海黄浦江畔的浦东地区和中国华东沿海地区。

事实证明，如果没有严谨而有活力的社会制度，这种繁荣是不可能实现的。中国经济的非凡繁荣之所以成为可能，是因为它仍然是社会主义的。这是唯一的解释。

深圳摆脱了过去的偏见，这座城市在20世纪90年代初人口不足3万人，现在有1300万人。香港人也不再与深圳格格不入，他们可以乘火车半小时从深圳往返。九龙开往深圳的班车每15分钟一趟。当一列刚刚开走，另一列马上就会来。

在深圳，我们可以在富裕而自由的视野中，看到共产主义的确是有优势的。中国创造了一个比新加坡更势不可挡的市场经济之地。简而言之，就是中国人所说的中国特色社会主义市场经济。

深圳使中国有了"走出去"的伟大决心。站在聚光灯下，深圳人明白，要想成功就必须敢于挑战。中国在这里表示，要将一个贫穷的渔村，改造成仅次于加利福尼亚州硅谷的世界第二大技术中心，并实现全世界最完善的电子商务和无现金支付系统。

技术不是万能的，重要的是要有达到顶峰的意志，要有目标并能够实现它。深圳赋予自己这个角色，它一直是榜样和试验台。深圳处在一切的最前沿，因为它能够生产所需的一切，但认为它只是中国"工厂"那就错了。这里仍然保持着强大的农业实力，即每年种植两季稻，能够养活超过1亿的人口。

在深圳及其周边地区，以及香港，未来如何？答案正在揭晓。

四十年的成功

1979年5月1日前夕，我们在一列从北京开往120公里外的天津的火车上度过了整整一个下午。我作为5名意大利记者组成的代表团成员之一，前往天津采访。

我们在火车上吃了晚饭，窗户打不开，因为蒸汽机车的烟会进来。当我们到达时，广场上挤满了穿着蓝色或黑色帆布衣服的人们，他们的编织袋里装满了行李，包括食物，甚至还有活鸡。只有穿着花色衣服的孩子们，打破了人流的灰蓝单调。

想想那一幕，却仿佛已经过去了几个世纪，而这仅仅是40多年前的情景，却仿佛是遥远的中国往事。

今天，从北京南站每10分钟就有一列开往天津的高铁，全程35分钟左右，同时，每10分钟有一列列车从天津开往北京。在每小时350公里的速度下，很难区分两座城市的边界。

这片曾经被描述为"一片荒凉而忧郁"的大平原，现在，从高速铁路上望去，已经成为了绿树成荫的平原。平原上有多个巨大的住宅区，这些住宅区似乎使得京津一起形成了一个无边无际的大都市。这里注定会有更大的建筑群出现，但愿不会抹去这两座巨大城市间的郊区绿地。

在我看来，高铁是改革40多年来中国成功实现现代化的最显著的证明。它们雄辩地讲述着1979年那辆"烟雾"蒸汽机车与不断更新的车型之间发生了什么，不仅在技术上，而且在日益创新和前卫的设计上。

我想，可以说在当今时代，没有什么比高速列车、基础设施和火车站对国家形象的影响更大的了。北京南站（使用钢材堪比纽约帝国大厦）以及上海站，都是现代铁路网络化站点的范例，高速穿梭的火车证明了中国的技术实力。

到 2020 年，中国在铁路建设方面已经超越了所有国家，包括以时速 300 公里神话般的新干线为傲的日本。如今，中国铁道科学院的年轻工程师团队，已经研发出了时速 350 公里的"复兴号"，它是目前世界上最快的火车。该列车于 2017 年 6 月 26 日在京沪高铁上投入使用，4 个半小时行驶 1318 公里。

高铁不仅改变了旅客的生活，使他们能够快速、方便、安全和实惠地旅行，而且正在改变人们的生活习惯。随着工业化程度的提高，铁路穿越的农村地区也日益得到了发展。

在未来 10 年的计划中，中国高速铁路网要扩大一倍，这将使中国远超世界上任何一个国家，一个密集高铁网络将覆盖中国近 1000 万平方公里的辽阔领土。

中国鼓励与邻国合作建立高速铁路网，在"一带一路"建设中，将通过中亚国家、印度洋国家和波斯湾国家与欧洲快速连接，直至地中海。中国已经在帮助一些非洲国家发展和实现现代化。高速铁路的推广，将扩大中国在欧亚大陆和非洲大陆的影响力。

与 2008 年以来饱受全球经济和金融危机困扰的世界其他国家不同，中国正顺着风向、计划周密、目标明确地航行。随着改革的不断深入，中国工业化落后地位已经改善。

在新世纪的第二个十年伊始，世界已经被预言为"中国的世纪"，8 亿中国人已经脱贫，再加上另外 4.5 亿人已经越过贫困线，他们中的许多人现在可以看作是实现了社会主义小康。

经过40多年改革开放，中国贫困人口减少了70%，全部实现脱贫，这是任何一个国家都无法比拟的。

脱贫的同时，我们也关注到中国的宇宙飞船。一个像中国这样的大国，注定在航空航天领域要有巨大飞跃。

在航天计划开始之初，中国人可以选择两条路：一是购买美国的技术和产品；二是从零开始，依靠中国的科学家，自己制造电子零件和机械产品。中国选择了第二条道路，那条当时毛泽东指出的、如今仍然有效的路——"自力更生"。

中国起步虽晚，但会为未来空间计划赢得更多宝贵的经验。2003年10月15日，"神舟五号"飞船搭载航天员杨利伟发射升空，实现了中华民族的飞天愿望。

如今，发射火箭或飞船，在中国已经形成了规模，已经算是"家常便饭"了。中国的第一个空间站将于2022年建成，中国将成为第三个拥有自己的空间站的国家。

下一站，月球。2019年1月3日，"嫦娥四号"飞船搭载探月车在月球实现软着陆。这是一次史无前例的月球车探测，期间收集到的大量土壤样本带回到了地球上。中国还计划在2030年送第一个中国人去月球"散步"。这虽然比美国晚了半个世纪，但中国人一定可以依靠自己的力量和科技，来实现他们"征服"月球的计划。

中国在太空通讯领域也获得了世界第二的地位，仅次于美国。迄今为止，中国已经在太空发射了300颗卫星，其中200颗仍在轨道上，覆盖了地球60%的领土，使全球80%的人口受益。自2020年起，北斗卫星导航系统已全面覆盖整个地球。

迄今为止，中国已签署了上百项国际合作协议，其中30多个国家积极推进"一带一路"建设,在"新丝绸之路"沿线开辟了特色服务,提供技术支持。

更重要的是,我们不得不提到高速公路网的发展。20世纪90年代前,中国还没有高速公路。我记得1986年,我的朋友陆辛第一次来到意大利时,特雷维索和维琴察之间的一段穿过梅斯特雷的环形高速,给他留下了深刻的印象,尤其是路面基础设施、加油区和服务站。而当我们去贝鲁诺时,他被维托里奥维尼托上方的高架桥和白天照明的隧道所震撼!

30年来,中国走过了漫长的道路。如今,中国已成为世界上高速公路网建造公里数最长的国家,横跨并连接着整个国家。所有城市都连接在一起,从这些城市出发的高速公路支线还能到达小城镇。

而高速公路的建设并未止步于此,新的高速公路项目强调"综合交通"和"可持续发展"服务。中国将进一步促进国土资源集中利用、环境保护和节能减排,支持社会经济可持续发展。

中国高速公路正朝着"智能化"方向发展。智能高速公路项目拟引入互联网技术,通过信息交换与共享、数据融合与提取,取代传统高速公路机电系统与管理服务,实现监控、指挥的信息化与智能化应急、辅助决策流程等服务。

现代科技的广泛应用,使中国成为世界领先的国家。未来的发展趋势是引入车路通信技术,实现车、人、路、环境的协调。2017年12月20日,江西省第一条智能高速公路建成并试运营。江西宁定高速公路沿线分布有换乘站,实时监控交通状况;在隧道、高边坡、崎岖地形等重点地段设置监控系统,并对弯道车辆进行监控报警和自动除霜。这些功能有助于通过云计算、大数据、物联网、移动互联网等先进技术,打造智能高速公路生态系统。

2018年11月，中国首个5G高速公路项目在湖北省实施。这是首个能够主动检测道路异常状况，并通过车载导航仪及时发送即时报警信息的智能报警系统。在快速收费业务应用发展的新目标中，2019年6月，国家发改委会同交通运输部，提出了近期目标：2019年底，收费站ETC系统全覆盖，全部采用电子支付方式，不间断收取卡车通行费。

中国高速公路的科技创新，体现在结构和设备的细节上。例如，在那黔高速公路（川滇黔）上，一旦出项大雾，雾区诱导系统可将驾驶车辆引出高速雾区，这样既保证了安全，又避免了交通堵塞和中断。

在这40多年里，中国取得巨大进步的另一个领域是民航业。不仅是因为非凡的导航网络，也不仅是因为航空公司和飞机设备的多样性，而且还因为机场的数量激增，以及机场建筑的现代化和服务的整体效率提升。

在这一领域，我还可以回忆起20世纪70年代至80年代初的经历。当时，中国民航局每周仅有一班航班从巴黎往返北京，这趟航班由一架有中国国旗的波音707执飞，并在卡拉奇停留。而其他所有的国内航班都是苏联淘汰的老飞机，时速不超过600公里。

我记得，有一次夏天乘坐从北京飞往西安的航班，在飞机起飞后一刻钟，飞行员被迫掉头返回，因为飞机上的雷达坏了。然后，经过一个上午的等待，我看到两位技师用螺丝刀在修理，另外两位助手扶着木楼梯。这场面很令人不安，而当外面的热气使空调开始冒烟时，我们立刻从不安变得恐惧起来，强烈地感觉好像是一场大火在蔓延。空姐们在走廊里跑来跑去，催促乘客坐下，解释说那不是烟，而是空气的凝结物。

尴尬的中国之行已经一去不复返，如今，中国民航已连续14

年位居第二，仅次于美国。单就机场设施的现代化而言，它是第一位的，而且估计很快会取得民航业的全面第一。

中国民航对安全考量也非常周到，如果沿途天气不好，飞机不得出发。不管是等待几个小时还是航班取消，都必须安全第一。中国的机场不会像所谓的"非常文明的西方机场"那样疯狂。中国机场里，有序的餐馆、商店、酒吧以及免费分发的食物和毯子，是对航班延误造成的不适的补偿。

中国航空业的一颗最新明珠，是全新的北京第四座机场，它位于首都以南约50公里处，以其所在地区的名字命名为"大兴机场"。这座机场的建筑师兼设计师扎哈·哈迪德，是一名伊拉克人，居住在伦敦，于2016年去世，这个机场被英国《卫报》称为"新世界第七大奇迹"。它绝对是最大、最迷人、最具科技装备的一颗"行星"。

它占地4万英亩（相当于1.6亿平方米），据说，机场的中央主体包括附属结构和服务基础设施在内的总成本，超过4千亿元人民币。超级"冒险"的设计是，巨大的房顶没有支柱支撑，超过12800块特殊玻璃板构成了天花板，照明由自动电源控制。这座建筑配备了壮观的机器人系统，将方便行李"处理"工作，每年将有能力为数以亿计的乘客提供服务。

但是，除了对日益增长的民航服务需求做出必要的应对外，全国各地的机场都在努力应对商业运输，而最近一段时间，正是由于电子商务的迅速扩张，商业运输的供应量急需增加两倍。

商用航空运输未来将有无法想象的扩张，在过去两年里，由于新冠病毒的影响，中国人也加速了他们生活习惯的改变，购买任何产品，大多是通过手机进行。这项服务非常快速，很多货物在24小时内可以送达，航空运输自然成为一个很大的市场。

最后，我来谈一个在交通领域的新发现，那就是司机不再"酒驾"。如果你开车到餐厅，但不得不和朋友一起喝酒，当你决定回家时，为了避免吊销驾照，你只要打个电话，代驾司机几分钟后就会到来，把他的小电动车折叠放到你的后备箱，你把车钥匙给他，他会按照你的定位送你回家。你可以直接用手机支付，很方便。在行程中，他会收到另一个在附近的订单，在送完你之后，他将为另一位客户服务。说实话，客户太多了，简直应接不暇。

中国特色社会主义

中国共产党通过一个伟大的定义，引导中国的改革，那就是中国特色社会主义。自 1921 年成立以来，中国共产党一直具有将马克思主义思想中国化的特点。在"马列主义毛泽东思想邓小平理论"中，很快就可以看出社会主义学说，在中国意识形态中，得到了最复杂而协调性最为精妙的中国式发展，这一发展从某些方面来说，是"带有实验性的创新"。

来自欧洲的马克思主义，并不是作为一种教条来接受的，而是作为一种"科学"来进行研究，并在中国现实中不断蜕变和适应新的事物。毛泽东曾指出，要把马克思主义的普遍真理同中国的具体实际相结合。

马克思主义是在不同历史环境下都可以作为指导思想的理论，这是一条不容置疑的真理。它指引着对"事实真理"的探索，从理论走向实践。不断的实践又证明了，马克思主义在人类发展过程中随着不断变化的条件而不断发展。在我看来，中国特色社会主义，本身就是一门需要研究和解释的科学。

一切都可以追溯到中国近代史。中国共产党并未想过将中国推向 20 世纪的挑战——领导全球。但自 20 世纪 50 年代起，资本主义世界，包括帝国主义和殖民主义者，必须对将要出现的转折有远见认识。

1955年在印度尼西亚召开的万隆会议，是中国在长期内战与抗日战争之后的第一次隆重"登场"。把地缘政治世界划分为"三个世界"，是毛泽东提出的理论。中国领导着第三世界，目标是共同走向第二世界。这就是以社会主义为指引的20世纪中国的奋斗目标。但进入新世纪，中国的目标是努力让第三世界迎头赶上，迎来全新的世界。让落后世界共同提升，也是习近平所说的"人类命运共同体"的世界未来愿景。

在这一点上，人们不禁要问，中国"愿景"，是全世界朝着第一世界发展，那在中国，到底发生了什么？从本质上说，中国有着朝着目标全面进步的驱动力，将目标融入新技术所支持的经济合作体系中，而不是每个个体拥有独立的新技术。

中国，带着真正独创的政治"思想"，有时会遭到第一世界的批评和反驳，但中国已经用40多年的努力填补了差距。而这，靠的就是改革。

中国的"多样性"，在于它希望通过"中国化"的方式，来阐述各种学说。如果你仔细观察，中国共产党的建国领导层几乎完全来自有文化的家庭，有些人曾留学海外。与苏联领导人相比，中国的领导人是真正的知识分子，他们在20世纪20年代已经受过良好的教育，并已经准备好与西方文化相遇。马克思主义作为肥沃的养料，进入了他们的头脑和意识之中，并立即成为研究和补充中国文化的新鲜血液。与苏联不同的是，这种周期性的思想"纠正"的特点，是通过不断尝试，不让社会出现官僚化或僵化，进而寻求"中国式"的解决方案。

随着改革的开始，意识形态和社会试验积累的力量全部释放了出来。所谓"社会主义精神"，即是"中国特色社会主义"的良性产物。它积累了群众的胆识，使群众产生了力量。

与苏联不同，中国从未考虑过将其"精神"财富出口到其他地方。中国帮助其他国家，但按照"各执其事"的理念，实行不干涉政策。

从 3000 年前到现在，中国历史曲折而辉煌，漫长而振奋人心。最遥远的事件和最近发生的事件，以中国人的思想传承串联在一起，不断走向进化。自古以来，中国文化和思想的一脉相承，昭示着这个伟大国家的命运。

我们西方人必须摆脱这样一种观念，即认为中国是一个"外来体"。我们的文化以个人为中心，不接受不同文明之间的冲突——因为中国是不同的文明，拥有丰富的思想和机敏的智慧。对中国的政治制度吹毛求疵，实际上背离了西方的民主概念。

马克思主义不是一成不变的教条，而是一种灵活的社会学"干预工具"。也许，中华文明是迄今为止与西方霸权文明不同的唯一"另类"文明。中国的改革方案可以毫不怯懦地向我们西方人解释，中国发生了这种情况：社会主义已经在资本主义的商业活动中找到了自己的位置。

我认为，中国正在经历这样一个过程，"一带一路"成为交流沟通的一种工具。社会主义和资本主义都必然经历基因突变。然而，它们注定要共存，必须找到一个共同的基础——这就是人类的福利和安全。社会主义和资本主义之间的竞争，今天仍然在全球范围内公开进行。

我记得在 20 世纪 80 年代，中国的口号之一，是"社会主义市场经济"。对尽职尽责、才华横溢的中国人来说，这是真正的解放，他们立即释放了有目共睹的"创造力"。社会主义市场经济，是更广泛的"社会主义民主"奇迹之一，而"社会主义民主"，则是从社会主义中国中应运而生的。要理解这一切，你需要能够敏锐地感知，同时也要诚实地理解。这场伟大的冒险始于1949年，70年后的2019年，它以新的活力绽放。

我们不要从个人的角度来看待中国。让我们牢记，中国人民有一个共识，他们认为，为了国家的发展，一切付出都是非常有必要的。爱国主义，让中华民族取得了站起来的胜利。科技正在改变他们的习惯，但没有改变他们的文化价值观。在被广泛记载的几千年的历史长河中，古老的农业传统铸就了社会高度合作的价值。像中国这样大的民族，必然是认定集体的努力和成就。

我们需要理解，中国为什么维护社会主义价值观而不是个人价值观。从5000年前的历史来看，社会价值总体高于个人价值。例如，作为中华文明摇篮的长江和黄河，它们之间的领土称为"中原"，无数农民保卫这些土地免遭洪灾，他们的集体劳作为巩固中原国土做出了巨大的贡献。几千年来，中国人民以纪律和奉献精神为基础，始终坚持"共同利益"的概念。中国治水，还衍生了黄帝这一神话形象。耕地不是私有的，黄帝通过法律保证和平，个体能在集体中耕种和收获。中国的"集体文明"走到了今天，还要归功于孔子所传授的哲学思想，而且现在这已经成为中国人民DNA的一部分。

我们西方所理解的民主和自由的概念，在中国是不同的，中国强调社会和谐。这就好比每个人在服从和参与集体的"治水问题"上是平等的，且在治水成功后可享受到个体的平等福利。

人权并不是一个需要回避的禁忌。即使在那些声称重视人权的国家中，也有许多践踏人权、造成无辜受害者的案例。欧洲甚至有专门的法院来审判欧盟国家中侵犯人权的情况。没有人可以列出一份大家都认可的"人权"清单，同时，我们很难确定什么是权利，什么不是权利。可以说，不同文化的人，对人权的理解是不一样的，甚至有时是对立的。

中国在短短几十年的时间里，已经从封建社会过渡到现代社会。在经历了多年战争和自然灾害之后，中国人民的愿望是和平，像毛主席说的那样，吃饱穿暖，而后最重要的是过上和谐生活。

和谐是一个非常中国化的概念，它本身包含了一种美德。北京紫禁城除了是明清统治者的皇宫外，也是中国古代建筑中最具魅力的建筑，是追求完美的典范，最重要的大殿是太和殿，紧接着是保和殿、中和殿。实际上，整个宫殿是通过和谐的理念来追求完美。对我们来说，这是全新的概念，但对于中国人来说却再自然不过。

和谐贯穿始终，甚至是个政治目标。因此，当人们认识到和谐不仅在家庭生活中（比如和谐的夫妻关系，首先就是爱）的价值时，他们就能更好地理解中国。尤其是公民与公民之间的人际关系，以及公民与政治权力之间的和谐。例如，社会主义的核心价值观，富强、民主、文明、和谐、自由、平等和公正，等等，这些概念都是和谐地结合在一起，都是为了保证一个和谐的社会。集体遵守上述美德，可确保社会和平、政治共识、公民生活的和谐，这些都是共同繁荣、经济改善和确保所有人过上更美好生活的基础。

自古以来，中国人的价值观就与道德有关系，而且，这种关系是与生俱来的，源于常识，不能改变。孔子倡导的古代礼仪，就是一种旨在协调社会生活的价值体系。

自古以来，中国人遵循孔子的教诲，培养他们系统的社会价值观。这些价值观不是针对个人本身，而是针对社会的每一员。很显然，今天中国的价值观也来自中国人民的共同感受。

这个概念是：个人在集体中找到力量和机会，而不是在个人主义中去谋私利。2000多年来，中国一直是在这种个人与社会关系的愿景中成长起来的。这就是为什么大多数中国人，并不认为西方社会的个人主义价值观很重要。相反，他们认为西方社会的个人主义价值观具有破坏性，有时甚至危及公共秩序和集体和谐。

在中国人看来，如果"和谐社会"中的每个人都遵守规则，我们所说的"人权"就没有问题。如果每个人遵守人人平等的道德准则，就不会有"受迫害者"，也不会出现在"权力"之下的"被冒犯者"。

中国特色社会主义，与过去的社会制度相比，这是一个巨大的创新，它打破了旧的模式，并取得了丰富的成果。世界对中国的奇迹般的进步感到震惊。就目前而言，最重要的是经济上的奇迹。的确，市场的自由化已经变得举世瞩目，但与西方过时的旧规则相比，市场自由化也变得富有中国价值观和创新精神。虽然经济危机的影响仍在继续，自由主义国家和资本主义国家的政治机制已经陷入严重危机，但中国不仅表现出态势喜人的应对，而且游刃有余。中国的合作伙伴也愿意与其合作并尊重其多样性。

社会主义和资本主义不再是一成不变的对立范畴。我认为，从中国共产党在北京执政时起，这个世纪就成为了"中国世纪"。"人类命运共同体"的倡议，是一个值得全世界践行的理念。

"新丝绸之路"

丝绸之路，对于意大利人来说并不陌生。马可·波罗的神话从威尼斯开始流传，这个激发想象力和创造力的故事，伴随着我的孩童时期。

小时候，我越是研究和观察欧亚地图，就越意识到在古代，贸易是思想、哲学、信仰、科学知识等各方面交流的载体。在现代发达的科技的帮助下，我们怎能不考虑恢复这种交流精神？

长期以来，为了贸易和文明交流而维护和平的古老合作精神，被保留了下来。现在，中国已重新发现了这种注定要改变命运的巨大精神力量。"新丝绸之路"应运而生。

我所说的"新丝绸之路"，即"一带一路"倡议，是习近平于2013年在哈萨克斯坦进行国事访问时提出的，当时他还提到了有必要建立"人类命运共同体"。

从中国海到印度洋，从阿拉伯海到地中海、里海和黑海，"新丝绸之路"的愿景涉及一系列领域，包括陆地基础设施（铁路、公路、桥梁、港口、机场）、电信、互联网和人工智能、绿色能源，等等。在这些领域，中国都将与有关国家进行密切合作。

第一阶段取得了立竿见影的成果：随着希腊的加入，中国与中东欧国家"17+1"合作机制运行顺利；巴基斯坦的瓜达尔港的运营交由中方代管，等等。一些批判性思维的观察家认为，这是一个颇具争议的政治和经济不稳定因素。但中国有兴趣也有实力，为自身的稳定及当地经济的发展作出贡献。中国投入大量项目支持，应该只会产生积极的结果。

美国和俄罗斯，由于经济和战略原因直言不讳地反欧盟，而中国正相反，坚决支持欧盟并敦促将"一带一路"的成员国从乌克兰扩展到葡萄牙，从希腊扩展到斯堪的纳维亚半岛。

"一带一路"不仅限于陆路，还包括海上，正如你所想象的丝绸之路的经典路线。事实上，"新丝绸之路"应该加上"海上复兴"这个形容词。当然，这本身并不新鲜。"海上丝绸之路"，在中世纪由欧洲商人开辟，英勇的船员乘坐商船前往富庶的天朝，将很多商品运往波斯、印度和中国的港口进行交易。

马可·波罗在1271年踏上陆路，在1292年的回程中，他登上了一艘从今天中国的泉州驶向马六甲海峡的船只，经过松达群岛，到达印度，随后进入波斯湾，在霍尔木兹登陆，到达特雷比松达，然后从君士坦丁堡启航返回威尼斯。这条航线实际上就是"海上丝绸之路"。我们将加上"新"字，是因为这条线路是如今的中国在古代航海家往返中国的航线基础上规划的"新路"。1421年至1423年间，中国著名航海家郑和率领明朝舰队出海航行，永乐皇帝派遣船队向世界各国宣布他登上王位，并沿路送上珍贵礼物，以示友谊和权力。

现代的"丝绸之路"当然不是对那些旅行的历史纪念，而是亚洲各国之间需要通过一系列港口进行连接，以满足巨大的商业运输需求，同时也积累经济实力，以支持大型基础设施建设。除了技术现代化之外，中国在运输船舶，特别是巨型海运集装箱的造船方面，也处于世界领先地位。因此，由中国来引领规划亚洲、东非和地中海之间的主要贸易路线，是很自然的。从战略角度看，比雷埃夫斯港、巴塞罗那港、毕尔巴鄂港、鹿特丹港，当然还有巴勒莫港、热那亚港、拉文纳港、威尼斯港和特里雅斯特港，等等，都在其中。

在"丝绸之路"的不同路径中，除了上述提到的历史和现代路线之外，似乎还有一条非常特殊的路线，一条意想不到的路线，即"冰上丝绸之路"。这是一条主要连接海洋和北极圈的纽带。

"冰上丝绸之路"的第一次实验，于2018年9月5日从法国鲁昂开始。一艘名为"天恩"的中国货轮从那里出发，经北海、巴伦支海、卡拉海、拉普特夫海、东西伯利亚海、白令海峡、太平洋，经过33天旅程，抵达目的地符拉迪沃斯托克。现在，中国和俄罗斯正在努力使这条"道路"尽快投入使用，这次实验不仅证明了它的可行性，而且证明了它的经济性。与人们通常认为的不同，极地航线比穿越热带和赤道季风区的海洋线路更安全，也更少出现不可预见的天气情况。令人意想不到的是，世界最北部的冰海更安静，受气候条件变化影响较小。

我不禁回想起20世纪70年代的中国，从个人感受上来说，似乎已经过去了一个多世纪。但不论何时，中国始终坚持和平共处五项原则，不干涉别国。但中国始终被西方世界认为是封闭的，西方的视野继续被古老的偏见和世袭的不信任所破坏。历史自有它的过程，也有它的盲点。

今天的中国面临着新的挑战，但情况与过去一个多世纪以来中国经历的战争、侵略、掠夺等大不相同了。中国没有忘记过去，并学会了作为主角留在当今世界舞台。正是为了向历史致敬，如今的中国才将当时的中国与世界之间的友谊、交流和沟通工具——丝绸之路带到了今天，并发扬光大。

有什么比一条促进人们交流的路更好的路呢？这条理想的道

路不是为了侵略或统治，而是为了沟通、贸易以及信息、文化、宗教之间的交流。难道这就是"道"？在中国，"路"即"道"。"道"，是中国哲学的基础，通达在灵魂深处，帮助人类理解生命。中国被重新定位到了世界的中心，"一带一路"让中国之"道"走得更远更畅通。

一个新时代的承诺

到现在为止，中央政权的管理在加大力度反腐败之后显现了更加积极的效果，这表现在民众的共识和管理团队的凝聚力上。反腐败绝非易事，中共中央以果断的行动，恢复了管理秩序和党的严肃性，保证了社会主义市场经济的良性运行。社会主义市场经济，是真正"中国式"的市场经济，在其他地方无法模仿。"中国式"的管理体系，在防控新冠肺炎疫情方面发挥了巨大作用，它支撑了一个拥有14亿人口的国家，保住了经济地位。

"新丝绸之路"无疑是加速经济发展、提高人民生活水平的最有效工具之一。交通运输的加速，将缩短中欧之间客观存在的距离。

在遥远的过去，罗马人，尤其是中世纪的意大利人，将丝绸之路改造成连接两个世界的道路。如今，中国正在投资数十亿美元，主要用于发展业务并承担起"新丝绸之路"的建设。而另一方面，美国正花费更多的精力用于军备现代化和研究核武器，美国的做法只会给地球带来紧张的局势。

过去，美国和苏联进行过军备竞赛，以比拼它们各自的破坏力，并让世界面临核战争灾难的威胁。这就是所谓的"冷战"时期。当时的中国，从动荡之中缓和，进行了改革的尝试。目前的中国，已经摆脱了贫困，填饱了14亿人的肚子。

现在，中国已经成功抓住了全球一体化的发展机遇。"一带一路"不仅是欧亚经济的推动力，也是非洲、南美甚至北美的经济推动力。

如果中国的崛起伴随着军事扩张，那么的确可能会带来世界的困惑和恐惧，但除了在其主权范围内，中国没有兴趣使用武力。中国依靠的是经济和商业实力，而不是像当年美国人对待印第安人那样。

拥有伟大的文明是很有必要的，中国和古罗马之间的历史可以追溯到 2000 多年前。君士坦丁堡，这座东罗马帝国的历史名城，其地理位置非常重要，它可以拉近东西两个世界的距离。"新丝绸之路"也将经过君士坦丁堡——今天的伊斯坦布尔，它占据了重要的战略地位。中国对地中海的态度也很明显，认定它是未来世界和平与繁荣的重要参与者。

"新时代"，既满足了人民群众的希望和需要，又加强了社会和谐稳定。个人自由的小让步，换来了集体需求的大自由，归根到底，这是一种"中国式的民主"。中国和西方的区别在于，中国没有犹太教、基督教文明，有的是儒家、道家哲学文明。在这种文明中，个人是社会的一部分，个人服从集体是自古以来的思想，也同样蕴含着民主和自由。

中国永远不会成为美国或欧洲，尽管它不时通过各种改革来让自身适应全球化，但 DNA 是不同的。我认为，中国通过借鉴西方科技取得了经济上的成功，但它用的是另外一种"公式"来阐释它的"中国式民主"。这让几乎所有中国人都满意和同意，中国人为自己的国家和迄今所取得的成就感到自豪。

从 2008 年北京奥运会、2010 年上海世博会、2015 年高铁网络的铺开、2018 年超越美国的高速公路网，到 2019 年的北京大兴机场建成，中国的成就确实举世瞩目。如今，世界各地90％的手机都是中国制造，我想，不久，中国就会把人送上月球。而且，这应该不是唯一的地球外目标，中国考虑的远比我们想象的多。

我记得很清楚，在20世纪七八十年代，当我从中国返回时，我遇到的人问我为什么去中国，他们感到困惑，甚至有点嘲笑我。他们说中国人民很贫穷，所有人都穿着一样的衣服，骑着自行车，毫无改善的希望，他们没有护照，被"极权主义政权"压迫着，过着平庸的生活。我完全不感兴趣，甚至很不开心地听周围那些由于无知和偏见而产生的说辞。在向那些人打招呼时，我毫不掩饰地开玩笑说："中国就在附近！它很快就会到来，它会吞噬你头脑中的笑声。"

虽然并不是真正一瞬间那样的"很快"，但是在一次又一次的旅行中，我看到了"比赛"已经开始，并且真的"很快"。一切都在迅速地改变。如今，同样的人说，他们害怕中国的入侵，害怕强大到使美国人退缩的经济形势，对中国及其产品的扩张感到害怕，害怕他们穿得好，他们拥有护照，他们不再骑自行车了，他们可以不计成本地购买……

对于绝大多数这类人来说，中国的逆转是致命的危险。现在，中国人光获得健康已经不够了，最重要的是，他们有了护照，很多人作为游客来到了国外。他们乘坐着商务舱，住着五星级酒店（如果当地有的话），大批游客受到欢迎。正是中国人带来了他们的财富，他们在高档时尚品牌上享受无折扣的消费。从前的穷人每人只要花5元人民币就可以在餐厅吃午饭，每人5角人民币就可以买点儿零碎东西。而今天的富人就是那些昔日的穷人，中国人已经可以接受任何水平的消费。

第三个千年的中国人

为了遏制人口的爆炸式增长，中国从20世纪80年代开始，一直严格实行计划生育政策，也就是独生子女政策——一对夫妻只生一个孩子。独生子女政策，在一定程度上对经济繁荣起到了积极的作用。

最近的新冠肺炎疫情无疑对2020年的经济产生了负面影响，但中国仍然在2020年底正式消除了贫困。消除贫困意味着，中国消除了世界上人口最大国家的贫困，为世界解决了一个很大的社会问题。所有中国人，都有条件过上体面的生活，甚至部分过着奢侈的生活，大多数人生活在幸福之中，很大程度上实现自给自足，不再贫穷。国家通过各种规定和措施，对贫困人口予以救助，使他们有家可归，温饱和基本医疗得到了保障。

自2006年以来，中国一直是全球经济增长的头号引擎。中国政策科学研究会经济政策委员会副主任徐洪才表示，GDP的快速增长，代表着国家整体经济实力和社会财富的增加，也意味着人民生活水平的不断提高。他还表示，在复杂多变的外部环境下，内部改革发展的任务尤为艰巨。然而，人均GDP的持续增长，清楚地证明了中国经济的健康发展。

如果说GDP是中国政府密切关注的一个目标，那么国家安全和政治共识，则是确保社会和谐的一个最重要的目标。中国一直对"藏独""疆独""台独"分子不留余地，以此来守护疆域内所有百姓的安定生活。

中国人还有一个特点：在中国，尊重父母一直以来是一项美德，特别是当父母变老了，他们总是能得到尊重和善待。这一传统来自于儒家思想，对父母，尤其是对老人的尊重，是一种中国人自发的道德义务，称为"孝道"。如今，"孝道"还被赋予了法律的意义。《二十四孝》是引导最高尚情感的经典之一。2018年新修订的《老年人权益保障法》规定："与老年人分开居住的家庭成员，应当经常看望或者问候老年人。"这似乎是对中国公民私生活的"干涉"，而在我看来，这是一种更接近"文明"的东西。

40年前，甚至更早以前，你可以想象中国人其实是一个爱旅游的民族吗？即使交通极度不发达，即使是在我看来非常贫穷的人，他们也想到处去看看，他们愿意拖着孩子，或者把孩子扛在肩上，背负着装满食品的袋子和棉被，在简陋的旅社度过寒冷的夜晚……

提到中国人的旅行目的地，长城是其中非常重要的一处。毛泽东曾说："不到长城非好汉。"在某种程度上，长城包含了中国人民的精神本质，它是集体的伟大杰作，是人类有史以来构建和实现和平的伟大标志。

如今，国内外的中国游客，无论是在数量上还是在消费能力上都位居世界前列。去一趟长城，你就会明白。当你终于排队买好票，然后被猛推着肩膀"爬"进去后，长城消失了！只能看到密密麻麻的黑脑袋和五颜六色的衣服。

1977年春天，我第一次去八达岭长城时也是这般光景。游客们排队等候参观，他们的领队用嗞嗞作响的扩音器发出指示，许多人在起点集合，但随后他们爬上围墙就"消失"了。领队挥舞着旗帜，也慢慢淹没在人海中，带领着"黑色和蓝色的蚂蚁"（当时的中国人穿着多是蓝色或黑色），迷失在蜿蜒的石阶中。

当我从郊区回到北京城区，我惊愕地意识到，我忘了我的两台相机之一——柯尼卡相机，这是拍摄全景时不可或缺的大广角相机。

被遗忘在哪里？

我回忆起来，在爬长城时，我从我的双肩包里拿出徕卡相机，把柯尼卡放在了一边……不能再回去了，太阳已经落山，参观时间已经结束。我只能接受这个教训，翻译很遗憾地说："啊，先生，这真是灾难！"

第二天下午，当我参观完香山的庙宇回来时，我打开房门，在桌子上看到了"丢失"在长城上的柯尼卡，它旁边还摆着一张英文便条："亲爱的朋友，我们希望您不要忘记您的物品，或者，如果发生这种情况，请记得您把它们放在哪里了，这样我们可以找到并还给您。如果您忘记带它回家，那就太可惜了。"

我简直惊呆了。像这样的事情怎么会发生在这个地方？中国到底是一个怎样的国家，能给我一个如此有意义的"教训"呢？第二天，我告诉翻译发生了什么事，我问翻译为什么他们能找到我的相机，而且还知道相机是我的，然后还把它还给了我。他笑着面对我的天真和好奇，并解释说，一个农民在我放相机的地方找到了它，并把它送到了八达岭的警察局。很明显，这是一个外国人的相机，他们通过我在机场签发的海关申报单搜索到我，然后通过旅行社很快找到了我。

高兴吗？这个故事多年来一直是我的演讲中最受欢迎的故事之一，时至今日，我仍在想，如果是今天，我是否能把它找回来，因为，如今有不计其数的外国人也在长城上游览。

是的，对如今的中国人来说，旅行是宝贵的，时间也是宝贵的，一件被遗弃的贵重物品即使被交到当地的管理处，也未必能物归原主，这是可以理解的，因为如今的游客太多，信息量实在太大了。所以，我觉得自己很幸运，在诚实的年代，我的柯尼卡失而复得。而且，我还记得当时一个店主跑出商店，在人行道上追赶我，把我故意给的小费归还给我。我还记得，我走进一家小饭馆，服务员会自己挤在一起，把他们坐的桌子腾出来，给我放东西，并让我随意取餐。

那时的中国，尽管还很贫穷，但美德上的富有，使他们与众不同。这让我不可能不爱上中国。

蓝天和神秘病毒

这些年，中国的天空开始变蓝了。几年前，我还不相信，其实很长一段时间，我都在怀念20世纪70年代的蓝天，那时工业化的"伟大赛跑"还没有开始。

慢慢地，随着经济的繁荣，北京的蓝天开始变得灰蒙蒙，空气中还带有一种刺鼻的煤烟味道，必须等待春风，才能为天空打开蓝色。

改革必须付出代价，一种令人不快的代价就是污染。这是世界工业化阶段都经历过的，中国的污染，与西方经济繁荣时期的一些城市没有什么不同，当然也不比世界上的其他大都市少。想想看，在墨西哥城，能看到太阳就是一件惊喜。

现在，中国的情况正在发生巨大的变化。中国已经意识到了这个巨大的问题，并且，在城市已经禁止使用煤炭。几个世纪以来，煤炭一直是最广泛和最便宜的燃料，中国到处都有煤矿，特别是在西北地区，例如山西，那里有很多煤矿都是露天开采。

在当时的欧洲，人们尚不知道这种"可燃烧的石头"，这让马可·波罗感到震惊，他称这是一个奇迹。煤在高温下释放能量，把黏土烧制成瓷器，做成盘子、茶杯、水壶，如果没有煤炭，那么就不会有中国闻名于世的瓷器。

现在，中国越来越重视生态文明建设，对工业的能源浪费采取了特别严格的措施。创建美丽中国，成为城市行政管理的主要目标之一。

深圳已经率先完成了油改电项目，7万辆出租车和城市公交车都已电动化；在天津，这一比例超过50%；其次是北京、上海和成都。10年之内，中国所有城市的出租车和城市客车将实现电动化。卡车和重型运输车辆，已被禁止在城市地区使用，它们只能在某些夜间时段进入。城市附近的道路和高速公路均设有大型停车位，供重型车辆停车，直到主管人员签发过路许可证方可通行。

"美丽中国"，是中国梦的一部分，绿色环保和可持续发展，是其中很重要的内容。

"美丽中国"的梦想将在2035年实现。因此，未来15年，中国将致力于环境的彻底净化，无论是城市、乡村、森林、河流、山脉、海洋。这一决定是在中国共产党第十八次全国代表大会闭幕时投票通过并决定的，在第十九次全国代表大会又一次得到重申。中国将致力于保护自然资源，保护环境，推行"绿色政策"，不断减少煤炭消耗。

中国梦，不能以牺牲环境为代价。在经济发展的同时，必须采取有力措施保护自然。中国目前致力于防治污染，并将转变为发展"绿色经济"的典范，为基于"绿色思维"的市场研发创新技术，包括清洁能源生产、无污染回收和合理使用化学物质等。

这项任务是最艰巨的任务之一，但现在已经非常清楚和确定，我们正在通过反对过度和不负责任的消费来保护环境。对自己的未来和子孙后代负责的21世纪的中国，也希望在环境问题上成为领先者，这是一种新的现代的"社会主义意识"。在大力宣传和部署之下，目前城乡居民意识已经有所提高，中国的绿色提案也颇有成效，一些积极的成果已经通过蓝天显现了出来。

西方国家总是对中国的污染再三警告，就好像中国是洁净地球上的唯一病人一样。在 2010—2019 年的 10 年里，中国已经被世界持续不断发出警告。但西方国家却不愿意提供中国为解决污染问题所做努力的完整信息。甚至有迹象显示，华盛顿、伦敦和巴黎都非常担心，就好像中国首都已经陷入了地狱之中，再没有机会欣赏到美丽蓝天。西方世界没有任何关于中国人试图解决这一问题的新闻消息，不知道他们是不是想故意隐瞒一些信息。在务实的态度下，中国从一开始就平静地提供了所有消灭污染的有用的信息。

2019 年 3 月 9 日，联合国环境署在肯尼亚内罗毕发布《北京二十年大气污染治理历程与展望》，这是专家团队历时两年的工作成果。在过去的 20 年里，北京一直在与大气污染作斗争，我们现在确定地知道，与 1998 年相比，二氧化硫、二氧化氮和颗粒物 PM_{10} 的年平均浓度已显著下降。

今天，北京对世界主要发展中城市来说，是一个非常有益的榜样，联合国环境署也证实了这一点，这一联合国机构致力于通过在世界各地寻找良好做法的范例，来促进全球的可持续发展。根据这一报告，世界上没有其他城市取得了北京的成果。

减少污染的最有效措施包括控制燃煤锅炉、使用清洁民用燃料和工业生产的反污染治理。过去几年，北京的二氧化硫、无氮氧化物和 $PM_{2.5}$ 的年排放量大幅下降。最新数据显示，2018 年，北京空气质量达标天数为 227 天，比 2013 年多 51 天。

北京的天总是蓝色的？是的，还有白云。

其他城市也一样，全国性的反污染运动和建设一个更加绿色的"美丽中国"，是每个城市政府的首要任务。

中共十八大非常强调"生态文明"，并针对这一目标采取一系列必要的措施，包括强制措施。这些举措包括立法，设立监督机构，通过法律制度来保护环境，对地方政府实行问责制，危害环境将受到法律的制裁。另外，生态文明还体现在农业领域，包括惩治滥用土地、土壤污染等行为，还包括水资源的合理利用。

早在2005年，习近平在浙江担任省委书记时，就对生态非常重视，并提出了一个耐人寻味的重要观点："绿水青山就是金山银山。"这句话引起了很大的反响。8年后，作为国家主席，他在访问哈萨克斯坦时做了更进一步阐释。这是一个旨在引发中国生态转型的金句，它是"中国梦"的一部分，绿色可持续发展，被视为中国发展的目标。

令人遗憾的是，对中国来说，挑战并不仅限于蓝天白云或绿色环保。在新千年刚到来的2003年，一种可怕的威胁——SARS病毒完全不可预测地突然暴发。到了2020年，相隔17年后，中国再次遭遇新冠病毒。

当2003年中国的"非典"疫情蔓延严重时，我也赶到了北京。在此之前，我刚从中国回到意大利的家，离开中国前还完全不知道发生了什么，不到一周后，世界上就再也没有谈论其他事情的新闻了，新闻界普遍都偏向灾难性报道。我再也坐不住了，恨不得马上飞回北京。

尽管每天都有死亡病例，人们的这种恐惧不无合理，但过分危言耸听的语调，还是引起了我的怀疑。它不可能是人们所说的"流行病"，更不能说是"大流行"，因为它的死亡率远远低于流感。全世界每年有25万至50万人死于流感，其中意大利就有7000人！最终，世界卫生组织统计"非典"死亡人数为349人，确实，和流感相比，它并不是大事。此外，大多数死亡病例为患有呼吸系统疾病、肾脏疾病、糖尿病或心脏疾病的老年人。

我打电话给一位中国的记者朋友,她在《北京周报》工作,我曾与她在该杂志一个专栏上合作过。我问她中国人对病毒的普遍反应,特别是政府的反应。她说,北京市人民政府新闻办公室负责媒体及时、准确地报道相关信息,如果我可以去北京,向记者们解释如何用西方媒体的方式处理这种紧急情况,并参加他们打算组织的每日新闻发布会,会非常有帮助。我是一名新闻工作者,并且,我还对中国非常了解,因此,至少可以说,我的出席将是非常有用和受欢迎的。

我马上向意大利的卫生部咨询这种病毒感染的严重性和我应该采取的预防措施。相关人员向我解释说,使用口罩是最有效的防护措施,这种病毒不那么容易传染,因为它主要是通过唾液传播的,它并不像人们想象的那样"几乎在所有空气中传播"那么可怕。所以,要想染上"非典",必须与感染者密切接触,或用同一个勺子或筷子吃饭,或用同一只杯子喝水,或离他太近,病人唾液中的微小颗粒不小心落在对方的嘴唇上。最后,虽然说得多余,但要避免亲吻病人,尤其是亲在嘴上(欧洲人特别习惯亲吻礼和贴脸礼)。

我通知我的记者朋友,我将在两天后乘坐为数不多还开放的国际航班到达北京。此时,世界和中国之间几乎所有的航班都暂停了,外国人都回国了,除了那些必须留在大使馆的外交人员。合资企业停工,许多工厂关闭,贸易减少到最低限度,我就是在这样前所未有的情况下来到北京。

很多记者和摄像师在机场等我,我几乎是唯一的乘客。在从法兰克福起飞的那班飞机上,除了我,还有一些航空公司的技术人员,他们要接替即将返回德国的同事。他们给我戴上口罩,一路上,他们不停地用额温枪对着我的额头测量体温。

中国政府决定，在一周内在北京主城区以外的地方，建造一所容纳 1000 张病床的医院：所有疑似病人都将通过专车或飞机从中国各地送到这里治疗。这是一个伟大的壮举，一个真正的奇迹，没有人相信，仅在 7 天之内，一所拥有 1000 张病床的医院会平地建起。整个 5 月，我参加了各种会议：疫情通报会、记者招待会、电视采访以及与医生、制药公司代表、政届人士的会晤，但最重要的是，参与起草与世界卫生组织代表商定的对外新闻稿。到月底，当病例减少到每天几十例，死亡率不到 2% 时，世卫组织于 2003 年 6 月 4 日正式宣布结束紧急状态，并因此宣布"非典"疫情结束，尽管在疫情最严重地区还应保持高度的监测。在整个战"疫"期间，北京禁止出入，首都被军队包围，所有道路都被封锁。事实上，郊区和周边农村没有受到感染。

在 6 月 4 日新闻宣布了成功战胜"非典"的消息后，检查站被撤除，我们组织了一次出城旅行。我们租了十几辆大巴，中国记者和外国记者们一起，前往北京郊区门头沟，在村民们仍带有些疑虑的目光注视下，我们愉快地参加了樱桃采摘活动，但村民们还是保持着谨慎的距离。

2020 年 1 月，历史再次重演。就像晴空中的一颗炸弹，就在农历新年前夕，我在北京进行了一系列采访，正享受着弥漫在北京空气中的节日气氛，欣赏高挂的大红灯笼和春联窗花。陆辛希望我再多停留几天，我们可以去武汉一天，去湖北博物馆看望我们的老朋友，他们最近举办了一个有趣的展览，一直在邀请我们随时相聚。虽然我有一张可改签的机票，但我还是决定在 1 月 19 日这个星期天返回意大利。前一周的会议和采访日程安排得很满，也很隆重，让我稍有点紧张，我只在星期六抽空逛了几家书店，所以，我想星期天晚上回到家里吃晚饭，睡上一个好觉。

而此时的武汉，一种新的类似于"非典"的未知病毒暴发了。这种病毒被称为"新型冠状病毒"，当时没有疫苗可以对抗它。2003年发生的事情再次重演，媒体恢复了它的焦虑。

中国政府虽然被西方媒体指责拖延时间和缺乏透明度，但中国确实是果断地进行了干预。不仅封锁了拥有1200万居民的武汉，甚至还包括周边地区。

全世界媒体似乎都联合起来，强调所谓的政府疏漏，缺乏透明度，以及被称为"反民主"的激进决定。

尽管西方国家宣称，自己已经准备好面对在中国肆虐的病毒，但当病毒在欧洲暴发时，他们发现自己"完全没有准备好"。

意大利的第一个感染者似乎是来自巴伐利亚州慕尼黑的一位德国企业家，他来到伦巴第，将病毒传染给了他去见的一个客户，从而开启了意大利的疫情。几天之内，伦巴第地区就变得很可悲，成为了意大利首轮疫情的发生之地，并迅速传播到邻近的维尼托等地区，然后迅速蔓延到整个亚平宁半岛，意大利疫情跃居到了中国之后的第二位。还有韩国和伊朗，在接下来的几周里，其他欧洲国家和美国也紧随其后。

在这里，我不得不提到，美国疾病控制中心主任罗伯特·雷德菲尔德在华盛顿对众议院说，美国流感从2020年8月份开始，已经造成3400万人感染，2万人死亡，可能实际上是被"新冠"感染的结果。到2020年秋季结束时，美国是疫情最严重的国家之一，截至2021年1月底，美国因疫情死亡人数超过40万。我们不得不引发对病毒起源的思考，美国？

在意大利，经过数周的"摇摆"后，鉴于病毒的迅速传播，特别是在北部地区，政府决定采用"武汉模式"。中国实际上已经找到了可供借鉴的方法：在等待疫苗研发的同时，喝些抗病毒药来防病治病，并通过关闭公共场所和让人们宅在家中，以此来切断病毒的传播。

对于中国人来说，服从命令取得了迅速而有效的成果。在意大利，尽管面临着政治和行政权力之间存在不同意见的"摇摆"，但在犹豫不决的第三个星期，最终政府实施了封锁。

就我们而言，我坚信我们必须从这件事中学到点什么。举个好笑的例子，政客们忙着修建隔离墙甚至铁丝网阻隔和"区别对待"难民，企图使自己和难民隔绝起来，然而，意外和未知的病毒足以立即给政客们一个下马威。

我认为，这是一个集体和个人反思的好机会，对东方和西方的每个人都有用。每个人总是可以从自己和他人的不幸中学到一些东西，在全球化时代，这是每个人的不幸，没有障碍，没有国界。

同时，新冠病毒传到了非洲。中国对非洲实行了医疗援助。到2020年6月，在中非团结抗疫特别峰会上，中国承诺向50多个非洲国家派出医疗队，送去8000万只口罩、3000万个试剂盒、1万个呼吸器、数千张床。中国还重申，将在两年内为受影响最严重的发展中国家拨款20亿美元，并承诺将对非洲优先提供中国疫苗。

美国无法接受这样一个事实：10年来，中国与非洲国家的贸易伙伴关系已经超过美国，在进出口额上均位居第一。2013年至2018年，中非贸易额增长了10倍以上，总价值1860亿美元。来自中国的1.2万家企业在非洲设点，这不仅证明了"中国制造"的力量，也证明了"非洲制造"开始面向全球市场。

家门口的挑衅

没有一个国家像中国一样，为了捍卫自己的领土完整而进行如此艰苦和漫长的斗争。侵略、占领、掠夺的漫长历史，始于1839年的第一次鸦片战争，当时英国想要强行进行可耻的鸦片贸易，并为征服清朝创造条件。由此产生的一切，都使中国遭受了巨大痛苦。一个多世纪以来，一批批仁人志士起来反对西方压迫者，革命并建设新的国家，成为了他们共同的志愿。

在这种戏剧性的背景下，领土必是一个大问题。1997年，香港从英国殖民统治下回归中国，1999年，澳门从葡萄牙殖民统治下被收回。历史遗留的领土事务，在今天，仍然是非常敏感的话题，台湾问题也许是所有问题中最敏感的。

从我还是个孩子时起，我就对欧亚大陆的地理产生了特别的兴趣，当我最终选择了亚洲作为我的论文研究主题后，这种激情在我的整个大学生涯得到了更大的发展。事实上，我的注意力集中到了中国。地理研究自然会导致人们对某个国家（即使不是一个大陆）发生的历史事件进行研究和理解，这些历史事件总是与该领土的形态、居住在该领土上的人民的文化密切相关，但首先与经济状况密切相关。

中国，对我来说，是了解东亚的关键国家，除了亚洲大陆的整体地图之外，我还单独搜索了中国的地理地图，这样我就可以更详细地了解帝国时代的中国。欧洲和美国的地图明显地表达了殖民主义语言，但这也正好说明了它们在亚洲，特别是在中国的殖民控制中有着共同的利益。今天，当时的地图揭示了它们关于领土归属的宝贵证据。国与国之间的边界追溯，可以看到侵略和领土吞并。

从18世纪到19世纪，亚洲的地图可以说是令人兴奋的，因为我可以从中了解中国。这是一个被西方视为世界上最大、最富有的帝国。毫无疑问，至少到1839年为止，中国是自古以来世界上第一个经济强国，一个从罗马时代开始的"文明和财富帝国"。今天，我们必须对这一历史现实有一个交代，否则我们就无法理解欧洲人往来东方的无数次旅程，我们也不能了解欧洲人对东方信仰和文化执着的决心（正如我们在本书开头提到的马可·波罗）。从当时的西方地图上我们可以看到，帝国时代的中国比今天还要地域广泛，西藏和新疆属于中国。这是绝对不可否认的。我今天要说的是，西藏和新疆这两个地区，主要是一些西方国家政府强烈在支持独立，其中最大的祸首就是美国。

不明白为什么，直到1949年，在西方国家的亚洲地图上，西藏还是中国的一个地区，而在新中国成立后，西藏就被判定为"被中国军队占领"？在1949年以前，在西方出版的所有地理文献和各种百科全书中，西藏都被视为是属于中国领土的一部分。我手头有1934年在米兰出版的、由意大利旅游俱乐部编写的权威国际地图集。根据这本地图集，当时整个中国的领土范围比今天的中国要多100多万平方公里！

而且，即使在今天，中国台湾地区出版的地图也将西藏视为中华人民共和国的一个地区，这显而易见。1949年之后的政治分歧并不能将青藏高原从中国分离出去。在此之前，西藏是中国不可分割的一部分，之后也毋庸置疑。地图无可争辩地证明了历史，也将证实美国的挑拨离间终将失败。

　　在国际法层面上，"独立"没有价值，事实上，没有任何人承认所谓的"自由西藏"，无论是国际社会和下一届联合国都不会承认，任何其他国家也都不会承认。

互联网的"奇迹"

互联网时代,"技术革命"是最显著的证明,中国在这方面投入了大量资金。

这一切都始于 1987 年,当时一封来自北京的电子邮件经由意大利传到德国卡尔鲁厄大学。它包含了一个简短的信息:"穿过长城,我们可以到达世界的每一个角落。"这是中国第一次通过 TCP 协议向世界发送的电子信息,TCP/IP 协议是最基本的网络通信协议。

如今,在互联网基础上发展起来的数字经济,已被列入中国政府年度工作报告,被视为推动中国经济增长的新动力。中国数字经济在 2019 年超过了 23 万亿元人民币,占中国 GDP 的 30%,创造了近 300 万个就业机会。根据中国互联网行业的领军人物、《指尖上的中国》一书的作者马化腾先生提供的数据表明,互联网已经渗透到中国社会和生活的方方面面。

媒体最早感受到了互联网的影响,移动服务使客户能够随时随地在线访问,无论是在信息、表演、音乐领域,还是在简单的百科全书咨询领域。文章和音视频能够很快地发布到网站、应用程序和社交媒体平台。

据数据统计,2016 年,在线新闻、音乐和视频的用户总数分别为 6.14 亿、5.03 亿和 5.45 亿。互联网公司在中国各地都非常积极地制作自己的内容，促进用户创建支付模式，捍卫版权，抵制盗版。视频产业从2010年的31.4亿元增长到2015年的401亿元。近年来，随着各省区城乡范围的扩大，音像材料和游戏的生产发展惊人。

除此之外，互联网改变了中国消费者使用金融服务的方式：从网上支付开始。中国的网上支付现状超出所有人的想象力，人们甚至可以用手机做慈善：通过腾讯慈善平台进行数字慈善，让需要帮助的人与愿意通过移动设备帮助他人的人建立连接。

在新年庆祝活动期间，微信从2014年开始推出了著名的"红包"功能，人们可以用微信发红包表示祝福。

互联网也改变了中国人的出行方式，包括预订出租车、机票、酒店，当然还有任何餐厅。中国各地也出现了共享单车，这是一种支持低碳和环保的交通工具，对城市里的短途出行非常有用。

另一个正在互联网上迅速发展的是公共服务。从中央部委到地方政府，公共服务机构通过微信平台为用户提供不同类型的服务，包括社保申请、交通罚款、就医，等等。在湖南长沙，长沙12333公共服务平台通过微信发行社保卡，激活后可用于控制余额、支付、申领失业救济金和结算医院账单。

过去40年的成功，证明了在集体幸福的增长中，人民生活水平得到明显和无可争辩的持续改善，集体福利、公共服务、健康水平，都在不断提高。

在中国人的日常生活中，无论在城市还是农村，在森林或沙漠中，在家里、在办公室或在路上，互联网是多么重要，在他们的日常生活中多么不可或缺。

高科技"中国制造"

中国在与美国的竞争中，朝着世界技术领先的目标迈进，而且，中国的进步很快显示出超越美国的可能性。

每年都有 400 万工学、数学和物理专业的中国应届毕业生，立志为中国成为世界第一高科技强国做出贡献。像拼多多、美团、奇虎 360 等，中国科技产业巨头早已在国际上享有盛誉，全球 20 家最大的高科技公司，一半在中国。

中国的竞争也是真实的，政府大力支持人工智能产业。"互联网＋"行动计划的目标，是发展数字经济，旨在推动中国传统产业与移动互联网深度融合，融合创新和包容性发展。发展数字经济的想法，已在政界获得广泛共识，数字经济被视为推动中国经济增长的重要杠杆。

"互联网＋"是一种手段，共享经济是实现发达数字经济预期效果的过程。当然，"互联网＋"仍在进行中，数字经济是一个快速发展的过程，而不是最终结果。预订出租车、送餐和网上购物等项目本身虽小，但如果多种项目一起提供了巨大的市场机会，那就会有非常可观的规模。无论是网络云还是人工智能，都需要依赖大数据，而这无疑是"中国制造"技术发展的方向。

如今，移动互联网与传统产业融合，每个公司都将需要大数据业务、云计算和人工智能。"互联网＋"正悄然为下一次工业革命奠定基础，中国作为主角坐在前排。

从历史上看，中国既没有参与蒸汽机发明的第一次工业革命，也没有参与第二次电力扩张的工业革命，但中国成功参与了由新技术带来的第三次革命，即数字革命。

事实上，"互联网+"已经完全应用于服务业，这些行业创造了许多其他商业活动，使中国成为世界第一的在线市场。"智能"服务的指数级增长，使各级政府能够更有效地将公共服务扩展到社会生活中。一个新的时代正在到来，事实上，它已经在令人目眩的高科技运动中改变了世界。

最近，在美国计算机界有一种担忧：中国再次站在美国主导的科技之路的十字路口上。在中国领先多年后，美国凭借超级计算机"峰会"重回第一位，但中国正在紧锣密鼓地紧跟其后。在2017年科罗拉多州丹佛超级计算大会上，中国的领先地位又一次得到了认证。

连续4年，中国的超级计算机"神威太湖之光"，以几乎3倍于原冠军的速度获得冠军。需要指出的是，这是中国超级计算机第十次脱颖而出。同样是中国人研制的"天河二号"，连续4年获得第二名。在世界前500台超级计算机中，中国超过了美国，以总数202台排在第一位。

"超级计算机"的定义，适用于由数千个处理器组成的计算机系统，这些处理器允许高速处理和大容量存储。10年前，"天河一号"获得了"世界上最快的超级计算机"的称号。2016年，中国以168台超越美国，凭借超级计算机数量，在"500强"榜单中获得"世界第一"的称号，这一称号至今仍保持着，而且由于在最尖端技术领域的不断进步，中国很难被打破。

在不久的将来，今天或明天，拥有超高速5G网络、并首先将其商业化的人，将能够取得划时代的竞争优势。因此，中美争端的实质就在于此。这场竞争，目前中国获胜。中国拥有35万个5G基站，是美国的10倍。

对中国而言，竞争5G被视为首要目标，因为超高速网络与人工智能紧密相连，计算速度将超过任何范围。这将从根本上改变智能手机的使用，这是我们无法想象的。这就是为什么中国把5G的目标放在第一位的原因。中国已经接近甚至超越美国，但中国的目标是成为"世界市场"，而这必须在高科技的应用下才能实现。今天的目标是速度，尽可能多地连接设备，能够拥有一个超高速的互联网。自动驾驶车辆，几秒钟内下载一整部高清电影，远程机器人技术，人脸识别，等等，都将成为这个时代的表象。

在一线的中国公司中，最著名的有"华为"。这家无线服务巨头，由天才任正非成立于1987年的深圳。华为对5G进行了深入的研究，在国际上正迅速占领一席之地：华为已经向60多个国家发送了1万多个基站。

2020年7月中旬，在美国不断加大威胁之后，英国首相约翰逊强制取消与华为的所有现有合同，停用已经在英国安装的网络，并下令彻底禁止"中国"5G。虽然这对英国人来说一点都不好，他们会舍弃数十亿英镑换取更小、更慢的手机服务，但约翰逊对美国的顺从，已经变成了对中国的极大怨恨和明显的损害。自英国脱欧以来，这座岛屿的真正主人不再是欧洲人。

根据世界知识产权组织的数据，华为是世界上拥有最多专利的公司。可以从5G竞争中将其除名吗？米兰理工大学电信工程学教授安东尼奥·卡彭教授说："要让这家公司脱离网络世界，而市场上只有其他参与者，这是不可能的。我们将面临普遍的短缺，因为生产商的数量很少，而要淘汰产量占据三分之二的生产商（目前也是投资能力最强的生产商），这是很难想象的。"

译后记
期待马达罗的第 217 次中国之行

我在北京大学学习西班牙语时，总希望有更好的语言环境。当时我想，如果能结识一位来自西班牙语国家的朋友，不仅可以提高我的西班牙语水平，我们还可以互相学习对方的语言，没准儿能有机会到对方的国家旅行，体验不同国度的历史文化、风土人情，那该有多好啊。

没想到我毕业以后，在工作中还真交上了一位来自欧洲的朋友，不过，他不是西班牙人，也不是拉丁美洲人，而是一位地道的意大利人，来自马可·波罗的家乡。

我们最早的接触是从起名字开始的，他让我给他起一个中国名字。西班牙语和意大利语同属于拉丁语系，这对我来说并不难，稍加思考，一个和意大利语发音接近又朗朗上口的中国名字就有了——马达罗，他非常满意。

阿德里亚诺·马达罗，是著名的意大利记者、汉学家，出生于奥德尔佐。奥德尔佐是一座古城，位于威尼斯以北 50 公里处，在古罗马时期，曾是一个与庞贝齐名的繁华城市。公元 5 世纪，为躲避战乱，这里的市民逃往威尼斯岛并在那里定居，建立了后来的威尼斯共和国。

马达罗是一个行者。一个个传奇的故事，216 次到访中国的经历，串联起马达罗的非凡人生。

5 岁时，母亲送给马达罗一本《马可·波罗游记》，他被书中描写的东方大国的文明历史深深吸引，梦想着有一天能够骑着自行车长途跋涉到达这个神秘的国家——中国。

从小学到中学，他热衷于地图上的旅行，通过从报刊亭、流动售书车购买书报杂志，以及从中国驻瑞士大使馆，获取一切关于中国的消息。他用有限的图文资讯，在想象中神游这个遥不可及的国度。虽身不能至，但心向往之。

大学期间，他游历了巴基斯坦、科威特、伊朗、伊拉克、沙特阿拉伯、卡塔尔和印度等国家。毕业之后，他又前往蒙古、朝鲜、韩国、日本、俄罗斯、美国等国家。他在大学所学的国际政治关系专业，使得他的旅行不再是普通意义上的人文风光之游，而是通过体验式的实地考察，构建了放眼天下的世界观。

无论如何，中国，永远是马达罗魂牵梦绕的圣地。终于，经过各种努力，他如愿获得前往中国采访的签证。1976 年 4 月 29 日晚 8 时，他乘坐中国航空公司的飞机经巴黎、卡拉奇，从新疆入境到达北京首都机场。从此，马达罗开始了他传奇般的中国之旅，截至 2020 年 1 月，在长达 45 年又 6 个月的时间里，他往返中国多达 216 次，平均每 2 个多月来一趟。南至海南岛，北至黑龙江，东至上海，西至拉萨，他的行程几乎触达了整个中国。他用一次次的实地探访，去印证多年前想象里的中国景象。

马达罗是一名记者。相机和采访本从不离身，他以职业的敏锐和超燃的热情，记录和报道他在中国所看到的一切。

从中意建交后第一个中国访问意大利代表团的官方活动，到中国城市乡村、街头巷尾的百姓日常。自1976年至2008年，他拍摄了中国各地的彩色照片35000多张和大量的录像带，留存了几代中国人的集体记忆，见证了改革开放带给中国社会的巨大变化。

他数次走访新疆，从边卡哨所到农牧人家，从都市广场到戈壁绿洲，从厂矿企业到科研院所；他走进农场，体验采摘棉花，考察滴灌技术和沙漠治理；他深入少数民族家庭，和他们一起唱歌、跳舞。他用客观、真实、生动的影像和文字，报道了亲眼所见、亲身所感的新疆人民和平幸福的生活。

马达罗是一位学者。 他的书房中有专门的书架，收藏有3000多册关于中国的图书，内容涉及诸多领域，这些都是他每次从中国返回时，一本一本带回去积攒起来的。和他过去几十年间通过各种渠道搜集的资讯一起，建立了他自己独有的中国资料库。他深入研究中国的历史和文化，对于明清时期的历史尤为熟悉，他可以清楚地说出清朝历代皇帝的年号、名字和生卒日期。他亲自测量并绘制了数十幅老北京的历史地图。

马达罗笔耕不辍，撰写了多部关于中国的著作，大多都以意大利文出版，这使得他在欧洲成为值得信赖的中国问题专家。1977年，他受邀访问美国，约见了华盛顿大学、哈佛大学、斯坦福大学和纽约大学等著名的中国问题专家以及美国国会图书馆的学者。关于台湾问题，他鲜明地表达了"一个中国"的观点；在谈及两岸关系时，他主张"台湾是中国不可分割的一部分，但可以享受一种特殊体制"。

多年来，他先后撰写了《封页上的毛泽东》《马可·波罗之后700年的中国》《中国之旅》《欢迎你——中国》《长城那边不为人知的伟大国家》《纸花——中国的诗歌》《义和团起义》

等图书。进入 21 世纪，他的著作《1900 年的北京》《一个意大利记者眼中的中国》《历史的抉择》《老马——一个孩提时代的中国梦》等陆续在中国出版，使他逐渐为中国读者所熟知。

这本《马达罗看中国》的意大利文版《读懂中国》，更是他用自己几十年的亲身经历书写而成，一经出版，便荣登亚马逊网站销售排行榜第六名。意大利君提出版集团这样评价："曾经有很多旅行者试图介绍中国，但其中只有少数人有能力避免偏见并理解和欣赏其多样性。"

马达罗是一位使者。他常说他是马可·波罗的老乡，事实也正是如此。他以满腔的热忱，不遗余力地讲述他亲历的中国故事。

中意正式建交初期，因为他为中意友好交往所作出的突出贡献，被中国前国家领导人华国锋主席赞誉为"现代马可·波罗"。

著书立说之外，马达罗还策划实施了很多中意间的文化交流活动。自 2005 年至 2012 年，他在意大利连续举办了五届主题为"丝绸之路和中华文明"的大型文物展览。此后他又联合意大利的 12 家博物馆，在中国举办了"海的文明"等系列文物巡展。2012 年，他在意大利卡萨雷斯博物馆策划举办的"西藏文物展"，更是通过大量的文物和档案实证，改变了西方媒体的偏见。

马达罗曾长期担任《北京月讯》等刊物的专栏撰稿人，向中外读者介绍他关于老北京的历史研究。

1991 年，应吕同六教授之邀，他担任中国国际文化书院唯一的非中国籍常务委员，主持当年在北京召开的"马可·波罗国际学术研讨会"。2002 年，他再度被任命为书院驻意大利及欧洲总代表。

近些年来，受意大利贝纳通学术研究基金会主席卢西亚诺·贝纳通先生的委托，他作为意方策展人，与中方合作伙伴一起，策划实施"多彩中国微型艺术国际大展"，致力于收集中国文化的多样性，把中国优秀的文化艺术推介给世界。

2019年3月，在中国国家领导人访问意大利前夕，马达罗在意大利的家中接受中央电视台记者采访时说："中国就像我的祖国。"这使他再一次成为中意文化交流的"网红"。

2020年1月中旬，为了本书的写作，马达罗专程来到中国，采访了多位各领域、各行业的专家、学者，到访了一些能反映新时代中国日新月异变化的地方，他想向国际读者介绍中国近年来的发展成就。

中国有句古语，"读万卷书，行万里路"。700多年前，马可·波罗回到威尼斯后，逢人就讲他在东方的所见所闻，乐此不疲，后来威尼斯人就称他为"百万先生"。今天，回到意大利的阿德里亚诺·马达罗先生，通过写作和演讲，向意大利人和西方人，讲述他亲身经历的"百万故事"，本书就是这"百万故事"的浓缩版。

从1986年一个偶然的机会我和马达罗相识，至今已经有36年了。回想这些年来，我和马达罗共同走过的每一段旅程，参与的每一项活动，探讨的每一个话题，寻访的每一处古迹，不由感慨良多。岁月悠长，而往事历历在目，如昨日重现。

仍在持续中的全球新冠疫情，暂时中断了马达罗前来中国的行程计划。但通过微信和邮件，我们之间的联络非但没有减少，反而比以前更加密切了。

近两年来，他在意大利的家中，通过微信时常与我视频、通话，密切关注中国的情况和中国朋友们的健康。当他从电视新闻中看到中国首批援助意大利的抗疫物资抵达意大利时，第一时间发来视频，表达对中国的感谢。

《马达罗看中国》一书中文版快要出版了，我写下这篇短文，既是回望我们共同经历的岁月，也期盼着疫情早日过去，期待马达罗的第 217 次中国之行再度启程。

陆辛

2023 年 1 月

图书在版编目（CIP）数据

马达罗看中国 /（意）马达罗著；陆辛译. -- 北京：外文出版社，2023.4
ISBN 978-7-119-12874-0

Ⅰ. ①马… Ⅱ. ①马… ②陆… Ⅲ. ①纪实文学 - 意大利 - 现代 Ⅳ. ① I546.55

中国版本图书馆 CIP 数据核字 (2021) 第 211888 号

北京市版权局著作权合同登记号 01-2023-1212 号
意大利君提出版集团授权外文出版社有限责任公司
在中国大陆地区独家出版发行中文简体字版

项目顾问：杜占元
项目指导：陆彩荣
项目统筹：胡开敏
出版协调：于　瑛
策划编辑：文　芳
责任编辑：陈丝纶
助理编辑：李　香　辈玮萍　钱品颐
装帧设计：闫志杰　王春晓
印刷监制：章云天

马达罗看中国

[意] 阿德里亚诺·马达罗（Adriano Madaro） 著
陆　辛译

©2023 外文出版社有限责任公司

出 版 人：胡开敏
出版发行：外文出版社有限责任公司
地　　址：中国北京西城区百万庄大街 24 号　邮政编码：100037
网　　址：http://www.flp.com.cn　电子邮箱：flp@cipg.org.cn
电　　话：008610-68320579（总编室）　008610-68996181（编辑部）
　　　　　008610-68995852（发行部）　008610-68996185（投稿电话）
印　　刷：天津中印联印务有限公司
经　　销：新华书店 / 外文书店
开　　本：710mm×1000mm　1/16
字　　数：250 千字　印　张：16.5
装　　别：平装
版　　次：2023 年 4 月第 1 版第 1 次印刷
书　　号：ISBN 978-7-119-12874-0
定　　价：49.00 元

版权所有　侵权必究　如有印装问题本社负责调换（电话：010-68329904）